I0642396

George Sand

Novellen

Lavinia – Pauline - Kora

CLASSIC PAGES

Sand, George

Novellen
Lavinia – Pauline - Kora

Aus dem Französischen übertragen von Robert Habs

Reihe: classic pages

1. Auflage 2010 | ISBN: 978-3-86741-204-9

Veränderter Nachdruck der Originalausgabe von 1879
(Reclam, Leipzig)

© Europäischer Hochschulverlag GmbH & Co KG, Bremen

www.classic-pages.de

George Sand

Novellen

Lavinia – Pauline – Kora

Vorrede

Amantine Lucile Aurore Dupin – das ist George Sands Familienname – wurde am 5. Juli 1804, gerade einen Monat nach der Hochzeit ihrer Eltern, zu Paris geboren. Wie Heine, der – gleichviel, ob mit Recht oder Unrecht – die Bizarrerie seines Geistes und Charakters aus seiner Abstammung von jüdischem Proletariat und christlich-germanischem Adel zu erklären liebte, konnte auch Aurore Dupin sich solcher Abkunft von heterogenen gesellschaftlichen Elementen rühmen: ihr Vater war ein Enkel des bekannten Marschalls Moriz von Sachsen, ihre Mutter ein echtes Kind des Volkes, eine »Zigeunerin« von jener Art, die Henry Murger in seinen Romanen so trefflich zu schildern weiß. Den größten Teil ihrer Jugend verbrachte Aurore bei ihrer Großmutter väterlicherseits, Madame *Dupin de Francueil*, auf deren Landgut *Nohant* in der Grafschaft Berry. Mit fünfzehn Jahren brachte man sie dann behufs weiterer Ausbildung in ein Kloster der englischen Augustinerinnen, das sie drei Jahre später verließ, um sich mit einem Herrn *Dudevant* zu vermählen.

Diese Ehe war keine glückliche. Die Seelen der Gatten harmonierten nicht miteinander, pekuniäre Verlegenheiten machten das Verhältnis unleidlich, und so trafen sie denn nach neunjähriger Ehe die freundschaftliche Übereinkunft, sich zu trennen, indem *Madame Dudevant* einen Teil des Jahres in Paris verleben sollte, wo sie ihren Unterhalt neben einer ihr vom Gatten ausgesetzten, mäßigen Summe mit den Erträgnissen ihrer Schriftstellerei zu bestreiten hoffte.

Ihre vierjährige Tochter Solange, die spätere Gattin des Bildhauers Clesinger, nahm sie mit sich.

Selten oder nie hat eine Stadt eine größere Menge begabter, jugendkühner, hochstrebender Geister gleichzeitig in ihren Mauern vereinigt, als damals Paris. Victor Hugo, Alfred de Vigny, Alexander Dumas, Gerard de Nerval, Theophile Gautier, Alfred de Musset, Jules Sandeau, Mery, Merimée, Saint-Beuve, Victor Cousin, Villemain, Lamartine, Louis Blanc, Proudhon, Balzac, Soulié, Sue, Scribe, Littré, Ampère, Jules Janin, Mignet, Thiers, Michelet, die beiden Thierry, Aug. Comte, Lacordaire, Buchez, Berlioz, Halévy, Leop. Robert, Delaroche, Gavarny, Ary Scheffer u.s.w. u.s.w. – sie alle in der Blüte ihrer Jahre, noch vom Kampfe, den sie in den zwanziger Jahren gegen jede Autorität im Staate, in der Kirche, in der Gesellschaft, in der Kunst geführt hatten, erhitzt, bemühten sich nun, die Früchte ihres Sieges zu pflücken und durch neue Schöpfungen zu beweisen, dass ihre Kraft nicht allein zur leidenschaftlichen Verneinung, sondern auch zum künstlerischen Schaffen ausreiche. – Mit ihrer Ankunft in Paris (1831) trat Aurore Dudevant in den Mittelpunkt dieser Gärung. Schnell wurde sie mit den Stimmführern der Epoche bekannt, Balzac, der Analytiker des »Phänomens der Liebe«, ward ihr Freund, der jugendliche *Jules Sandeau*, der ihr später die Hälfte seines Namens abtreten musste, ihr Begleiter auf den Streifzügen durch die Stadt, die sie in Männerkleidern unternahm, die St. Simonisten, die die Emancipation des

Weibes anstrebten, ihre Lehrer und Führer. Im selben Jahre erschien auch ihre erste Novelle *„Rosa und Blanca*«, an der Jules Sandeau nicht wenig Anteil gehabt haben soll, fand aber wenig Beachtung, während dagegen »*Indiana*«[1] 1832 ganz Frankreich elektrisierte. Mit »Indiana« begann George Sand den Kampf gegen das Institut der Ehe und für die Emancipation der Frau, einen Kampf, den sie mit wenig Unterbrechung bis an das Ende ihres Lebens fortgeführt hat.

Diese Tendenz scheint verwerflich, aber man behalte im Auge, dass George Sand *für Franzosen* und über *französische Ehen* schrieb. Die Ehe, begründet auf der persönlichen Zuneigung der Gatten, ist gewiss ein sittliches Institut, sie wirkt aber unmoralisch, sobald diese persönliche Neigung fehlt. Und das eben ist bei den meisten Ehen der sogenannten höhern Stände in Frankreich der Fall. Mit siebenzehn, achtzehn Jahren wird das junge Mädchen aus der Pension heraus verheiratet, ohne ihren Gatten, ohne die Welt näher zu kennen. Ihre Bildung ist eine oberflächliche, ihr Herz leer, ihr Hirn mit allerlei konfusen Vorstellungen angefüllt – von einem traulichen Familienleben kann da nicht die Rede sein. Nun tritt sie in die Welt, lernt jetzt erst andere Männer kennen und mit dem eigenen vergleichen, für den selbst es fast zum »guten Ton« gehört, Herzensfreuden nur außerhalb des Hauses zu suchen, ihr selbst, bietet

---

[1] Übers. v. Adolf Seubert, Univ.-Bibl. 1022–1024.

die Gesellschaft Gelegenheit, sich für das zu entschädigen, was sie daheim entbehrt –

Und dabei ist die Ehe nach kanonischem und zivilem Recht in Frankreich unlöslich! – Die französischen Schriftsteller schreiben also nicht aus Hang zum Widerspruche und zur Frivolität gegen die Ehe, nein, ihren Ausführungen liegt zumeist ein edles, tief sittliches Motiv zu Grunde. So auch bei George Sand.

Der »Indiana« folgte noch im selben Jahre »*Valentine*«, dann 1833 „*Lelia*", 1834 »*Der Geheimsekretär*«, »*Jacques*« und »*Leone Leoni*«. All diese Romane tragen die Tendenz offen zur Schau, umso offener, da die Komposition überall eine ziemlich einförmige ist. Was bezweckt nun aber die Schriftstellerin damit? Will sie uns etwa Frauen wie Julie, die sich von dem nichtswürdigen Leoni zu den ärgsten Schändlichkeiten bestimmen lässt, oder Indiana, die ihrem Verführer nachläuft wie eine Gassendirne, als Vorbilder hinstellen? Will sie diese Schwächen und Fehler für Recht und Sitte erklären? Keineswegs! Nicht Bewunderung und Achtung sollen diese Gestalten uns abnötigen, sondern Mitleid und Bedauern, nicht unsere Liebe sollen sie erwecken, sondern unser Gerechtigkeitsgefühl. »*L'amour, c'est la vertu de la femme!* Die Liebe ist die Tugend der Frau«, ruft sie aus; aber sie ist kein Akt des Willens, sondern eine Notwendigkeit, ein Naturgesetz, das diese Frauen unwiderstehlich fortreißt. Deshalb kann und darf man sie nicht verdammen, sondern muss und soll sie bemitleiden und ihnen verzeihen: sie sind keine Verbrecher, sondern Unglückliche,

4

keine Frevlerinnen, sondern Opfer der Verhältnisse und ihrer Instinkte.

In den bis jetzt genannten Schriften George
Sands ist die Tendenz die Hauptsache, die Erzählung wird ihr gegenüber geradezu stiefmüt-
terlich behandelt. Inzwischen aber hatte die
Dichterin das berüchtigte Verhältnis mit *Alfred
de Musset* angeknüpft und in seiner Begleitung
die aus den »*Briefen eines Reisenden*« genugsam
bekannte Reise nach Italien gemacht. Warum
gerade der zerfahrene, unklare, flatterhafte
Musset ihr Cicisbeo wurde? Man höre, was sie
gelegentlich einmal an Sainte-Beuve schrieb:
»Ich fürchte mich ein wenig vor den Männern,
die von Geburt an tugendhaft sind. Ich würdige
sie wie schöne Blumen und schöne Früchte,
aber ich sympathisiere nicht mit ihnen. Man
fürchtet die Leute, die man achtet und läuft
zudem Gefahr, von ihnen aufgegeben und verachtet zu werden, wenn man sich so zeigt, wie
man ist. *Die Leute, die man nicht achtet, werden
uns besser verstehen*, aber – sie verraten uns.« –
Das Verhältnis war unhaltbar. Auf wessen Seite
die Schuld lag, ist schwer zu entscheiden, genug, der Bruch erfolgte, und Musset machte ihn
durch sein »*Bekenntnis eines Kindes des Jahrhunderts*«, dem George Sand in »*Lucretia Floriani*«
und in »*Sie und Er*« entgegentritt, unheilbar. Im
Februar 1836 entschied auch endlich das Ge-
richt die Klage auf die Trennung (d. h. Schei-
dung von Tisch und Bett) ihrer Ehe zu ihren
Gunsten: sie behielt das von der Großmutter
ererbte Gut Nohant und ihre beiden Kinder,
von denen der Sohn Maurice, als Maler und

Schriftsteller bekannt, später den durch seine Mutter berühmt gemachten Namen Sand annahm.

Von 1836 an werden nun ihre Erzählungen milder, die Komposition wird mit mehr Liebe behandelt, den Einzelheiten mehr Raum gewidmet. Zwar ist die Tendenz noch immer dieselbe, aber sie tritt weniger leidenschaftlich hervor: der Ernst der Denkerin zügelt die Glut der Dichterin. Zu den Novellen dieser Epoche (1836–41) gehört neben »*André*«, »*Simon*«, »*Pauline*«, »*Horace*« u.s.w. auch „*Lavinia*«.

Die frühern Schöpfungen sind Variationen über das Thema: »Arme Frauen, arme Gesellschaft, in der das Herz keine wahre, wirkliche Freude findet, außer im Vergessen aller Pflicht und aller Vernunft!« – »*Lavinia*« ist eine Interpretation der Worte Tremors in der »*Lelia*«: »Der Mensch fängt erst da an, wo die Leidenschaft aufhört: Ruhe ist die Zukunft, nach der die unsterbliche Seele trachtet.« Lady Lavinia Blake sucht diese Ruhe, nachdem der erste Mann, den sie geliebt, sie betrogen und verlassen hat, indem sie sich ihren Anbetern entzieht. Nicht ihre Liebe, sondern ihr Vertrauen ist erloschen: sie glaubt nicht mehr an das Glück, und wie der Ausgang zeigt, hat sie Recht. Die Reflexion besiegt hier die Leidenschaft. Lionel, der geistreiche, aber mattherzige und in seiner Schwächlichkeit egoistische Dandy, ist eine stehende Figur Sand'scher Novellen, neu dagegen die Gestalt Henrys. Auch Henry ist ein Stutzer, aber er weiß, dass er's ist und will nichts anders sein und scheinen, und eben darin liegt seine Überlegenheit dem feinern, aber schwächern Lionel gegenüber. Er ist schwatzhaft, eitel, flatterhaft wie irgendeiner, aber er weiß, was er will und spielt nicht mit sich selbst Komödie. Noch ein anderer Umstand verdient hier der Erwähnung: in »Lavinia« zeigt sich zum ersten Male ein gewisser Humor, den wir in den frühern Werken der Dichterin durchweg vermissen, dann aber in »Pauline«, »Kora«, »Matten«, »Die letzte Aldini« u.s.w. zur Blüte kommen sehen.

»Pauline« ist das Gegenstück zu »Lavinia«: Lady Blake, die erfahrene Weltdame, nutzt ihre Erfahrungen und verzichtet entschlossenen Sinns auf ein zweifelhaftes Glück, Pauline D***, die tugendstolze Spießbürgerin, verschließt sich hartnäckig der Erkenntnis und schafft sich ein unzweifelhaftes Unglück. Zu engherzig, um zu entsagen, verfällt sie dem gewöhnlichen Unglück der Frauen, die nur ihre Tugend in die Wagschale zu werfen haben: sie bekommt einen Mann, aber kein zweites Selbst. – In die Erzählung eingewoben ist die prächtige Schilderung des kleinstädtischen Philistertums, das sich aller Orten gleich bleibt und auch in »Kora« den nicht wenig ergötzlichen Hintergrund bildet. »Kora«, die launige Selbsterzählung einer phantastischen Jugendleidenschaft, ist wohl das harmloseste Kind der Sand'schen Muse und erinnert mit seinen Reminiszenzen aus der Zeit der französischen Romantiker unwillkürlich an des mit Unrecht vergessenen Franz von Gaudy klassisch-heitre »Schülerliebe«. Das Geschichtchen ist ohne Tendenz, und das ist vielleicht sein größter Vorzug. Den beiden andern fügte ich es in der Übersetzung an, um im Kleinen ein anschauliches Bild von der Entwicklung des Humors bei unserer Dichterin zu geben.

Mit »Pauline« betrat George Sand auch noch ein anderes Gebiet: das der Schilderung des leichten, flotten Künstlerlebens, die in ihrem Meisterwerke »*Consuelo*« und dessen schwächerer Fortsetzung »*Die Gräfin von Rudolstadt*« zu vollendeter Schönheit gedieh. Dann folgte »Jeanne«, eine moderne Jungfrau von Orleans, und, nachdem schon vorher »*Der französische Handwerksbursche*« (*Le Compagnon du Tour de France*) erschienen war, »*Der Müller von Angibault*« und »*Die Sünde des Herrn Antoine*«, in denen sich die Handwerker mit ihren naiven Tollheiten auf die heiterste Weise abspiegeln. Später erschienen die Dorfgeschichten »*Der Teufelssumpf*«, »*Franz der Findling*«, »*Die kleine Fadette*«, deren Schauplatz die Grafschaft Berry, die eigentliche Heimat der Dichterin ist, ferner »*Isidora*«, »*Teverino*«, »*Lucretia Floriani*«, »*Der Piccinino*« u.s.w. und endlich 1854 ihre Autobiographie »*Die Geschichte meines Lebens*«.

Damit hatte George Sand ihre Laufbahn eigentlich abgeschlossen, denn wer seine Memoiren schreibt, deutet damit an, dass er im gewissen Sinne mit dem Leben fertig ist. Der Staatsstreich vom 2. September hatte ihre Hoffnungen auf die Verwirklichung ihrer republikanischen Ideen an der Wurzel getroffen: sie gab den Kampf auf, den sie seit 1841 mit gleichgesinnten Freunden, wie Leroux, Lamennais, Mickiewicz u. a. gegen die Monarchie geführt und 1848 in einem eigenen Journal »*La Cause du*

Peuple« eifrig unterhalten hatte. Zwar erschienen noch mannigfach Schriften von ihr, namentlich Schauspiele, doch nur wenige von denselben – »*Molière*«, »*Der Marquis von Billemer*«, »*Claudia*«[2], »*Victorines Hochzeit*«[3], u.e.a. – sind der Erwähnung wert.

Zum Schluss sei mir gestattet, eine Schilderung, die Heine im Jahre 1841 von der Person der Dichterin gab, anzuführen:»George Sand ist eine schöne Frau. Ihr Gesicht ist eher schön als interessant zu nennen, von griechischer Regelmäßigkeit. Ihre Augen sind etwas matt, wenigstens nicht glänzend. Ihren Mund umspielt gewöhnlich ein gutmütiges Lächeln, es ist aber nicht sehr anziehend; die etwas hängende Unterlippe verrät ermüdete Sinnlichkeit ... Ihre Stimme ist matt, und welk, ohne Metall, jedoch sanft und angenehm ... Sie hat durchaus nichts von dem sprudelnden Esprit ihrer Landsmänninnen, aber auch nichts von ihrer Geschwätzigkeit. Sie ist einsilbig, weil sie dich nicht wert hält, ihren Geist an dir zu vergeuden, oder weil sie das Beste deiner Rede in sich aufzunehmen trachtet, um es später in ihren Büchern zu verarbeiten: ein Zug, worauf mich Alfred de Musset aufmerksam machte.« – An einer andern Stelle nennt der ungezogene Liebling der Grazien, der wie Chopin, Lamennais, Boccage u. a. viel und gern im Hause der Dichterin verkehr-

---

2   Eine freie Bearbeitung dieses Stücks gibt A. Bing, Univ.-Bibl. 1249.

3 Übers. v. J. Bettelheim, Univ.-Bibl. 1101.

te, sie »den größten Dichter in Prosa, den die Franzosen besitzen«.

Schon seit 1836 hatte sie abwechselnd in Paris und Nohant gewohnt. In den letzten Jahren hatte sie sich ganz auf das Landgut zurückgezogen und starb dort im Kreise ihrer Kinder und Enkel am 8. Juni 1876.

Randau, 29. November 1879.

Robert Habs.

Lavinia

Eine alte Geschichte

Brief.

»Dürfte es nicht angebracht sein, Lionel, da Sie sich verheiraten, uns gegenseitig unsere Briefe und Portraits zurückzugeben? Da der Zufall uns einander nahe bringt, und wir heute nach zehn Jahren himmelweiter Trennung nur wenige Meilen von einander entfernt sind, ist es leicht. Sie kommen zuweilen nach Saint-Sauveur, hat man mir erzählt – ich verweile wenigstens acht Tage dort und hoffe demnach, dass Sie sich im Laufe der nächsten Woche mit dem von mir zurückgeforderten Paket hier einfinden werden. Ich wohne im Haus Estabanette am Fuße des Wasserfalls. Schicken Sie die mit der Botschaft beauftragte Person dorthin; sie wird Ihnen ein ähnliches Paket zurückbringen, das ich für Sie zum Austausch bereithalte.«

Antwort.

»Madame!

»Das Paket, welches ich Ihnen übersenden soll, liegt mit Ihrer Adresse versehen, hier versiegelt. Da ich sehe, dass Sie nicht bezweifelten, es würde an dem Tage und dem Orte, an dem die Rückforderung Ihnen beliebte, mir zu Händen sein, bin ich Ihnen sicherlich zu Dank verpflichtet.

»Aber muss ich es denn persönlich nach Saint-Sauveur bringen, Madame, um es dann den Händen eines Dritten anzuvertrauen, der es Ihnen zustellen soll? Wäre es nicht einfacher, mich nicht an Ihrem Wohnsitze der Aufregung,

Ihnen so nahe zu sein, auszusetzen, da Sie mir das Glück einer Zusammenkunft bei dieser Gelegenheit nicht zu bewilligen gedenken? Wäre es nicht besser, das Paket einem Boten anzuvertrauen, von dem ich sicher bin, dass er es nach Saint-Sauveur bringt? Ich erwarte daraufhin Ihre Befehle, Madame. Wie sie auch seien, ich werde mich ihnen blindlings unterwerfen.«

Brief.

»Dass meine Briefe zufällig in diesem Augenblick Ihnen zu Händen wären, Lionel, wusste ich, da mein Cousin Henry mir sagte, er habe Sie in Bagnères gesehen und diesen Umstand von Ihnen erfahren. Es freut mich sehr, dass Henry, der, wie alle Schwätzer, ein wenig lügt, mich nicht getäuscht hat. Das Paket selbst nach Saint-Sauveur zu bringen, bat ich Sie, weil dergleichen Botschaften in von Schleichhändlern unsicher gemachten Gebirgen nicht leichtsinnig einer Gefahr ausgesetzt werden dürfen; denn diese Schmuggler nehmen alles, was ihnen unter die Hände kommt. Da ich Sie kenne als einen Mann, der anvertrautes Gut wacker zu verteidigen weiß, kann ich nichts Besseres zu meiner Beruhigung tun, als Sie selbst zum Bürgen für das machen, was mich interessiert. Eine Zusammenkunft bot ich Ihnen nicht an, da ich Ihnen dadurch den schon an sich peinlichen Weg, den ich von Ihnen verlangte, noch unangenehmer zu machen fürchtete. Da Sie aber mit Leidwesen an diese Zusammenkunft zu denken scheinen, bin ich es Ihnen schuldig und bewillige Ihnen diese schwache Entschädigung. Und da ich nicht wünsche, dass Sie dem Warten kostbare Zeit opfern, will ich Ihnen für diesen Fall den Tag bestimmen, damit Sie mich nicht abwesend finden. Seien Sie also am 15. abends 9 Uhr in Saint-Sauveur. Warten Sie bei mir zu Hause auf mich und lassen Sie mich durch meine Negerin benachrichtigen. Ich werde sofort erscheinen. Das Paket wird bereit liegen. – Adieu.«

Sir Lionel wurde von der Ankunft dieses zweiten Billets unangenehm berührt. Es überrumpelte ihn gerade bei dem Project zu einer Reise nach Luchon, wobei die schöne Miss Ellis, seine Verlobte, sehr auf seine Begleitung rechnete. Der Ausflug musste entzückend werden. In den Bädern gelingen die Lustfahrten beinahe stets, weil sie so rasch einander folgen, dass man nicht Zeit hat, sie vorzubereiten, weil das Leben hastig, lebhaft, unvorhergesehen vorüberbraust, und weil das beständige Hinzukommen neuer Gefährten den geringsten Kleinigkeiten einer Festlichkeit den Charakter des Unvorhergesehenen verleiht.

Sir Lionel amüsierte sich also in den Bädern der Pyrenäen, so weit es für einen guten Engländer schicklich ist, sich überhaupt zu amüsieren. Zudem war er ganz leidlich in den üppigen Wuchs und die erquickliche Mitgift der Miss Ellis verliebt, und seine Fahnenflucht angesichts eines Schauritts von so außerordentlicher Bedeutung (Fräulein Ellis hatte einen sehr schönen Navarreser Apfelschimmel aus Tarbes kommen lassen, den sie an der Spitze der Karawane glänzen lassen wollte) konnte seinen

Heiratsprojekten verderblich werden. Sir Lionels Lage war gleich eine schwierige, denn er war ein Mann von feinstem Ehrgefühl. Daher suchte er seinen Freund Sir Henry auf, um ihn von dem Gewissensfall in Kenntnis zu setzen.

Um aber den jovialen Henry zu ernster Aufmerksamkeit zu zwingen, begann er, mit ihm zu zanken.

»Sie leichtsinniger Schwätzer!« schrie er ihn gleich beim Eintreten an. »Es verlohnte sich der Mühe, Ihrer Cousine mitzuteilen, dass ihre Briefe in meinen Händen wären! Nie haben Sie ein verfängliches Wort auf der Zunge behalten können! Sie sind gerade wie ein Gießbach, der eben soviel ausströmt, als er einnimmt, wie einer jener unverschlossenen Vasen, die die Statuen der Flussgötter und Najaden schmücken: der Guss, der sie durchströmt, nimmt sich nicht zum Ruhen Zeit« –

»Sehr gut, Lionel!« rief der junge Mann. »Ich sehe Sie gern in einem Anfall von Wut: das macht Sie poetisch. In diesem Augenblick sind Sie selbst ein Gießbach, ein Fluss von Metaphern, ein Strom der Beredsamkeit, ein Meer von Allegorien« –

»Ha! es handelt sich jetzt um einen Scherz!« schrie Lionel wütend. »Wir reiten nicht nach Luchon!«

»Wir reiten nicht nach Luchon – wer hat das gesagt?‹

»Wir reiten nicht dorthin, Sie und ich! Das sage ich Ihnen!«

»Sprechen Sie Ihrerseits soviel Sie wollen, ich für mein Teil bin Ihr sehr ergebener Diener.«

»Ich gehe nicht dorthin und folglich auch Sie nicht. Sie haben einen Fehler begangen, Henry, den müssen Sie wieder gut machen. Sie haben mir eine abscheuliche Unannehmlichkeit auf den Hals geladen – nun fordert Ihr Gewissen, dass Sie mir sie tragen helfen. Sie dinieren mit mir in Saint-Sauveur.«

„Der Teufel hole mich, wenn ich's tue!" rief Henry. „Seit gestern Abend bin ich närrisch in die kleine Bordeauxerin verliebt, über die ich mich noch gestern Morgen lustig machte. Ich reite nach Luchon, da sie dahin reitet. Sie wird meinen Yorkshire besteigen, und Ihr großes Habichtsgesicht, Miss Margaret Ellis, wird vor Eifersucht bersten."

»Hören Sie, Henry", sagte Lionel mit ernster Miene. »Sie sind mein Freund?«

„Ohne Frage! Das ist bekannt. Es ist unnütz, in diesem Augenblick der Freundschaft wegen in Rührung zu zerfließen. Mir ahnt, dass dieser feierliche Eingang mich veranlassen soll" –

»Hören Sie mich an, sage ich Ihnen, Henry. Sie sind mein Freund, Sie freuen sich über die glücklichen Ereignisse meines Lebens, und ich denke, Sie würden es sich nicht leichthin ver- zeihen, wenn Sie mir einen Nachtheil, ein wirk- liches Unheil zugefügt hätten?«

„Nein, auf Ehre nicht! Aber warum handelt es sich denn?"

»Nun, Sie machen möglichen Falls meine Heirat zu Wasser, Henry.«

„Gehen Sie doch! Nur weil ich meiner Cousine sagte, Sie wären im Besitz ihrer Briefe, und weil dieselbe sie von Ihnen zurückverlangt? Welchen Einfluss kann Lady Lavinia nach zehnjährigem, gegenseitigem Vergessen auf Ihr Leben ausüben? Sind Sie so dünkelhaft, dass Sie meinen, sie habe sich über Ihre Untreue nicht getröstet? Zum Teufel, Lionel, das ist zu gewissenhaft! Das Übel ist nicht so groß! Glauben Sie nur, es ist nicht ohne Heilmittel gewesen" –

Henry zupfte bei diesen Worten nachlässig an seiner Krawatte und warf einen Blick in den Spiegel, zwei Bewegungen, die in der heiligen Sprache der Pantomime leicht zu deuten sind.

Diese Lektion über Bescheidenheit aus dem Munde eines Menschen, der noch eitler war, als er, erzürnte Sir Lionel.

»Ich werde mir nie eine Bemerkung über Lady Lavinia erlauben", sagte er, indem er seinen Unmut zu unterdrücken strebte. »Das Gefühl verletzter Eitelkeit wird mich nie bewegen, den Ruf einer Frau zu beflecken, selbst wenn ich nie Liebe zu dieser Frau empfunden hätte.«

„Das ist durchaus bei mir der Fall," entgegnete Sir Henry leichtsinnig. „Ich habe sie nie geliebt und bin nie auf die eifersüchtig gewesen, welche sie besser zu behandeln wusste als mich. Überdies habe ich gegen die Tugend meiner glorreichen Cousine nichts einzuwenden – nie

habe ich sie ernstlich zu erschüttern versucht –

»Henry, Sie haben ihr diese Gnade widerfahren
lassen? Da muss sie Ihnen wirklich dankbar
sein!«

„Nun genug, Lionel! Wovon reden wir, was
wollten Sie mir sagen? Gestern schienen Sie
gegen die Erinnerung an Ihre erste Liebe sehr
wenig pietätvoll zu sein: rückhaltlos lagen Sie
vor der strahlenden Miss Ellis anbetend auf den
Knien. Wenn's beliebt – wo bleiben Sie heute
damit? Betreffs der Vergangenheit scheinen Sie
keine Vernunft anzunehmen und reden da von
einem Ritt nach Saint-Sauveur, anstatt nach
Luchon! Lasst sehen, wen lieben Sie jetzt? Wen
wollen Sie heiraten?"

»Ich heirate Miss Margaret, wenn's Gott und
Ihnen gefällt.«

„Mir?"

»Ja, Sie können mich retten. Da, lesen Sie das
neue Billet, das mir Ihre Cousine schreibt. –
Haben Sie? – Sehr gut! Sie sehen, ich muss mich
jetzt zwischen Luchon und Saint-Sauveur, zwischen einer zu erobernden und einer zu trös-
tenden Frau entscheiden.«

„Holla, Sie Narr!" rief Henry. „Hundert Mal habe ich Ihnen erzählt, meine Cousine sei frisch
wie eine Blume, schön wie ein Engel, munter
wie ein Vogel, lustig, heiter und gesund, ele-
gant, kokett – wenn diese Dame trostlos ist, will
ich mein ganzes Leben unter der Last eines
gleichen Schmerzes verseufzen."

»Machen Sie sich keine Hoffnung, Henry, mich zu ärgern, Ihre Mitteilung macht mich vielmehr glücklich. Aber können Sie mir diesen Falls die sonderbare Laune deuten, die Lady Lavinia veranlasst, mir ein Rendezvous zu geben?«

„O Sie Erznarr!" rief Henry. „Sehen Sie denn nicht, dass das Ihre Schuld ist? Lavinia, wünschte diese Zusammenkunft nicht im Mindesten – dessen bin ich sicher. Denn als ich mit ihr von Ihnen sprach, als ich sie fragte, ob nicht auf dem Wege von Saint-Sauveur nach Bagnères beim Nahen einer Gruppe von Kavalieren, unter denen auch Sie sich befinden könnten, ihr Herz zuweilen schneller schlüge, antwortete sie mir mit schläfriger Miene: »Wahrhaftig! mein Herz pochte vielleicht, begegnete ich ihm« – und ein reizendes Gähnen modulierte das letzte Wort ihrer Phrase. Beißen Sie sich nicht auf die Lippen, Lionel, es war ein so zartes, so frisches Gähnen aus schönem Frauenmund, so harmonisch, dass es artig und schmeichelhaft schien, so lang gezogen, dass es die tiefste Apathie, die herzlichste Gleichgültigkeit ausdrückte. – Sie aber, anstatt aus dieser guten Stimmung Nutzen zu ziehen, Sie können der Neigung zum Phrasenmachen nicht widerstehen. Treu dem ewigen Pathos der in Ungnade gefallenen Liebhaber, affektieren Sie, obgleich über diese Ungnade entzückt, den elegischen Ton, das tragische Genre; Sie scheinen die Unmöglichkeit, sie wiederzusehen, zu beklagen, anstatt ihr offen und ehrlich zu sagen, dass Sie ihr eben deshalb außerordentlich dankbar seien.«

»Dergleichen Ungezogenheiten kann man sich nicht zu Schulden kommen lassen. Wie konnte ich ahnen, dass sie einige müßige Worte, die in diesem Falle die Schicklichkeit mir abnötigte, im Ernst nehmen würde?«

»O, ich kenne Lavinia. Das ist eine Bosheit in ihrer Manier.'«

»Unsterbliche Frauenbosheit! Doch nein! Lavinia war die sanfteste und am wenigsten spottsüchtige von allen. Ich weiß, sie hat nicht mehr Lust zu dieser Zusammenkunft als ich. Halt, lieber Henry, retten Sie uns beide vor dieser Strafe: nehmen Sie das Paket, eilen Sie nach Saint-Sauveur, bemühen Sie sich, alles zu ordnen, geben Sie ihr zu verstehen, dass ich unmöglich« –

»Miss Ellis am Vorabend Ihrer Hochzeit verlassen darf, nicht wahr? – Ein netter Grund, den man einer Nebenbuhlerin angeben könnte! Unmöglich, mein Lieber! Sie haben die Suppe eingebrockt, nun müssen Sie sie auslöffeln. Wenn man die Dummheit begeht, zehn Jahre lang die Briefe und das Portrait einer Frau aufzubewahren, wenn man unbesonnen genug ist, sich gegen einen Schwätzer wie mich damit zu rühmen, wenn man die Tollheit besitzt, mit kaltem Blute einem Scheidebrief Geist und Empfindung einzuhauchen, so muss man auch die Folgen über sich ergehen lassen. So lange die Briefe in Ihren Händen sind, können Sie Lady Lavinia nichts verweigern, und welche Art des Verkehrs Sie Ihnen auch vorschreibt, Sie sind ihr unterworfen, bis der feierliche Schritt getan ist. Auf, Lionel, lassen Sie Ihren Pony satteln und gehen wir! Denn ich begleite Sie. Ich bin ein wenig schuld an alle dem, Sie sehen, dass ich nicht lache, nun es sich ums Wiedergutmachen handelt. Vorwärts!«'

Lionel hatte gehofft, Henry würde ein anderes Mittel finden, um ihn aus der Verlegenheit zu ziehen. Mit der geheimen Empfindung unwillkürlichen Widerstandes gegen den Ratschluss der Notwendigkeit blieb er bestürzt, unbeweglich an seinem Platze. Am Ende jedoch erhob er sich mit über der Brust gekreuzten Armen, traurig und in sein Schicksal ergeben. Im Punkte der Liebe war Sir Lionel ein vollkommener Held. War auch sein Herz in mehr als einem Falle eidvergessen gewesen, nie war sein äußeres Benehmen vom Codex der seinen Lebensart abgewichen, nie hatte ihm eine Frau ein Abirren von jener zartsinnigen, großherzigen Willfährigkeit, dem besten Zeichen, das ein wohl erzogener Mann einer zürnenden Frau für das Erblassen seiner Leidenschaft geben kann, zum Vorwurf machen können. Mit dem Bewusstsein einer peinlichen Treue gegen diese Regeln beruhigte der schöne Sir Lionel sein Gewissen über die Leiden, die für andere mit seinen Triumphen verbunden waren.

„Halt! ein Mittel!" rief endlich Henry und sprang ebenfalls auf. „Die Klatschgesellschaft unserer schönen Landsmänninnen ist hier maßgebend. Miss Ellis und ihre Schwester Anna sind die bedeutendsten Mächte im Rate der Amazonen. Man muss es von Margaret erlangen, dass der auf morgen festgesetzte Ausflug um einen Tag verschoben wird. Ein Tag hier zu Lande, das ist viel, ich weiß es, aber man muss es durchsetzen, ein ernstes Hindernis zum Vorwand nehmen und noch in dieser Nacht nach Saint-Sauveur aufbrechen. Wir kommen dort am Nachmittag an, ruhen uns bis zum Abend aus, um 9 Uhr, während des Rendezvous, lasse ich die Pferde satteln, und um 10 Uhr (ich glaube, dass zum Austausch zweier Briefpakete nicht mehr als eine Stunde nötig) sitzen wir wieder auf; wir reiten die ganze Nacht durch, kommen mit Sonnenaufgang hier an, treffen die schöne Margaret auf ihrem edeln Rosse paradierend, meine hübsche, kleine Madame Bernos meinen Yorkshire tummelnd, wechseln die Stiefeln und die Pferde, und staubbedeckt, marschermüdet, liebeskrank, bleich und interessant folgen wir unfern Dulzineen durch Berg und Tal. Wenn solcher Eifer nicht belohnt wird, verdienen alle Frauen zum warnenden Exempel gehangen zu werden. Vorwärts, bist du fertig?"

Dankdurchdrungen warf sich Lionel in Henrys Arme. – Nach einer Viertelstunde kehrte dieser zurück. „Lass uns aufbrechen," sagte er, „es ist alles abgemacht, die Fahrt nach Luchon wird bis zum 16. verschoben. Aber es hat Mühe gekostet. Miss Ellis war argwöhnisch. Sie weiß, dass meine Cousine in Saint-Sauveur ist und hegt eine schreckliche Abneigung gegen sie, weil sie die Tollheiten kennt, die du früher Lavinias wegen angestellt hast. Doch ich habe geschickt den Argwohn abgelenkt. Ich sagte, du wärest entsetzlich krank, und ich hätte dich soeben gezwungen, dich zu Bett zu legen" –

»Gerechter Gott! eine neue Torheit, um mich ins Unglück zu stürzen!«

„Nein, nein, keineswegs! Dick wird deinem Kopfkissen eine Nachtmütze aufstülpen, es der Länge lang in dein Bett legen und beim Hausmädchen drei Terrinen Krankensuppe bestellen. Vor allen Dingen aber wird er den Zimmerschlüssel in die Tasche stecken und sich mit verdrießlichem Gesicht und wildem Blick an die Tür postieren. Und dann hab' ich ihm auf die Seele gebunden, niemand eintreten zu lassen und jeden durchzuprügeln, der es versuchen sollte, mit Gewalt den Eintritt zu erzwingen – und wäre es Miss Margaret selbst. Ah sieh, da ist er ja und wärmt dein Bett mit der Wärmflasche. Famos! er hat ein ausgezeichnetes Gesicht – traurig will er aussehen und sieht dumm aus. Lass uns durch die Tür hinausschlüpfen, die zur Schlucht führt. Jack wird unsere Pferde an den Ausgang des Thales führen, als ob er sie ausritte; an der Lonniobrücke treffen wir mit ihm zusammen. Marsch, auf den Weg! und der Gott der Liebe mag uns schützen!« –

Eilig durchsprengten sie den Raum, der die beiden Bergketten trennt, und mäßigten die Gangart erst in dem engen, dunkeln Hohlweg, der sich zwischen Pierrefitte und Luz hinzieht. Unstreitig ist dies eine der wild-romantischsten, charakteristischsten Partien in den Pyrenäen. Alles nimmt dort ein düsteres Aussehen an. Die

Berge drängen sich eng aneinander, dazwischen zwängt sich der Gave hindurch und grollt dumpf unter den von wildem Wein und Felsklippen gebildeten Bogengängen dahin. Die schwarzen Felshänge sind mit Schlingpflanzen bedeckt, deren kräftiges Grün auf den entfernten Flächen in bläuliche Tinten und gegen die Gipfel zu in einen grauweißen Ton übergeht. Das Wasser des Bergstroms erhält dadurch einen bald hellgrünen, bald mattblauen, schieferfarbenen Glanz, wie man ihn am Meerwasser bemerkt.

Große Marmorbrücken wölben sich in einem einzigen Bogen über Abstürze hinweg von einer Seite der Bergkette zur andern. Nichts ist imposanter, als die Bauart und die Lage dieser Brücken, die in der Luft schweben und sich in der klaren, feuchten Atmosphäre baden, welche nur widerwillig ins Tal zu sinken scheint. Auf einen Raum von vier Meilen[4] läuft die Straße sieben Mal von einer Seite der Schlucht zur andern. Als unsere beiden Reisenden die siebente Brücke passierten, erblickten sie im Grunde des Schlundes, der sich allmählich vor ihnen erweiterte, das entzückende Luzer Tal, das die Glutpfeile der aufgehenden Sonne überfluteten. Die Höhe der Berge gestattete den Strahlen der Morgensonne nicht, bis zu ihnen zu dringen. In den Stauden am Bache ließ die Wasseramsel ihren leisen Klageruf ertönen. Das schäumende, kalte Wasser zerriss mühsam den Nebelschlei-

---

[4] Es ist hier stets von französischen Meilen (1 = 4,6 Kilometer) die Rede. *Der Übers.*

Nebelschleier, der auf ihm lagerte. An den Gipfeln blitzten nur spärlich einige Lichtstrahlen über die Zacken der Felsen und das hangende Astwerk der Waldreben hin. Aber mitten in dieser wild-düstern Umgebung, hinter den gewaltigen Felsmassen, die, hart und starr, den beliebten Gemälden Salvators glichen, schwamm das schöne Tal, vom strahlenden Morgenrot übergossen, in einem Meer von Licht und glich einer goldenen Platte in einem Rahmen aus schwarzem Marmor.

»Wie schön ist das!« rief Henry, »und wie bedaure ich Sie, Lionel, dass Sie verliebt sind. Sie sind unempfindlich gegen all diese Schönheit und meinen, der herrlichste Sonnenstrahl wiege ein Lächeln Miss Margaret Ellis nicht auf.«

»Gestehen Sie, Henry, dass Miss Margaret die schönste Person der drei Königreiche ist.«

»Gewiss, theoretisch betrachtet, ist sie eine Schönheit sonder Tadel. Aber gerade das mache ich ihr zum Vorwurf: ich wollte, sie wäre weniger vollkommen, weniger majestätisch, weniger klassisch. Hundert Mal lieber nähme ich meine Cousine, ließe mir Gott zwischen beiden die Wahl!«

»Gehen Sie doch, Henry, Sie denken nicht daran", sagte Lionel lächelnd. »Der Familienstolz macht Sie blind. Nach dem Urteil aller, die Augen im Kopfe haben, ist Lady Lavinia von mehr als problematischer Schönheit. Und ich, der ich sie in der ganzen Frische der Jugend gekannt habe, ich kann Sie versichern, dass zwischen beiden ein Vergleich nie tunlich« –

»Schon gut! Aber wie viel Anmut und Lieblichkeit bei Lavinia! Diese feurigen Augen, dies schöne Haar, diese kleinen Füße!«

Lionel unterhielt sich ewige Zeit damit, die Bewunderung Henrys für seine Cousine zu bekämpfen. Aber während er sich ein Vergnügen daraus machte, die Schönheit zu rühmen, die er liebte, schmeichelte es einer versteckten Empfindung seiner Eitelkeit, auch jene wieder zu Ehren bringen zu hören, die er geliebt hatte. Es war das freilich nur eine Anwandlung der Selbstgefälligkeit, denn in Wirklichkeit hatte die arme Lavinia dies Herz, das die Erfolge frühzeitig verdorben hatten, nie besessen. Es ist vielleicht ein großes Unglück für einen Mann, sich zu früh zu einer glänzenden Stellung berufen zu finden. Die blinde Vorliebe der Frauen, die blöde Eifersucht gewöhnlicher Rivalen genügt, um dem Urteil eines Neulings eine falsche Richtung zu geben und einen ungeübten Geist zu verderben.

Weil Lionel das Glück des Geliebtwerdens zu wohl kennen gelernt, hatte er die Kraft seines Gemüts durch Zersplitterung erschöpft; weil er die Leidenschaften zu früh genossen, hatte er sich zu einer innigen Neigung unfähig gemacht. Unter schönen, männlichen Zügen, unter dem Ausdruck einer jugendlich kräftigen Gesichtsbildung verbarg er das kalte, verbrauchte Herz eines Greises.

»Nun, Lionel, sagen Sie mir, warum haben Sie Lavinia Buenafè, durch Ihr Verschulden jetzt Lady Blake, nicht geheiratet? Denn obgleich ich kein Tugendheld und durchaus aufgelegt bin, unter den Privilegien unseres Geschlechts vor allem das göttliche Recht des freien Beliebens zu respektieren, so kann ich doch, wenn ich es überlege, Ihr Benehmen nicht recht billigen. Nachdem Sie ihr zwei Jahre den Hof gemacht, nachdem Sie sie kompromittiert haben, soweit eine junge Dame zu kompromittieren ist (was im glücklichen Albion keine durchaus leichte Sache ist), nachdem sie Ihretwegen die besten Partien ausgeschlagen hat, verlassen Sie sie, um hinter einer italienischen Sängerin herzulaufen, die wahrlich einer solchen Missetat nicht wert war. Lasst sehen, war Lavinia nicht geistreich und hübsch? war sie nicht die Tochter eines portugiesischen Bankiers, der freilich Jude, aber auch reich war? wurden Sie von ihr nicht bis zum Wahnsinn geliebt?«

»He, Freund, eben darüber beklage ich mich: sie liebte mich viel zu sehr, als dass ich sie hätte zur Frau nehmen können. Nach der Meinung jedes verständigen Mannes muss eine Gattin eine sanfte, friedliche Gefährtin, Engländerin bis auf den Grund der Seele sein; wenig empfänglich für die Liebe und unfähig zur Eifersucht, muss sie den Schlummer lieben und einen ziemlich starken Missbrauch mit dem schwarzen Tee treiben, um ihre Eigenschaften in einem der Ehe angemessenen Gleichgewicht zu erhalten. Mit dieser Portugiesin mit dem Feuerherzen, dem lebhaften Temperament, der frühzeitigen Gewohnheit des Reifens, den ungezwungenen Manieren, den freien Ideen, mit all den gefährlichen Gedanken, die eine Frau, welche die Welt durchstreift, in sich aufnimmt, wäre ich der unglücklichste, wenn nicht lächerlichste Ehemann geworden. Fünfzehn Monate lang täuschte ich mich über das unvermeidliche Unglück, das diese Liebe mir bereiten musste. Ich war damals so jung, zweiundzwanzig Jahre! – erinnern Sie sich dessen, Henry, und verdammen Sie mich nicht. Endlich öffnete ich die Augen gerade in dem Augenblick, als ich die großartige Dummheit begehen wollte, eine Frau zu heiraten, die mich wahnsinnig liebte – ich hielt am Rand des Abgrundes inne und ergriff die Flucht, um nicht meiner Schwäche zu unterliegen.«

»Heuchler!« sagte Henry. »Lavinia hat mir die Geschichte ganz anders erzählt. Es scheint, Sie waren schon lange vor jenem fühllosen Entschluss, der Sie nach Italien führte, der armen Jüdin überdrüssig und ließen sie grausamer Weise fühlen, dass Sie sich bei ihr langweilten. O, wenn Lavinia das erzählt, macht sie keine Phrasen, das versichere ich Sie. Sie gesteht das eigene Unglück und Ihre Herzlosigkeit mit einer Treuherzigkeit und Einfachheit, Wie ich sie niemals bei einer andern Frau gefunden habe. Sie hat so eine eigene Manier »am Ende langweilte ich ihn« zu sagen – wahrhaftig, Lionel, hätten Sie diese Worte von ihr gehört, mit dem Ausdruck offenherziger Trauer, den sie hineinzulegen versteht, ich wette, Sie würden Gewissensbisse empfinden.«

»Habe ich deren etwa nicht gehabt?« rief Lionel. »Das eben ist's, was uns eine Frau noch ferner verleidet: alles was wir nach unsern Rücktritt ihretwegen erdulden. Da sind die tausend kleinen Plagen, mit denen die Erinnerung uns verfolgt, die Stimme der Gesellschaft, die Rache und Anathema schreit, das Gewissen, das uns schreckt und quält, die leichten, sanften, und doch so grausamen Vorwürfe, die die arme Verlassene durch das hundertzüngige Gerücht uns zusendet. Sehen Sie, Henry, ich kenne nichts Langweiligeres und Traurigeres als das Gewerbe eines Don Juan.«

»Wem wollen Sie das einreden!« entgegnete Henry in neckendem Tone und machte dabei jene Geste ironischer Prahlerei, die ihm so gut stand. Doch sein Gefährte geruhte nicht, zu lächeln, und ritt langsam weiter, indem er dem Pferd den Zügel und seinen müden Blick auf dem entzückenden Gemälde umherschweifen ließ, welches das Tal zu ihren Füßen entrollte.

Luz ist eine kleine Stadt, die ungefähr eine Meile von Saint-Sauveur entfernt liegt. Unsere Stutzer machten dort Halt. Nichts konnte Lionel bewegen, bis zu Lady Lavinias Wohnort zu reiten. Er setzte sich in einem Gasthause fest und warf sich in Erwartung der für das Stelldichein bestimmten Stunde aufs Bett.

Obgleich das Klima hier weit weniger warm ist, als im Bigorratal, war doch der Tag drückend heiß. Sir Lionel, auf dem schlechten Wirtshausbett hingestreckt, empfand etwas Fieber und schlief unter dem Summen der Insekten, die über seinem Kopfe in der glühenden Atmosphäre hin und her schossen, nur mit Mühe ein. Sein lebhafterer und sorgloserer Gefährte durchschritt das Tal, besuchte die Nachbarschaft, überwachte den Durchzug der Kavalkaden auf der Straße nach Gavarni, grüßte die schönen Ladies, die er an den Fenstern oder auf den Wegen erblickte, warf den jungen Französinnen, für die er eine entschiedene Vorliebe besaß, feurige Blicke zu und kehrte endlich bei Einbruch der Nacht zu Lionel zurück.

»Heda! Aufgestanden!« rief er und fuhr dabei unter die wollenen Bettvorhänge, »die Stunde des Stelldicheins ist da!«

»Schon?« sagte Lionel, der Dank der Abendkühle friedlich zu schlummern begann, »was ist denn die Uhr, Henry?«

Henry erwiderte in pathetischem Tone:

»At the close of the day, when the hamlet is still,
And nought but the torrent is heard upon the hill« – [5]

»Um Himmels willen, verschonen Sie mich mit Ihren Zitaten, Henry! Ich sehe wohl, dass die Nacht herabsinkt, dass die Stille zunimmt, dass das Murmeln des Baches klangvoller und reiner zu uns herübertönt – aber Lady Lavinia erwartet mich erst um 9 Uhr. Vielleicht kann ich noch ein wenig schlafen.«

»Nein, keine Minute mehr, Lionel! Wir müssen uns zu Fuß nach Saint-Sauveur begeben, denn

---

[5] Um Sonnenuntergang, wenn es im Dörfchen schweigt, Und nur des Baches Rauschen auf zum Hügel steigt. *Der Übers.*

ich habe schon heut' Morgen die Pferde dahin führen lassen; die armen Tiere sind ziemlich abgetrieben, und zudem bleibt ihnen noch ein gutes Stück zu tun. Vorwärts, kleiden Sie sich an! So ist's gut! Um 10 Uhr bin ich an Lady Lavinias Tür, führe Ihnen Ihren Renner vor und überreiche Ihnen die Zügel, gerade wie unser großer William an der Pforte des Theaters, als er zum Jockeydienst erniedrigt war, der große Mann. Vorwärts Lionel, hier Ihr Mantelsack, eine weiße Krawatte und Bartpomade. Ruhig doch! Gott, diese Nachlässigkeit! Diese Apathie! Woran denken Sie denn, Bester? Sich einer Frau, die man nicht mehr liebt, in schlechter Toilette zu präsentieren, ist ein ungeheurer Fehler. Bedenken Sie doch, dass man, um ihr die Größe des Verlustes fühlbar zu machen, gerade mit allen Vorzügen vor ihr erscheinen muss! – Schnell, schnell! Arrangieren Sie Ihre Haartour noch sorgsamer, als wenn es sich darum handelte, mit Miss Margaret den Ball zu eröffnen. – So! – Lassen Sie sich noch etwas abbürsten. – Wie! sollten Sie gar ein Flakon mit Hyazinthenessenz zum Parfümieren Ihres seidenen Taschentuches vergessen haben? Das wäre unverzeihlich! Gott sei Dank, hier ist's. Nun vorwärts, Lionel, Sie duften, Sie strahlen – gehen Sie. Bedenken Sie, dass es eine Ehrensache für Sie ist, Tränen zu entlocken, da Sie heute Abend zum letzten Mal in Lady Lavinias Gesichtskreis erscheinen.«

Beim Gange durch das weitläufig gebaute Saint-Sauveur, das aus höchstens fünfzig Häusern besteht, waren sie erstaunt, weder auf der

Straße noch an den Fenstern eine Person der feinern Welt zu bemerken. Doch diese Seltsamkeit fand ihre Erklärung, als sie an den Fenstern eines Erdgeschosses vorüber kamen, aus dem die misstönenden Klänge einer Fiedel, eines Flageolets und eines Hackebretts, jenes Instrumentes, das zwischen dem französischen Tamburin und der spanischen Gitarre die Mitte hält, hervor schollen. Der Lärm und der Staub belehrten unsere Reisenden, dass der Ball begonnen habe, und dass die vorhandene elegante Welt der französischen, spanischen und englischen Aristokratie in einem einfachen Saale, dessen weiß getünchte Wände Buchsbaum- und Thymiangierlanden schmückten, versammelt war und sich nach dem Klange des abscheulichsten Charivaris, das je die Ohren zerriss und den Takt falsch markierte, im Tanze drehte.

Mehrere Gruppen von Badegästen, die eine weniger glänzende Stellung oder eine gründlicher ruinierte Gesundheit der aktiven Teilnahme an der Soiree beraubte, drängten sich an den Fenstern durcheinander, um über die Schultern der vorn stehenden einen neidisch oder ironisch neugierigen Blick in den Saal zu werfen und lobende oder tadelnde Bemerkungen auszutauschen, wobei sie auf den Schlag der Dorfuhr warteten, die jeden Kranken bei Strafe des Verlustes sämtlicher wohltätigen Folgen des Mineralwassers ins Bett treibt.

Gerade als unsere beiden Reisenden an dieser Gruppe vorübergingen, entstand unter dem Haufen ein Wogen gegen die Fensteröffnungen hin, und Henry, der sich unter die Neugierigen zu drängen suchte, hörte folgende Worte:

»Jetzt tritt die schöne Jüdin Lavinia Blake zum Tanze an. Man sagt, sie sei die beste Tänzerin in ganz Europa.«

»He, kommen Sie her, Lionel!« rief der junge Baronnet. »Schauen Sie, wie geschmackvoll gekleidet und wie reizend meine Cousine ist.«

Lionel aber zupfte ihn am Arme und zog ihn missmutig und ungeduldig vom Fenster fort, ohne auch nur einen Blick nach dieser Seite zu werfen.

»Weiter, weiter‟, sagte er, »wir sind nicht hierher gekommen, um dem Tanze zuzusehen.«

Er konnte sich jedoch nicht so schnell entfernen, als dass nicht eine andere Bemerkung, die zufällig in seiner Nähe fiel, sein Ohr erreicht hätte.

»Ah!« sagte man, »der schöne Graf von Morangy tanzt mit ihr.«

»Thun Sie mir die Liebe und sagen Sie mir, wer anders sonst noch es sein könnte‟, erwiderte eine zweite Stimme.

»Man sagt, er verliere darüber den Kopf‟, fiel ein dritter ein. »Er hat ihretwegen schon drei Pferde und ich weiß nicht wie viel Jockeys zu Schanden gehetzt.«

Die Eigenliebe ist ein so seltsamer Berater, dass wir ihretwegen hundertmal des Tages in den schönsten Widerspruch mit uns selbst geraten. Tatsächlich war Lionel entzückt, Lady Lavinia durch eine neue Neigung beschäftigt und in einem Verhältnis zu sehen, das ihre beiderseitige Unabhängigkeit sicherte. Und dennoch schienen ihm diese öffentlichen Triumphe, die der verlassenen Frau Vergessenheit des Vergangenen gewähren konnten, eine Art Beleidigung für ihn, die er nur mühsam verschluckte.

Henry, der die Örtlichkeit kannte, führte ihn an das Ende des Dorfes zu dem Hause, das seine Cousine bewohnte. Dort verließ er ihn.

Das Haus lag ein wenig von den andern entfernt. Auf der einen Seite lehnte es sich an den Fels, auf der andern beherrschte es die Schlucht. Nur drei Schritte davon stürzte der Bach mit donnerndem Getöse in die Felsrinne, so dass das Haus, das so zu sagen in dies erfrischende, wilde Geräusch eingehüllt war, vom Sturz des Wassers erschüttert und bereit schien, sich mit ihm in die Tiefe zu stürzen. Es war eine der pittoreskesten Lagen, die man wählen konnte, und Lionel erkannte an diesem Umstande den romantischen und etwas bizarren Geschmack der Lady Lavinia wieder.

Eine alte Negerin öffnete ihm die Tür eines kleinen Salons im Erdgeschoß. Kaum fiel der Lichtschein auf ihr glänzendes, schwieliges Gesicht, als Lionel ein Ausruf der Überraschung entschlüpfte. Es war Pepa, Lavinias alte Amme, dieselbe, die Lionel zwei Jahre lang täglich bei seiner Vielgeliebten gesehen hatte. Da er auf eine Gemütsbewegung nicht vorbereitet war, verwirrte der unerwartete Anblick der Alten, der ihm die Vergangenheit ins Gedächtnis zurückrief, auf kurze Zeit all seine Gedanken.

Beinahe wäre er ihr um den Hals gefallen, hätte sie beinahe wie in den Tagen der feurigen Jugend Mutter genannt und sie wie eine würdige Dienerin, eine alte Freundin umarmt, doch Pepa wich drei Schritte zurück und betrachtete Lionels erregtes Wesen mit verdutzter Miene. Sie erkannte ihn nicht wieder.

Ich habe mich also sehr verändert? – dachte er.

»Ich bin die Person, die Lady Lavinia zu sich befohlen hat", sagte er dann verwirrt. »Hat sie es Ihnen nicht gesagt?«

»O doch, Mylord« entgegnete die Negerin. »Mylady ist auf dem Ball; sie befahl mir, ihr ihren Fächer zu bringen, sobald ein Herr Einlass begehre. Bleiben Sie hier, ich eile, sie zu benachrichtigen« –

Die Alte begann den Fächer zu suchen. Er lag auf der Kante eines Marmortischchens im Bereich von Sir Lionels Hand. Er nahm ihn auf, um ihn der Alten zuzustellen; der feine Duft desselben haftete noch an seinen Fingern, als sie schon hinausgegangen war.

Dies Parfum wirkte wie ein Zauber auf ihn ein. Seine Nerven durchzuckte es wie ein elektrischer Schlag, der bis ins Herz drang und es erschütterte. Es war Lavinias Lieblingsparfum: die Essenz eines aromatischen, in Indien wachsenden Krautes, mit der sie vormals ihre Kleider und Handgeräte zu durchtränken pflegte. Dies Patchouli war eine ganze Welt voll Erinnerungen, ein ganzes Liebesleben: es war ein Teil der ersten Frau, die er geliebt hatte. Sein Blick umflorte sich, seine Pulse pochten heftig. Vor ihm schien eine Wolke zu lagern und in dieser ein braunes, zartes, sechzehnjähriges Mädchen, so feurig und doch so sanft: die Jüdin Lavinia, seine erste Liebe. Schnellfüßig wie ein Hirsch sah er sie vorüber fliegen, wie sie Heideblumen pflückte, das wildreiche Blachfeld seiner Forsten durchstreifte, ihr schwarzes Rösslein durch die Sümpfe spornte – lachlustig, feurig, phantastisch wie Diana Bernow oder die heitern Feen der grünen Insel.

Bald aber schämte er sich dieser Schwäche, indem er an den Überdruss dachte, der diese Liebe und all die andern vernichtet hatte. Mit trübsinnig-philosophischem Blick schaute er zurück auf die zehn prosaisch vernünftigen Jahre, die ihn schieden von jener Zeit der Schäferspiele und der Poesie; dann beschwor er die Zukunft herauf, den parlamentarischen Ruhm und den Prunk des politischen Lebens in der Gestalt der Miss Margaret Ellis, die er selbst in der Form ihrer Mitgift anbetete, und zuletzt begann er in dem Zimmer, wo er sich befand, auf und ab zu schreiten und schaute dabei um sich mit dem skeptischen Blicke eines vernünftig gewordenen Liebhabers und eines dreißigjährigen Mannes, der nach einer Stellung im gesellschaftlichen Leben ringt. –

Man wohnt einfach in den Bädern der Pyrenäen, aber Dank den Lawinen und den Sturzbächen, die in jedem Winter die Wohnsitze verwüsten, sieht man in jedem Frühling die Verzierungen und das Mobiliar sich erneuern oder verjüngen. Das Häuschen, welches Lavinia gemietet hatte, war aus unbehauenen Steinen erbaut und innen ganz mit harzigem Holze getäfelt. Dies weiß gestrichene Holz hatte den Glanz und die Frische des Stucks. Eine in Spanien geflochtene und in verschiedenen Farben schattierte Binsenmatte diente als Teppich. Blendend weiße Basin-Vorhänge fingen den schwankenden Schatten der Tannen auf, deren dunkles Nadelwerk der Nachtwind im flüssigen Mondenlichte schüttelte. Kleine, lackierte Gefäße aus Olivenholz waren mit den schönsten Blumen des Gebirges angefüllt. Lavinia hatte sie in den abgelegensten Tälern und auf den höchsten Gipfeln selbst gepflückt: diese Belladonnen mit der korallenroten Blumenkrone, dies Eisenkraut mit dem himmelblauen Helmschmuck und dem giftgeschwängerten Kelche, diese weiß und roten Nelken mit den fein gezackten Blättern, dies bleiche Seifenkraut, diese wie Musselin durchsichtigen und ebenso gefalteten Glockenblumen, diesen purpurroten Baldrian, all diese wilden Töchter der Einsamkeit, die so frisch und duftig blühen, dass sich die Gämse scheut, sie im Laufe mit den Hufen zu berühren und zu knicken, und dass das Wasser der dem Jäger unbekannten Quellen mit seinem lässigen, stillen Strome sie kaum zur Erde beugt.

Dies weiße, duftende Stübchen war wirklich und wie unbewusst zu einem Rendezvous geschaffen; doch daneben schien es auch das Allerheiligste einer reinen, jungfräulichen Liebe. Die Kerzen verbreiteten einen schwachen Schimmer, die Blumen schienen schamhaft ihre

Kelche vor dem Licht zu schließen, kein Frau-
engewand, keine Spur absichtlicher Koketterie
zeigte sich auf den Möbeln, nur ein verwelkter
Veilchenstrauß und ein zerrissener weißer
Handschuh lagen neben einander auf dem Kamine. Lionel, von einer unwiderstehlichen Bewegung fortgerissen, nahm den Handschuh
und zerknitterte ihn zwischen den Händen –
die krampfhafte, kalte Umarmung bei einem
letzten Abschied. Er hob das duftlose Bouquet
auf, betrachtete es einen Augenblick, machte
eine bittere Anspielung auf die Blumen, aus
denen es bestand, und warf es mit Ungestüm
weit von sich. Hatte Lavinia diesen Strauß absichtlich dort hingelegt, damit ihr alter Liebhaber einen Kommentar dazu mache?

Lionel näherte sich dem Fenster und schob die
Vorhänge auseinander, um durch den Anblick
der freien Natur die üble Laune zu dämpfen,
die sich seiner mehr und mehr bemächtigte.
Das Schauspiel war zauberhaft. Das auf dem
Felsen ruhende Haus diente einer gigantischen,
senkrecht aufsteigenden Bergwand, deren Fuß
die Gave bespülte, als Bastei. Rechts stürzte mit
furchtbarem Getöse der Katarakt herab, links
neigte sich ein dichtes Tannengehölz über den
Abgrund, in der Ferne breitete sich das mond-
beglänzte Tal in unbestimmten Umrissen aus.
Ein großer, wilder Lorbeerbaum, der in einem
Felsspalt wurzelte, schlug mit seinen länglichen
Blättern gegen das Fenstersims, und der Wind,
der mit denselben spielte, schien geheimnisvolle Worte zu flüstern.

Während Lionel in diesen Anblick versunken war, trat Lavinia ein. Das Rauschen des Baches und des Windes hinderten ihn, sie zu hören. Mehrere Minuten blieb sie hinter ihm stehen, ohne Zweifel bemüht, sich zu sammeln und vielleicht sich fragend, ob das dort der Mann sei, den sie so sehr geliebt; denn in diesem Moment natürlicher Rührung glaubte Lavinia trotz aller Vorbereitung zu träumen. Sie gedachte der Zeit, wo es sie unmöglich gedünkt hatte, Sir Lionel wiederzusehen, ohne vor Zorn und Schmerz tot umzusinken. Und nun stand sie da, sanft, ruhig, vielleicht gleichgültig –

Lionel wandte sich mechanisch um und erblickte sie. Ein Schrei entschlüpfte ihm, er hatte sie nicht erwartet. Dann machte er, beschämt über diese Unschicklichkeit und durch das, was er empfand, verwirrt, eine heftige Anstrengung, um einen korrekten, tadellosen Gruß an Lavinia zu richten.

Doch gegen seinen Willen lähmte eine unerwartete Bestürzung, eine unbezwingliche Aufregung seinen erfinderischen, leichtfertigen Geist, diesen so gelehrigen, schmiegsamen Geist, der immer bereit war, sich liebenswürdig und ohne Rückhalt hinzugeben und zum Gebrauch des ersten besten von Hand zu Hand zu gehen wie das Gold. Diesmal schwieg der rebellische Geist und verharrte fassungslos in der Betrachtung Lavinias.

So schön sie wiederzufinden, hatte er nicht erwartet. Als er sie verließ, war sie sehr leidend und entstellt. Damals hatten die Tränen ihre

Wangen gefurcht, der Kummer ihre Gestalt verzehrt, ihr Auge war erloschen, ihre Hand trocken, ihre Toilette vernachlässigt. Unkluger Weise hatte sie sich damals selbst verunstaltet, die arme Lavinia, ohne zu bedenken, dass der Kummer nur das Herz der Frau verschönert, und dass die meisten Männer der Frau bereitwillig die Seele absprechen würden, wie es ein gewisses Konzil italienischer Prälaten tat.

Jetzt aber stand Lavinia im vollen Glanze jener Nachblüte der Schönheit, deren die Frauen sich erfreuen, wenn nicht die Jugendzeit ihnen unheilbare Herzenswunden geschlagen. Noch immer war sie die schlanke, hagere Portugiesin mit dem etwas bronzefarbenen Teint und dem etwas scharf geschnittenen Profil, aber ihre Erscheinung und ihre Manieren hatten ganz die Grazie und einschmeichelnde Anmut der Französinnen angenommen. Eine unveränderlich feste Gesundheit hatte ihrer bräunlichen Hautfarbe ein sammetweiches Aussehen verliehen. Ihr zarter Körper hatte die Geschmeidigkeit und blühende Lebendigkeit wiedererlangt. Ihr Haar, das sie vormals abgeschnitten, um damit der Liebe ein Opfer zu bringen, hing jetzt in ganzer Fülle dicht gelockt über der klaren, faltenlosen Stirn. Ihre Toilette bestand aus einer Robe indischen Musselins und einem Büschel weißen Heidekrauts im Haar, das im Thale selbst gepflückt war. Es gibt kein reizenderes Gewächs, als die weiße Heide: beim Anblick der zarten, schwanken Zweige im schwarzen Haar Lavinias hätte man meinen können, es wären Trauben wirklicher Perlen. Ein ausgezeichneter Geschmack hatte zu Rath gesessen bei dieser Haartracht und dieser einfachen Toilette, in der die erfinderische Koketterie der Frau sich enthüllte, indem sie sie zu verhüllen schien.

Nie hatte Lionel Lavinia so verführerisch gesehen. Nur noch einen Moment – und er wäre vor ihr niedergesunken und hätte sie um Verzeihung gebeten. Doch das ruhige Lächeln, das er auf ihrem Antlitz bemerkte, erfüllte ihn von neuem mit der nötigen Bitterkeit, um die Zusammenkunft mit allen Zeichen stolzer Würde zu bestehen.

Aus Mangel an einer passenden Redensart zog er ein sorglich versiegeltes Päckchen aus dem Busen und sagte, indem er es auf den Tisch legte, mit fester Stimme:

»Madame, Sie sehen, Ihr Sklave ist gehorsam – kann ich annehmen, dass mir mit diesem Tage meine Freiheit zurückgegeben ist?«

„Es scheint mir" entgegnete ihm Lavinia mit melancholisch-heitrer Miene, „dass bis jetzt Ihre Freiheit nicht allzu sehr beschränkt war, Sir Lionel. Haben Sie wirklich während dieser ganzen Zeit in meinen Fesseln geschmachtet? Ich gestehe, dass ich mir damit nicht geschmeichelt habe."

»O Madame! ich beschwöre Sie, spotten Sie nicht! Ist dieser Augenblick nicht ein beklagenswerter?«

»Das ist eine alte Tradition, eine abgemachte Lösung, ein unvermeidlicher Moment bei allen

Liebesgeschichten", erwiderte sie. »Ja, wenn man beim Schreiben von der künftigen Notwendigkeit, misstrauisch das Geschriebene einander wieder entreißen zu müssen, durchdrungen wäre – aber man denkt nicht daran. Mit zwanzig Jahren schreibt man voll der tief wurzelnden, arglosen Meinung, man habe unverbrüchliche Schwüre ausgetauscht: mitleidig lächelt man bei dem Gedanken an das prosaische Ende der im Erlöschen begriffenen Leidenschaften. Hochmütig glaubt man, man werde allein unter allen eine Ausnahme bilden von dem starren Gesetz der menschlichen Unbeständigkeit! – ein edler Irrtum, ein glücklicher Selbstbetrug, aus dem die Stärke und die Illusionen der Jugend entspringen! Ist's nicht so, Lionel?«

Lionel blieb starr und stumm. Diese trauriggelassene Sprache, obgleich aus Lavinias Munde so natürlich, dünkte ihn eine unglaubliche Widersinnigkeit, denn nie hatte er Lavinia so gesehen: er kannte sie, wie sie, ein schwaches Kind, sich blindlings allen Irrungen des Lebens hingab, sich vertrauensselig allen Stürmen der Leidenschaft überlieferte – hatte er doch, als er sie, die Schmerzgebrochene, verlassen, noch gehört, wie sie dem Urheber ihres Unglücks ewige Treue schwor.

Doch sie dergestalt das Todesurteil über alle Träume der Vergangenheit aussprechen zu hören, war peinlich und schrecklich. Diese Frau, die sich selbst überlebte und sich nicht scheute, ihrem Leben die Totenrede zu halten, bot ein tief trauriges Schauspiel, das Lionel nicht ohne

Schmerz betrachten konnte. Er fand keine Antwort. Wohl wusste er besser als irgendjemand, was man in solchem Falle alles sagen konnte, aber er hatte nicht den Muth, Lavinia bei diesem Selbstmord zu unterstützen.

Da er in seiner Verwirrung das Packet mit den Briefen zwischen den Händen zerknitterte, sagte sie:

„Sie kennen mich gut genug, oder vielmehr, Sie erinnern sich meiner gut genug, als dass Sie nicht wüssten, dass ich nicht aus Rücksichten der Klugheit, die den Frauen einfallen, wenn ihre Liebe erloschen ist, diese Zeugen einer alten Liebe reklamiere. Hegten Sie solchen Argwohn, so dürfte die Erinnerung daran, dass ich diese Zeugen zehn Jahre lang in Ihren Händen ließ, ohne an die Rückforderung zu denken, zu meiner Rechtfertigung genügen. Nie würde ich mich dazu entschlossen haben, wenn nicht die Ruhe einer andern Frau durch das Dasein dieser Papiere in Frage gestellt würde."

Lionel sah Lavinia fest an und lauerte auf das geringste Zeichen von Groll oder Kummer, das der Gedanke an Margaret Ellis bei ihr erzeugen möchte, aber es war ihm unmöglich, in ihrem Blick oder ihrer Stimme die geringste Erregung wahrzunehmen, Lavinia schien jetzt unverwundlich.

Ist diese Frage zu Stein oder zu Eis geworden? – fragte er sich.

»Sie sind großmütig", sagte er halb bewundernd, halb ironisch, »wenn das der einzige Beweggrund ist.«

„Und welchen andern könnte ich haben, Sir Lionel? Wollen Sie mir das gefälligst erklären?"

»Ich könnte annehmen, Madame – wenn ich Lust hätte, Ihren Edelmut zu leugnen, was Gott verhüte! – dass persönliche Motive Sie zu dem Wunsche veranlassen, wieder in den Besitz dieser Briefe und dieses Portraits zu gelangen?«

„Das hieße sich ein wenig spät entscheiden!« erwiderte Lavinia lachend. »,Sicherlich würden Sie starke Gewissensbisse empfinden, wenn ich Ihnen erklärte, dass ich bis heute mit dem Anschaffen »persönlicher Motive« (so lautet Ihr Ausdruck) gewartet hätte, nicht wahr?'«

»Madame, Sie setzen mich in große Verlegenheit", versetzte Lionel und sprach diese Worte mit zwangloser Geläufigkeit, denn nun befand er sich auf seinem Terrain. Vorwürfe hatte er erwartet und war auf den Angriff vorbereitet. Doch dieser Vorteil ward ihm nicht, der Gegner änderte sogleich die Stellung.

„Doch fürchten Sie nicht, teurer Lionel," sagte sie mit einem Lächeln voller Herzensgüte, das Lionel, der in ihr nur die leidenschaftliche Frau kennen gelernt hatte, noch nicht an ihr kannte, „Fürchten Sie nicht, dass ich die Gelegenheit missbrauche. Mit den Jahren ist mir auch der Verstand gekommen, und seit langem habe ich recht gut eingesehen, dass Sie mir gegenüber schuldlos sind. Ich selbst bin schuldig gegen mich, gegen die Gesellschaft, vielleicht auch gegen Sie. Denn unter zwei so jugendlichen Liebesleuten, wie wir es waren, sollte die Frau die Führerin des Mannes sein. Anstatt ihn auf die Irrwege einer verfehlten, unmöglichen Laufbahn zu leiten, sollte sie ihn dadurch, dass sie ihn an sich fesselt, der Welt erhalten. Ich aber, ich wusste nichts zur rechten Zeit zu tun. Ich habe Ihnen auf Ihrem Lebenswege tausend Hindernisse bereitet, ich war die unfreiwillige, aber unbesonnene Ursache fortwährender schlimmer Gerüchte, die Sie verfolgten, ich hatte den furchtbaren Schmerz, Ihre Tage durch Rächer bedroht zu sehen, die ich verleugnete, die sich aber dessen ungeachtet gegen Sie erhoben, ich war die Qual Ihrer Jugend, der Fluch Ihres Mannesalters. Verzeihen Sie mir, ich habe das Böse, das ich Ihnen antat, schwer gesühnt."

Lionel fiel aus einem Erstaunen in das andere. Wie ein Angeklagter, der sich mit Widerstreben auf das Armesünderbänkchen setzt, war er gekommen, und nun behandelte man ihn wie einen Richter, dessen Barmherzigkeit man in Demut anruft. Lionel besaß von Natur ein gutes Herz, nur der Hauch der weltlichen Eitelkeit hatte es in der Blüte geknickt, und Lavinias Edelmut rührte ihn um so tiefer, da er nicht darauf vorbereitet war. Bezwungen von der Schönheit des Charakters, der sich ihm enthüllte, neigte er das Haupt und beugte die Knie.

»Madame, ich hatte Sie nie verstanden", sagte er mit bebender Stimme, »ich kannte Ihren Wert nicht, ich war Ihrer unwürdig und schäme mich dessen.«

»Sagen Sie das nicht, Lionel", erwiderte sie und reichte ihm die Hand, um ihn aufzuheben. »Als Sie mich kannten, war ich nicht, was ich heute bin. Wenn die Vergangenheit zurückgerufen werden könnte, wenn ich heute die Huldigungen eines Mannes empfinge, der eine Stellung in der Welt bekleidet wie Sie« –

Heuchlerin! – dachte Lionel. Der Graf von Morangy, der eleganteste unter den Herrn von Stande, betet sie an. –

»Wenn ich", fuhr sie ohne Anmaßung fort, »über das äußere, öffentliche Leben eines geliebten Mannes zu entscheiden hätte, so würde ich vielleicht sein Glück, anstatt es zu vernichten zu suchen, zu mehren verstehen.«

Soll das ein Antrag sein? – fragte sich Lionel verblüfft.

Und in seiner Verwirrung presste er Lavinias Hand feurig an seine Lippen. Gleichzeitig warf er einen Blick auf diese Hand, die merkwürdig weiß und zierlich war. Denn die Hände jüngerer Damen sind oft rot und geschwollen, erst später werden sie weiß, verlängern sich und nehmen zierlichere Proportionen an.

Je länger er sie betrachtete und ihr zuhörte, desto mehr erstaunte er, Vorzüge an ihr zu entdecken, die sie erst neu erworben hatte. Unter anderem sprach sie jetzt das Englische mit größter Reinheit und ohne den fremden Accent und die inkorrekten Ausdrücke, über die Lionel vormals unbarmherzig gespottet hatte, und das verlieh ihrer Redeweise und ihrer Aussprache eine feine, anmutende Eigentümlichkeit. Vielleicht hatte sich das Starre und etwas Unbändige ihres Charakters nur tiefer in das Innere ihrer Seele zurückgezogen, aber ihr Äußeres verriet nichts davon. Weniger heftig, weniger absonderlich, vielleicht weniger romantisch, als sie je gewesen, war sie jetzt in Lionels Augen bei weitem verführerischer: sie war mehr seinen Ideen und der Welt gemäß.

Was soll ich weiter sagen? Nach einer einstündigen Unterhaltung hatte Lionel die zehn Jahre vergessen, die ihn von Lavinia schieden, oder vielmehr: er hatte sein ganzes Leben vergessen. Er glaubte sich bei einer neuen Frau, die er zum ersten Mal liebe, denn die Vergangenheit rief ihm Lavinia als trübsinnig, eifersüchtig, anspruchsvoll ins Gedächtnis, vor allem aber zeigte sie Lionel in seinen eigenen Augen als schuldig. Doch Lavinia begriff, was die Erinnerung Peinliches für ihn haben musste, und war zartfühlend genug, nur mit Vorsicht daran zu rühren.

Sie schilderten sich gegenseitig das Leben, das sie seit ihrer Trennung geführt hatten. Mit der Unparteilichkeit einer Schwester befragte ihn Lavinia über seine neue Liebe. Sie rühmte Miss Ellis' Schönheit und unterrichtete sich mit Interesse und Wohlwollen über ihren Charakter und die Vorteile, die eine solche Heirat ihrem alten Freunde bringen musste. Sie ihrerseits erzählte in häufig abschweifender, aber anziehender und feiner Weise von ihren Reisen, ihren Freunden, ihrer Heirat mit einem alten Lord, ihrer Witwenschaft und dem Gebrauche, den sie nun von ihrem Vermögen und ihrer Freiheit machte. Es lag ein wenig Ironie in allem, was sie sagte: indem sie sich ganz der Gewalt der Vernunft unterwarf, empfand sie doch ein wenig Groll gegen diese heroische Macht und verriet ihn unter der Form des Scherzes. Doch Zartgefühl und Nachsicht thronten herrlich in dieser frühzeitig geknickten Seele und gaben ihr das Gepräge einer Erhabenheit, die sie weit über alle andern erhob.

Mehr als eine Stunde war verflossen. Lionel zählte die Minuten nicht, er überließ sich den neuen Eindrücken mit jenem jähen, unsteten Feuer, das die letzte Kraft abgenutzter Herzen bildet. Durch alle erdenklichen Andeutungen suchte er das Gespräch zu beleben und Lavinia zu bewegen, ihm den wahren Zustand ihres Herzens zu enthüllen. Aber seine Anstrengungen waren vergeblich, die Frau war behänder und geschickter als er. So oft er auch eine Fiber ihres Gemüts erfasst zu haben glaubte, es blieb ihm nicht mehr in der Hand als ein Härchen. Sobald er ihr inneres Sein festzuhalten und zu umklammern hoffte, um es zu analysieren, entglitt ihm das Phantom wie ein Hauch und verflüchtigte sich ungreifbar wie die Luft.

Plötzlich wurde stark geklopft. Das Rauschen des Baches, das alles übertönte, hatte die ersten Schläge gegen die Türe unhörbar gemacht, und man wiederholte sie nun mit Ungeduld. Lady Lavinia fuhr zusammen.

»Das ist Henry, der mich benachrichtigen will«, sagte Sir Lionel. »Doch wenn Sie geruhen, mir noch einige Augenblicke zu schenken, will ich ihm sagen, dass er warten soll. Darf ich auf diese Gunst rechnen, Madame?«

Lionel bereitete sich vor, hartnäckig auf seiner Bitte zu bestehen, als Pepa eilig eintrat.

»Der Herr Graf von Morangy will mit aller Gewalt Zutritt haben", sagte sie auf Portugiesisch zu ihrer Herrin. »Er ist draußen – hört auf nichts« –

„Mein Gott, er ist schrecklich eifersüchtig" rief Lavinia offenherzig auf Englisch. „Was soll ich mit Ihnen anfangen, Lionel?"

Lionel stand wie vom Blitz getroffen.

„Lassen Sie ihn eintreten," sagte Lavinia hastig zu der Negerin. „Und Sie," wandte sie sich an Lionel, „Sie treten auf den Balkon. Das Wetter ist prächtig, Sie können sich fünf Minuten gedulden, um mir einen Dienst zu erweisen."

Und hastig drängte sie ihn auf den Balkon. Dann ließ sie den wollenen Vorhang zufallen und wandte sich dem eintretenden Grafen zu.

„Was bedeutet der Lärm, den Sie machen?" redete sie ihn ungezwungen an. „Das ist ja ein wahrer Einbruch."

»O, verzeihen Sie mir, Madame!« rief der Graf von Morangy. »Fußfällig flehe ich um Gnade. Da ich Sie plötzlich mit Pepa den Ball verlassen sah, glaubte ich, Sie wären erkrankt. Ich war so erschreckt – Sie sind in den letzten Tagen umpässlich gewesen. Gott! verzeihen Sie mir, Lavinia, ich bin toll, närrisch – aber ich liebe Sie so sehr, dass ich nicht mehr weiß, was ich tue!« –

Während der Graf sprach, überließ sich Lionel, nachdem er sich kaum von seiner Überraschung erholt, einem heftigen Wutanfall.

Unverschämtes Weib! -- dachte er. Sie wagt gar, mich zu bitten, ihrem *tête-à-tête* mit ihrem Geliebten beizuwohnen. Ha! wenn das eine vorbedachte Rache, eine absichtliche Beleidigung ist, mag man sich vor mir hüten! Doch welche Torheit! Ärger zeigen, hieße ihr einen Triumph bereiten – Frisch auf! sehen wir uns die Liebesszene mit der Kaltblütigkeit eines wahren Philosophen an. –

Er neigte sich zu der Fensteröffnung und wagte die Ritze zwischen den beiden Hälften des Vorhanges mit dem Knopfe seiner Reitpeitsche zu erweitern. So konnte er sehen und hören.

Der Graf von Morangy war einer der schönsten Männer Frankreichs, blond, stattlich, mit einem mehr schönen als ausdrucksvollem Gesicht, vortrefflich frisiert, ein Stutzer vom Kopf bis zu den Füßen. Seine Stimme klang sanft und weich; er schnarrte etwas beim Sprechen. Sein Auge war groß, aber glanzlos, der Mund fein und spöttisch, die Hände weiß wie die einer Frau und der Fuß mit tadelloser Vollendung bestiefelt. In Lionels Augen war er der furchtbarste Rivale, den man überhaupt haben konnte, ein Gegner, seiner würdig vom Scheitel bis zur Zehe.

Der Graf sprach französisch, und Lavinia antwortete ihm in dieser Sprache, die sie ebenso gut wie die englische beherrschte. Ein weiteres Talent Lavinias! – Mit merkwürdigem Wohlgefallen lauschte sie den Schmeichelworten des schönen, aristokratischen Stutzers. Der Graf wagte zwei oder drei leidenschaftliche Phrasen, die Lionel gegen die Regeln des guten Geschmacks und der dramatischen Konvenienz zu verstoßen schienen. Lavinia zürnte darüber nicht, in ihrem Lächeln war kaum etwas Spott zu bemerken. Sie drängte den Grafen, zuerst zum Balle zurückzukehren, indem sie ihm sagte, es würde nicht schicklich sein, wenn sie mit ihm zusammen einträte. Er jedoch beharrte hartnäckig bei seiner Absicht, sie bis an die Tür zu führen, und schwor, er würde erst eine Viertelstunde nach ihr eintreten. Während des Gesprächs ergriff er die Hände Lady Blakes, die sie ihm mit nachlässiger, aufmunternder Gedankenlosigkeit überließ.

Sir Lionel riss die Geduld.

Ich bin ein rechter Narr -- sagte er am Ende, dass ich geduldig dieser Mystifikation zuschaue, wenn ich mich entfernen kann –

Er trat an den Rand des Balkons. Aber der Balkon war verschlossen, und unterhalb desselben zeigte sich ein Felsgesims, das nicht gerade einem Fußsteig ähnlich sah. Nichtsdestoweniger wagte Lionel mutig die Balustrade zu übersteigen und auf dieser Felsleiste einige Schritte vorwärts zu tun. Doch bald war er gezwungen, anzuhalten – die Leiste verlor sich plötzlich gerade bei dem Katarakt, und eine Gämse hätte Bedenken getragen, einen Schritt weiter zu gehen. Im selben Augenblick zeigte der am Himmel aufsteigende Mond Lionel die Tiefe des Schlundes, von dem ihn nur wenige Zoll des Gesteins trennten. Er war genötigt, die Augen zu schließen, um dem Schwindel, der ihn befiel, zu widerstehen, und musste mühsam zum Balkon zurückkehren. Als es ihm gelungen war, die Balustrade wieder zu überklettern, und er nun den schmalen Raum zwischen sich und dem Abgrund überblickte, hielt er sich für den glücklichsten der Sterblichen, sollte er auch den erreichten Zufluchtsort um den Triumph seines Rivalen erkaufen. Geduldig musste er sich also darin ergeben, die sentimentalen Tiraden des Grafen von Morangy anzuhören.

»Madame«, sagte dieser, »zu lange verstellen Sie sich gegen mich. Es ist undenkbar, dass Sie nicht wüssten, wie sehr ich Sie liebe, und ich finde es grausam, dass Sie mich behandeln, als gälte es eine jener Launen, die in einem Tage entstehen und vergehen. Meine Liebe zu Ihnen ist ein Gefühl für das ganze Leben, und wenn Sie den Schwur, Ihnen dies Leben zu weihen, annehmen, Madame, so werden Sie sehen, dass auch ein Weltmann alle Achtung vor der Konvenienz verlieren und sich der Herrschaft der kalten Vernunft entziehen kann. O, treiben Sie mich nicht zur Verzweiflung oder fürchten Sie die Folgen derselben!«

„Sie wünschen also, dass ich mich bestimmt erkläre?" erwiderte Lavinia. „Wohlan! ich werde es tun. Kennen Sie meine Geschichte, mein Herr?"

»Ja, Madame, ich weiß alles. Ich weiß, dass ein Elender, den ich für den erbärmlichsten unter den Menschen halte, Sie schmählich getäuscht und verlassen hat. Und die Teilnahme, die Ihr Unglück mir einflößt, erhöht meine Liebe. Nur große Seelen sind verdammt, Schlachtopfer der Menschen und der Meinung zu werden.«

„Nun wohl, mein Herr," fuhr Lavinia fort, „so erfahren Sie denn, dass ich es verstanden habe, aus dieser harten Lehre meines Schicksals Nutzen zu ziehen, erfahren Sie, dass ich heute gegen mein eigenes Herz und gegen das anderer auf der Hut bin. Ich weiß, dass es nicht immer in der Macht des Mannes steht, seine Schwüre zu halten, und dass er betrügt, sobald er sein Ziel erreicht. Hoffen Sie also nicht, mein Herr, mich zu erweichen. Wenn Sie im Ernst reden, hier meine Antwort: Ich bin unverwundlich! Die wegen ihrer jugendlichen Fehltritte so viel verschriene Frau ist mit einem festern Walle als der Tugend, sie ist mit dem Misstrauen umpanzert!"

»Ach, Sie verstehen mich nicht, Madame", rief der Graf und warf sich ihr zu Füßen. »Ich sei verflucht, wenn ich je daran dachte, aus Ihrem Unglück die Hoffnung auf ein Opfer herzuleiten, das Ihr Stolz verdammt« –

„Sind Sie wirklich überzeugt, nie daran gedacht zu haben?" fragte Lavinia mit trübem Lächeln.

»Wohlan denn, ich will offen sein", sagte Herr von Morangy in solchem Tone der Wahrheit, dass die Art und Weise des großen Herrn ganz darunter verschwand. »Vielleicht hegte ich, ehe ich Sie wirklich kennen lernte, diesen Gedanken, den ich jetzt mit Abscheu zurückweise. Verstellung vor Ihnen, Lavinia, ist unmöglich! Sie unterjochen den Willen, Sie würden die List vereiteln, Sie erzwingen Anbetung. Und ich schwöre, seit ich weiß, wer Sie sind, war meine Liebe Ihrer würdig. Hören Sie mich an, Madame, und lassen Sie mich zu Ihren Füßen dem Urteilsspruch über mein Dasein entgegensehen. Meine ganze Zukunft will ich mit unlöslichen Banden an die Ihre fesseln. Einen, wie ich zu hoffen wage, geachteten Namen und ein glänzendes Vermögen, auf das ich, Sie wissen es, nicht eitel bin, lege ich Ihnen zu Füßen, und zugleich eine Seele, die Sie anbetet, ein Herz, das nur für Sie schlägt.«

„Sie tragen mir also in allem Ernste eine Heirat an?" sagte Lavinia, ohne eine den Grafen kränkende Überraschung zu zeigen. „Gut denn, mein Herr, ich danke Ihnen für dies Zeichen Ihrer Achtung und Zuneigung."

Und sie reichte ihm herzlich die Hand.

»Gott sei gelobt! Sie nimmt es an!« rief der Graf und bedeckte ihre Hand mit Küssen.

„Noch nicht, mein Herr," sagte Lavinia. „Ich bitte um Bedenkzeit."

»O! – Doch ich darf hoffen?«

„Ich weiß nicht – rechnen Sie aber auf meine Dankbarkeit. Nun adieu. Kehren Sie in den Ballsaal zurück, ich verlange es. In einer Minute bin auch ich dort."

Der Graf küsste leidenschaftlich den Saum ihrer Schärpe und ging. Sobald er die Tür hinter sich geschlossen hatte, schob Lionel den Vorhang vollständig auseinander und hielt sich bereit, von Lady Blake die Erlaubnis zum Wiedereintritt zu empfangen. Doch Lady Blake saß auf dem Sofa und wandte dem Fenster den Rücken zu. Lionel sah ihr Gesicht im gegenüberhängenden Spiegel. Sie starrte in brütender, nachdenklicher Stellung auf den Boden. In tiefes Sinnen verloren, hatte sie Lionel vollständig vergessen, und der Aufschrei der Überraschung, der ihr entschlüpfte, als dieser mitten ins Zimmer sprang, war das offenbare Eingeständnis ihrer schnöden Vergesslichkeit.

Lionel war blass vor Ärger, bezwang sich aber.

»Sie werden einräumen, Madame", sagte er, »dass ich Ihre neue Liebe respektiert habe. Es bedurfte großer Selbstverleugnung meinerseits, mich – vielleicht absichtlich – beschimpfen zu hören und gelassen in meinem Versteck zu bleiben.«

„Absichtlich?" wiederholte Lavinia und sah ihn mit strenger Miene an. „Was erkühnen Sie sich, von mir zu denken, mein Herr? Ist das Ihre Vorstellung von mir, so entfernen Sie sich."

»Nein, nein, das sind nicht meine Gedanken", erwiderte Lionel, indem er ihr näher trat und erregt ihre Hand ergriff. »Beachten Sie nicht, was ich sagte. Ich bin so verwirrt – Auch rechneten Sie gewiss auf meinen Verstand, als Sie mich einer solchen Szene beiwohnen ließen.«

„Auf Ihren Verstand, Lionel? Ich verstehe das Wort nicht. Sie wollen sagen, ich habe auf Ihre Gleichgültigkeit gerechnet?"

»Spotten Sie über mich, soviel Sie wollen, seien Sie grausam, treten Sie mich mit Füßen! Sie haben das Recht dazu! – Aber ich bin sehr unglücklich!« –

Er war tief bewegt. Lavinia glaubte, er spiele Komödie, oder tat, als ob sie es glaubte.

„Kommen wir damit zu Ende," sagte sie und erhob sich. „Sie hätten beherzigen sollen, was Sie mich dem Grafen von Morangy erwidern hörten. Und dennoch verletzt mich die Liebe dieses Mannes nicht. – Leben Sie wohl, Lionel. Scheiden wir für immer, aber ohne Groll. Hier Ihr Portrait und Ihre Briefe – Auf und lassen Sie meine Hand los, ich muss zum Ball zurück."

»Um mit Herrn von Morangy zu tanzen, nicht wahr?« entgegnete Lionel, indem er zornig sein Bild auf den Boden warf und es mit dem Absatz zertrat.

„Erwägen Sie doch," sagte Lavinia etwas bleich, aber ruhig, „der Graf von Morangy bietet mir eine Stellung und eine Ehrenrettung vor der Welt. Die Verbindung mit einem alten Lord hat nie recht den schnöden Flecken weggewaschen, der stets an einer verratenen Frau haftet. Aber ein junger, reicher, adeliger, beneideter und von den Frauen geliebter Mann – das ist etwas anders! Das ist der Überlegung wert, Lionel, und ich bin sehr erfreut, dass ich den Grafen bis jetzt geschont habe. Schon lange erriet ich seine ernstgemeinte Absicht."

»O Weiber, die Eitelkeit stirbt bei euch nie!« rief Lionel erbost, als sie das Zimmer verlassen hatte.

Er kehrte zu Henry in das Gasthaus zurück. Dieser erwartete ihn mit Ungeduld.

»Die Hölle über Sie, Lionel!« schrie er. »Eine gute Stunde erwarte ich Sie hier im Sattel. Was! zwei Stunden zu einer solchen Zusammenkunft! Vorwärts, aufs Pferd! Unterwegs werden Sie mir das erzählen.«

»Gute Nacht, Henry. Sagen Sie Miss Margaret, das Kopfkissen, das an meiner Stelle im Bett liegt, befinde sich sehr übel."

»Himmel und Erde! was höre ich!« rief Henry. »Sie wollen nicht mit nach Luchon?«

„Ein andern Mal. Jetzt bleibe ich hier."

»Aber das ist undenkbar. Sie träumen. Sollten Sie sich nicht etwa mit Lady Blake ausgesöhnt haben?«

„Nicht, dass ich wüsste, im Gegenteil! Doch ich bin müde, ich habe den Spleen und den Rheumatismus. Ich bleibe."

Henry fiel aus den Wolken. Er erschöpfte seine ganze Beredsamkeit, um Lionel zum Fortreiten zu bewegen. Da er aber kein Glück damit hatte, stieg er vom Pferde und warf dem Stallknecht die Zügel zu.

»Gut denn!« rief er, »wenn die Sache so steht, bleibe ich ebenfalls. Die Sache kommt mir so schnurrig vor, dass ich bis zu Ende Zeuge sein will. Zum Teufel mit den Liebschaften in Bagnères und den Reiseprojekten! Mein würdiger Freund Sir Lionel Bridgemont macht sich lächerlich, ich werde der aufmerksame, eifrige Zuschauer bei dem Drama sein.«

Lionel hätte alles in der Welt darum gegeben, hätte er sich diesen leichtsinnigen, schwatzhaften Wächter vom Halse schaffen können. Doch es war unmöglich.

„Da Sie entschlossen sind, mir zu folgen," sagte er, „so teile ich Ihnen mit, dass ich zum Balle gehe."

»Zum Ball? Gut! Der Tanz ist ein ausgezeichnetes Mittel gegen den Spleen und das Gliederreißen.« –

Lavinia tanzte mit Herrn von Morangy. Nie hatte Lionel sie tanzen sehen. Als sie nach England gekommen war, kannte sie nur den Bolero, und niemals hatte sie sich erlaubt, ihn unter dem sittenstrengen Himmel Großbritanniens zu tanzen. Seitdem hatte sie unsere Contretänze erlernt und übertrug auf sie die Wollust atmende Grazie der Spanierinnen im Verein mit einem Hauche englischer Prüderie, die den kühnen Schwung derselben mäßigte. Man stieg auf die Bänke, um sie tanzen zu sehen. Der Graf von Morangy war siegestrunken. Lionel stand fassungslos unter der Menge.

Das Männerherz ist so voll Eitelkeit! Er litt schwer, als er die, welche so lange von ihm beherrscht, von seiner Liebe umklaftert worden war, die vordem nur ihm allein gehört, so dass die Welt es nicht gewagt haben würde, sie aus seinen Armen zurückzufordern, als er sie jetzt frei, stolz, von Huldigungen umrauscht vor sich sah, wie jeder Blick ihr eine Sühne oder einen Ersatz für das Vergangene bot. Als sie an ihren Platz zurückkehrte, glitt Lionel in dem Augenblick, wo der Graf abgehalten wurde, gewandt in ihre Nähe und hob den Fächer auf, den sie eben hatte fallen lassen. Lavinia erwartete nicht, ihn dort zu sehen. Ein leiser Schrei entschlüpfte ihr, und sie ward merklich bleich.

»Mein Gott", redete sie ihn an, »ich glaubte Sie auf dem Wege nach Bagnères.«

„Fürchten Sie nichts, Madame" erwiderte er leise, „ich werde Sie bei dem Grafen von Morangy nicht kompromittieren."

Lange konnte er sich indessen nicht bezwingen und kam bald zurück, um sie zum Tanze aufzufordern.

Sie nahm es an.

»Muss ich nicht auch den Herrn Grafen um Erlaubnis bitten?« fragte er. –

Der Ball dauerte bis zum Morgen. Lady Lavinia war sicher, dass ein Ball so lange dauere, als sie dort blieb. Begünstigt durch die Verwirrung, die sich allmählich mit dem Vorrücken der Nacht bei einem Feste einschleicht, konnte Lionel oft mit ihr reden. Diese Nacht verdrehte ihm vollends den Kopf. Von Lady Blakes Reizen berauscht, durch die Nebenbuhlerschaft des Grafen angefeuert, über die Huldigungen der Menge, die sich jeden Augenblick zwischen sie und ihn drängte, erzürnt, bemühte er sich hartnäckig, mit aller Gewalt die erloschene Leidenschaft wieder zu beleben; und so lebhaft ließ die Eigenliebe ihn ihren Stachel fühlen, dass er den Ball im Zustande unbeschreiblicher Liebesnarrheit verließ.

Vergeblich suchte er zu schlafen. Henry, der allen Frauen den Hof gemacht und alle Contretänze getanzt hatte, schnarchte aus Leibeskräften. Sobald er erwachte, rieb er sich die Augen und sagte:

»Nun, Lionel, beim leibhaftigen Gott! das ist eine reizende Geschichte, Ihre Aussöhnung mit meiner Cousine. Denn hoffen Sie nicht, mich zu täuschen, ich kenne jetzt das Geheimnis. Als wir in den Saal traten, war Lavinia traurig und tanzte mit zerstreuter Miene, doch sobald sie Sie erblickte, belebte sich ihr Auge, klärte sich ihre Stirn. Sie war wonnetrunken, als Ihr im Walzer sie wie eine Feder durch die Menge wirbeltet. Glücklicher Lionel! in Luchon eine schöne Braut und schöne Mitgift, in Bagnères eine schöne Geliebte und einen großen Triumph!«

„Lassen Sie mich mit Ihren Faseleien in Ruhe!" sagte Lionel übellaunig. –

Henry war zuerst mit dem Ankleiden fertig. Er ging fort, um zu sehen, was es Neues gäbe, und kam unter dem gewohnten Mordlärm bald zurück.

»O Gott, Henry", sagte sein Freund zu ihm, »werden Sie denn nie diese dröhnende Stimme und die schrecklichen Gesten sich abgewöhnen? Man sollte meinen, Sie kämen immer geradewegs von der Hasenjagd und hielten die Leute, mit denen Sie reden, für losgekoppelte Leithunde.«

„Aufgesessen! Aufgesessen!" schrie Henry. „Lady Lavinia Blake sitzt zu Ross und reitet nach Gèdres mit noch zehn andern jungen Närrinnen und wer weiß wie viel Jungfernknechten, der Graf von Morangy voran – was, wohl gemerkt, nicht besagen soll, er sei auch bei ihr allen andern voran!«

»Ruhig, Hanswurst!« schrie Lionel. »Allerdings in den Sattel und fort!«

Die Kavalkade hatte einen Vorsprung gewonnen. Die Straße nach Gèdres ist ein steiler Pfad, eine in den Fels gehauene Treppe, die am Abgrunde entlang läuft und den Pferden tausend Schwierigkeiten, den Menschen tausend Gefahren bietet. Lionel setzte sein Pferd in gestreckten Galopp. Henry glaubte, sein Freund sei toll, aber da er bedachte, die Ehre gebiete, nicht zurückzubleiben, sprengte er ihm nach. Ihre Ankunft war ein abenteuerlicher Zwischenfall für die Karawane. Lavinia zitterte beim Anblick dieser beiden Tollköpfe, die am Rande des furchtbaren Schlundes daherbrausten. Als sie

Lionel und ihren Cousin erkannte, erbleichte sie und wäre beinahe vom Pferde gesunken. Der Graf von Morangy merkte etwas und ließ sie nicht mehr aus den Augen. Er war eifersüchtig.

Das war ein Sporn mehr für Lionel. Den ganzen Tag über kämpfte er hartnäckig um den geringsten Blick Lavinias. Die Schwierigkeit, mit ihr zu reden, der lebhafte Ritt, die Gemütsbewegung, die der großartige Anblick der Landschaft, die sie durchzogen, hervorrief, der geschickte und stets liebenswürdige Widerstand Lady Blakes, ihre Gewandtheit beim Reiten, ihre Kühnheit, ihre Anmut, der stets poetische und doch immer natürliche Ausdruck ihrer Empfindungen – das alles versetzte Lionel vollends in Schwärmerei. Es war ein recht mühevoller Tag für die arme Dame, die von zwei Liebhabern belagert, zwischen beiden das Gleichgewicht erhalten wollte. Dankbar begrüßte sie daher ihren Cousin und seine tollen Schwänke, als er sein Pferd zwischen sie und ihre beiden Anbeter drängte.

Beim Anbruch der Nacht bedeckte sich der Himmel mit Wolken. Ein ernstliches Unwetter war im Anzuge. Die Kavalkade verdoppelte den Schritt, aber sie war noch mehr als eine Meile von Saint-Sauveur entfernt, als der Sturm losbrach. Die Dunkelheit wurde undurchdringlich, die Pferde scheuten, das des Grafen von Morangy ging mit ihm durch. Der kleine Trupp löste sich, und es bedurfte aller Anstrengungen der Führer, die ihn zu Fuß begleiteten, um zu verhindern, dass nicht ernstliche Unfälle den so heiter begonnenen Tag zu einem traurigen Abschluss brächten.

Lionel, in der furchtbaren Dunkelheit verloren, gezwungen, am Felsen entlang zu gehen und das Pferd am Zügel zu führen, aus Besorgnis, es könne sich mit ihm in den Abgrund stürzen, war von lebhafter Unruhe beherrscht. Trotz aller Anstrengungen hatte er Lavinia verloren und suchte sie seit einer Viertelstunde mit peinlicher Unruhe, als ein Blitz ihm eine Frauengestalt zeigte, die etwas oberhalb des Weges auf einem Felsblock saß. Er stand still, lauschte und erkannte Lady Blakes Stimme. Doch es war ein Mann bei ihr – das konnte nur Herr von Morangy sein. Lionel verfluchte ihn vom Grund der Seele, und entschlossen, zum wenigsten das Glück dieses Nebenbuhlers zu stören, kletterte er so gut es ging auf das Paar zu. Welche Freude, als er Henry neben seiner Cousine erkannte! Dieser räumte ihm als gutherziger, selbstloser Genoss seinen Platz ein und entfernte sich sogar, um die Pferde in Obhut zu nehmen.

Nichts ist so feierlich, so herrlich, als das Tosen des Ungewitters im Gebirge. Die mächtige Stimme des Donners verdoppelt sich und widerhallt in der Tiefe der Schlünde, über die er hinwegrollt, und der Wind, der die weiten Tannenwälder peitscht und an den Fels drückt wie ein Gewand an den Körper des Menschen, verfängt sich in den Schluchten und stößt dort tiefe Klagelaute aus, so schrill und langgezogen wie Seufzer. Lavinia, in den Anblick des imposanten Schauspiels versunken, lauschte auf das Rollen in den erschütterten Bergen und harrte auf einen neuen Blitzstrahl, der sein bläuliches Licht über die Landschaft ergösse. Als er ihr Lionel ihr zur Seite an der Stelle, die soeben noch Henry eingenommen hatte, zeigte, fuhr sie zusammen. Lionel glaubte, das Gewitter erschrecke sie und ergriff ihre Hand, um sie zu beruhigen. Ein neuer Blitz zeigte ihm Lavinia mit auf das Knie gestütztem Ellenbogen und in die Hand gesenktem Kinn, wie sie mit begeistertem Blick den grimmen Kampf der in Aufruhr geratenen Elemente überschaute. »O, wie schön ist das!« rief sie ihm zu, »wie feurig und doch so sanft ist dieser bläuliche Wetterstrahl! Haben Sie die Felszacken gesehen, strahlend wie Saphire, und den blau schimmernden Hintergrund, auf dem die schneebedeckten Gipfel sich wie riesige Gespenster in ihren Leichentüchern abheben? Haben Sie auch bemerkt, wie bei diesem schnellen Wechsel von Licht und Dunkel alles sich zu bewegen und zu regen scheint, als ob die Berge wankten und zusammenstürzen wollten?«

„Ich sehe hier nur Sie, Lavinia" erwiderte er ihr ungestüm, „ich höre nur Ihre Stimme, atme nur Ihren Hauch, empfinde nichts anderes als Ihre Nähe. Wissen Sie, dass ich Sie wahnsinnig liebe? Ja, Sie wissen es! Sie haben es heute bemerkt, haben es vielleicht gewollt – triumphieren Sie, wenn dem so ist! Die Stirn im Staube, liege ich zu Ihren Füßen und bitte Sie um Verzeihung, um Vergessen des Vergangenen. Ja, ich fordere die Zukunft von Ihnen, fordere sie mit aller Leidenschaft, und Sie müssen sie mir gewähren, Lavinia! Denn glühend sehne ich mich nach Ihnen, ich habe Rechte auf Sie" –

»Rechte?« entgegnete Lavinia und zog ihre Hand zurück.

„Ist das nicht ein Recht, ein furchtbares Recht, das Böse, das ich dir angetan, Lavinia? Und da du es mir zugestandest, um dein Leben zu zerstören – darfst du es mir jetzt entziehen, wo ich wieder gut machen und mein Verbrechen sühnen will?"

Man weiß, was ein Mann in solchem Falle alles sagen kann. Lionel war beredter, als ich es an seiner Stelle sein könnte. Er hatte es sich nun einmal in den Kopf gesetzt, und da er bezweifelte, Lady Blakes Widerstand auf andere Weise zu überwinden und wohl sah, dass er, wenn er hinter den Liebesbeweisen seines Rivalen zurückblieb, diesem einen zu greifbaren Vorteil einräume, so erhob er sich zu gleicher Selbstverleugnung: er bot Lady Lavinia seinen Namen und sein Vermögen.

»Woran denken Sie!« sagte diese ergriffen. »Sie würden auf Miss Ellis verzichten, jetzt, da sie mit Ihnen verlobt, da der Hochzeitstag bestimmt ist?«

„Ich werde es tun" entgegnete er. „Ich werde eine Tat begehen, die die Welt schmählich und strafbar finden wird. Vielleicht muss ich sie mit meinem Blute sühnen, aber ich bin zu allem bereit, um Sie zu erringen. Denn die größte Schuld meines Lebens ist die, dass ich Sie verkannt habe, und meine erste Pflicht ist, zu Ihnen zurückzukehren. O reden Sie, Lavinia! Geben Sie mir das Glück zurück, das ich mit Ihnen verlor! Heute werde ich es zu schätzen und zu erhalten wissen. Denn auch ich bin verändert: ich bin nicht mehr der ehrgeizige, ruhelose Mann, den die unbekannte Zukunft mit trügerischen Bildern quälte. Heute kenne ich das Leben und weiß, was die Welt mit ihrem falschen Glanze wert ist. Ich weiß, dass keiner meiner Triumphe einen Ihrer Blicke aufwiegt. Stets floh mich das Trugbild des Glücks, das ich verfolgte, bis zu dem Tage, wo es mich zu Ihnen zurückbringt. O, Lavinia, kehre auch du zu mir zurück! Wer wird dich lieben wie ich? Wer wird wie ich die Größe, die Nachsicht, die Güte deiner Seele erkennen?"

Lavinia schwieg, aber ihr Herz pochte so heftig, dass Lionel es bemerkte. Ihre Hand zitterte in der seinen, und Sie versuchte nicht, sie zurückzuziehen, ebenso wenig als eine Flechte ihres Haares, die der Wind gelöst hatte, und die Lionel mit Küssen bedeckte. Sie fühlten den Regen nicht, der in großen, vereinzelten Tropfen herabfiel. Der Wind hatte sich gelegt, der Himmel klärte sich etwas auf, und der Graf von Morangy kam zu Ihnen, so schnell sein hinkendes, hufeisenberaubtes Pferd, das ihn beim Sturze gegen einen Felsblock beinahe getötet hätte, es erlaubte.

Lavinia bemerkte ihn endlich und entriss sich heftig Lionels leidenschaftlichem Feuer. Dieser, wütend über den widrigen Zufall, aber voll Hoffnung und Liebe, half ihr wieder aufs Pferd und begleitete sie bis an die Tür ihres Hauses.

Dort sagte sie mit gesenkter Stimme: »Lionel, Sie haben mir Anerbietungen gemacht, deren ganzen Werth ich fühle. Ich kann darauf nicht antworten, ohne reiflich überlegt zu haben« –

»O Gott! Dieselbe Antwort gaben Sie Herrn von Morangy!"

»Nein, nein, nicht dieselbe", antwortete sie bewegt. »Doch Ihre Anwesenheit könnte zu lächerlichen Gerüchten Anlass geben. Wenn Sie mich wirklich lieben, Lionel, werden Sie mir Gehorsam schwören.«

„Ich schwöre bei Gott und Ihnen!"

»Gut denn! Reiten Sie sofort ab und kehren Sie nach Bagnères zurück. Ich meinerseits schwöre Ihnen, dass Sie binnen achtundvierzig Stunden meine Antwort empfangen werden.«

„Aber großer Gott, was soll ich während dieser Ewigkeit beginnen?"

»Hoffen Sie!« sagte Lavinia und schloss hastig die Tür hinter sich, als ob sie zuviel zu sagen fürchte.

Lionel hoffte in der Tat. Das Wort Lavinias und die Argumente seiner Eitelkeit waren ihm Grund genug.

»Sie tun Unrecht, die Partie aufzugeben", sagte Henry unterwegs. »Lavinia fing an, weich zu werden. Auf Ehre, bei dieser Gelegenheit sind Sie mir unbegreiflich, Lionel. Wenn es nicht etwa bloß geschehen ist, um nicht Morangy im Besitz des Schlachtfeldes zu lassen – Ha! Sie sind verliebter in Miss Ellis, als ich dachte!«

Lionel war zu sehr mit sich selbst beschäftigt, als dass er auf diese Worte geachtet hätte. Die von Lavinia ihm bestimmte Zeit verbrachte er auf seinem verschlossenen Zimmer, ließ sich für krank halten und geruhte nicht einmal, Sir Henry zu enttäuschen, der sich in Vermutungen über dies Benehmen verlor. Endlich traf der Brief ein. Hier ist er:

»Weder der eine noch der andere! Wenn Sie diesen Brief empfangen, wenn Herr von Morangy, den ich nach Tarbes geschickt habe, dort meine Antwort erhält, werde ich weit von Ihnen beiden entfernt sein. Ich werde abreisen, abreisen für immer, auf ewig für Sie und für ihn verloren.

»Sie bieten mir Namen, Stand, Vermögen, Sie glauben, eine glänzende Stellung in der Welt sei eine große Versuchung für eine Frau. O nein, nicht für die, die es kennt und verachtet, wie ich es tue. Aber deuten Sie deshalb nicht, Lionel, dass ich das Anerbieten, das Sie mir gemacht, eine glänzende Heirat aufzugeben und sich für immer an mich zu fesseln, geringschätze.

»Sie haben eingesehen, wie schwer es die Eigenliebe einer Frau trifft, verlassen zu werden, haben erkannt, wie ehrenvoll es für sie ist, einen Treulosen wieder zu ihren Füßen zurückzuführen, und wollten mich durch diesen Triumph für alles, was ich gelitten, entschädigen. Auch schenke ich Ihnen meine ganze Achtung und würde Ihnen jetzt das Vergangene verzeihen, wenn es nicht schon längst geschehen wäre.

»Aber erkennen Sie, Lionel, dass es nicht in Ihrer Gewalt liegt, das Unheil wieder gut zu machen. Das steht in keines Menschen Macht! Der Schlag, den ich empfing, ist tödlich. Für immer hat er die Fähigkeit, zu lieben, in mir vernichtet. Er hat die Flamme der Jugendträume ausgelöscht, das Leben erscheint mir in trübem, düstern Licht.

»Doch ich klage das Geschick nicht an: es musste so kommen, früher oder später. Wir leben alle, um zu altern und jede unserer Freuden durch die Enttäuschung zerstört zu sehen. Es ist wahr, ich bin jung enttäuscht worden, und das Bedürfnis, zu lieben, hat lange die Fähigkeit, zu glauben, überlebt. Lange und oft habe ich gegen meine Jugend wie gegen einen erbitterten Feind gekämpft – immer ist es mir gelungen, ihn zu besiegen.

»Und glauben Sie, dieser letzte Kampf gegen Sie, dieser Widerstand gegen die Anerbietungen, die Sie mir machen, sei nicht recht hart und schwer? Jetzt, da die Flucht mich vor der Gefahr einer Niederlage schützt, jetzt kann ich es sagen: ich liebe Sie noch immer, ich fühle es. Das Bild des ersten Mannes, den man geliebt, verwischt sich nie gänzlich. Es scheint verschwunden, man schlummert ein und vergisst die Leiden, die man erduldet – aber das Götzenbild der Vergangenheit steige herauf, das alte Idol erscheine wieder, und wir sind von neuem bereit, vor ihm das Knie zu beugen.

Flieh', entweiche, Phantom und Traum! Du bist nur ein Schemen, wenn ich dir zu folgen wagte, würdest du mich wieder zwischen die Klippen locken und mich dort todesmatt und gebrochen verlassen. Entweiche, ich glaube nicht mehr an dich! – Ich weiß, Lionel, dass Sie die Zukunft nicht in der Gewalt haben, und dass, wenn heute Ihr Mund wahrhaftig ist, die Schwachheit Ihres Herzens ihn zwingt, morgen zu lügen.

»Doch warum sollte ich Sie anklagen, dass Sie so sind? Sind wir nicht alle schwach und unbeständig? War ich selbst nicht ruhig und kalt, als ich gestern mit Ihnen zusammentraf? war ich nicht überzeugt, ich könnte Sie nicht lieben? Hatte ich nicht die Bewerbung des Grafen von Morangy ermutigt? – Und habe ich nicht am Abend, als Sie neben mir auf dem Felsen saßen, als Sie unter Sturm und Regen so leidenschaftlich zu mir sprachen, habe ich da nicht empfunden, wie meine Seele zerfloss und weich ward? O, wenn ich daran denke – das war Ihre Stimme aus den verflossenen Zeiten, das Ihre Leidenschaft aus den alten Tagen, das waren Sie ganz, Sie, meine erste Liebe, meine Jugend, die ich auf einmal wiederfand!

»Und jetzt nun, da ich ruhig bin, fühle ich mich zum Sterben traurig. Denn ich erwache und erinnere mich, im Dunkel des Lebens einen lichten Traum gehabt zu haben.

»Adieu, Lionel. Wenn Ihr Verlangen, mich zu heiraten, wie ich vermute, bis zum Augenblick der Verwirklichung probehaltig gewesen wäre (und vielleicht schon jetzt empfinden Sie, dass ich im Rechte sein mag, indem ich Sie abweise), wären Sie unter dem Druck einer solchen Verbindung unglücklich gewesen. Sie würden gesehen haben, wie die Welt, die immer undankbar und mit dem Lob für unsere guten Taten geizig ist, die Ihre als eine Pflichterfüllung betrachtet und Ihnen den Triumph, den Sie vielleicht davon erwarteten, verweigert haben würde. Sie würden alsdann, da Sie die Bewunderung, auf die Sie rechneten, nicht erlangten, Ihre Selbstzufriedenheit eingebüßt haben. Wer weiß! ich selbst vielleicht hätte das Schöne Ihrer Rückkehr gar zu bald vergessen und Ihre neuerstandene Liebe wie eine Genugtuung angenommen, die Sie Ihrer Ehre schuldig waren. Nein, beflecken wir diese liebestrunkne, trauliche Stunde nicht, die wir an jenem Abend genossen – bewahren wir die Erinnerung daran, aber suchen wir Sie nicht zu erneuern.

»In Betreff des Grafen von Morangy hegen Sie keine selbstsüchtige Befürchtung: ich habe ihn nie geliebt. Er ist einer jener Unfähigen, die (selbst mit meiner Hilfe nicht!) mein totes Herz nicht zum Pochen bringen konnten. Ich möchte ihn keineswegs zum Gatten. Ein Mann von seinem Range verkauft den Schutz, den er gewährt, stets zu teuer: er lässt es fühlen! Und dann hasse ich die Heirat, hasse alle Männer, alle dauernden Verbindungen, die Schwüre, die Projekte, die durch Kontrakte und Verträge im Voraus geordnete Zukunft, über die das Schicksal stets sich lustig macht. Ich liebe nur noch das Reisen, das Träumen, die Einsamkeit, den Lärm der Welt, um sie zu durchstreifen und darüber zu lachen, dann die Poesie, um die Vergangenheit zu ertragen, und Gott, um auf die Zukunft zu hoffen.«

Sir Lionel Bridgemont empfand zuerst eine tiefe Demütigung seiner Eigenliebe. Denn zum Troste des Lesers, der zuviel Teilnahme für ihn hegen möchte, muss gesagt werden, dass er in den achtundvierzig Stunden sehr viel Reflexionen angestellt hatte. Zuerst wollte er zu Pferde steigen, Lady Blake folgen, ihren Widerstand besiegen und über ihre kalte Vernunft triumphieren. Doch dann bedachte er, dass sie fest bei ihrer Weigerung beharren, Miss Ellis aber während dieser Zeit sich durch sein Benehmen beleidigt fühlen und die Verbindung mit ihm zurückweisen könne – Er blieb.

»Frisch auf!« sagte Henry am nächsten Tage zu ihm, als er ihn Miss Margarets Hand küssen sah, ein Versöhnungszeichen, das sie ihm erst nach einem ziemlich lebhaften Streit wegen seiner Abwesenheit gewährte, »frisch auf, im nächsten Jahre haben wir einen Sitz im Parlamente.«

Pauline

1. Kapitel

In einem kleinen, recht hässlichen Städtchen, das auf der Karte aufzusuchen, und wäre es auch auf einer Cassini'schen, ich Niemand zumute, ereignete sich vor drei Jahren ein Vorfall, der, obgleich er an sich nicht allzu interessant war, doch viel von sich reden machte, und dessen Folgen von großer Bedeutung waren, obschon Niemand etwas davon erfahren hat.

Es war in einer düstern, kalten, regnerischen Nacht. Eine Postchaise fuhr in den Hof des Gasthauses zum gekrönten Löwen. Eine Frauenstimme verlangte Pferde – »schnell! schnell!« - Der Postillon entgegnete in äußerst langsamem Tone, dass das leicht zu sagen wäre, dass es aber keine Pferde gäbe, weil die Epidemie – jene Seuche, die auf gewissen Stationen an wenig verkehrreichen Straßen in Permanenz ist – in der letzten Woche siebenunddreißig derselben weggerafft habe, und endlich, dass man noch in der Nacht weiterfahren könne, dass man aber warten müsse, bis das Gespann, welches die Kutsche gebracht hatte, ein wenig verschnauft habe.

»Wird das lange dauern?« fragte der Lakai, der, in Pelze gehüllt, auf dem Bocke saß.

»Es ist das Werk einer Stunde", entgegnete der Postillon, der sich bereits des einen seiner Stiefel entledigt hatte. »Wir werden sofort anfangen, unsern Hafer zu verzehren.«

Der Diener fluchte. Ein junges, niedliches Kammermädchen, das den mit zerzausten Tüchern umhüllten Kopf aus dem Kutschenschlage steckte, murmelte irgendeine rührende Klage über die Langweiligkeit und die Anstrengungen der Reise. Die Person jedoch, welcher diese beiden Dienstboten zur Begleitung dienten, trat langsam aus dem Wagen auf das feuchte, kalte Pflaster, schüttelte ihren mit Marderpelz gefütterten Mantel und schlug den Weg nach der Küche ein, ohne ein einziges Wort zu sprechen.

Es war eine junge Frau von feuriger, hinreißender Schönheit, der die Anstrengung ein bleiches Aussehen gegeben hatte. Sie schlug das angebotene Zimmer aus, und während ihre Dienerschaft vorzog, in der Berline zu übernachten, setzte sie sich auf den klassischen Stuhl vor dem Herde, den unangenehmen, widerwärtigen Zufluchtsort des resignierten Reisenden. Die Magd, welche beauftragt worden war, Wache zu halten, stützte den Kopf auf den Tisch, krümmte, auf einer Bank sitzend, den Oberkörper zusammen und begann zu schnarchen. Die Katze, die sich unmutig erhoben hatte, um der Reisenden Platz zu machen, kauerte sich von neuem in die warme Asche. Misstrauisch und unmutig heftete sie ihre grünen, leuchtenden Augen einige Minuten lang auf die Unbekannte. Nach und nach aber zog sich die Pupille zusammen und verkleinerte sich, bis sie nur noch einem schmalen, schwarzen Strich auf smaragdgrünem Grunde glich. Sie versank wieder in das egoistische Wohlbehagen ihrer Lage, machte einen krummen Buckel, schnurrte, um ihr Wohlgefallen zu bekunden und schlief endlich zwischen den Tatzen eines großen Hundes ein, der Dank jener unaufhörlichen Zugeständnisse, welche der Schwächere zum Glück für die Gesellschaft stets dem stärkeren abnötigt, das Mittel gefunden hatte, mit ihr in Frieden zu leben.

Die Reisende suchte vergeblich einzuschlummern. Tausend verworrene Bilder zogen durch ihre Träume und schreckten sie aus dem Schlafe auf. All jene Erinnerungen aus der Jugendzeit, die sich bisweilen der geschäftigen Einbildungskraft bemächtigen, wogten durch ihr Gehirn und bestrebten sich, es zweck- und ziellos zu ermüden, bis endlich ein vorherrschender Gedanke sie verdrängte.

Ja, es war eine trübselige Stadt, dachte die Reisende, eine Stadt mit winkligen, düstern Gassen und holprigem Pflaster, eine hässliche, armselige Stadt, gerade wie diese hier, die ich durch die feuchten Dünste, welche sich an den Spiegelscheiben meines Wagens niederschlugen, zu Gesichte bekam. Nur finden sich hier ein oder zwei, vielleicht gar drei Straßenlaternen, und dort gab es nicht eine einzige. Nach dem Abendgeläute ging jeder Fußgänger nur mit seiner Stocklaterne aus. Sie war abscheulich, diese armselige Stadt, und dennoch habe ich dort Jahre der Jugend und der Kraft verlebt! Ich war eine ganz andere damals... arm an Stellung, aber reich an Kraft und Hoffnung. Wohl litt ich viel! mein Leben verzehrte sich im Dunkel und in der Untätigkeit – was aber kann mir jene Schmerzen ersetzen, mit denen die Kraft der eigenen Seele mich durchschauerte? O Jugend des Herzens! was ist ans dir geworden? ...

Nach dieser etwas pomphaften Apostrophe, welche exaltierte Köpfe, ohne allzu viel Grund vielleicht, aber in Folge eines angeborenen Bedürfnisses, ihrer Existenz einen dramatischen Anstrich zu geben, bisweilen an das Geschick verschwenden, lächelte die junge Frau unwillkürlich, als ob eine innere Stimme ihr erwidert habe, dass sie noch immer glücklich sei. Dann suchte sie einzuschlafen, bis die Stunde verflossen wäre.

Die Küche des Gasthauses wurde nur von einer eisernen, an der Decke hängenden Laterne erleuchtet. Das Gestell dieses Lichtspenders zeichnete einen breiten, schwankenden, sternförmigen Schatten auf die Wände des Gemaches und warf seinen bleichen Schein auf die rauchgeschwärzten Balken der Decke.

Die Fremde hatte den Raum betreten, ohne etwas in ihrer Umgebung zu unterscheiden, und dann hatte der schlaftrunkene Zustand, in welchem sie sich befand, sie verhindert, eine Beobachtung des Ortes vorzunehmen, an welchem sie weilte.

Plötzlich legte das Niederrollen einer kleinen Aschenlawine zwei melancholisch knisternde Scheite bloß. Eine kleine Flamme flackerte auf, sprühte, erbleichte, belebte sich wieder und wuchs endlich zu solcher Größe, dass sie das Innere des Herdes erleuchtete. Die zerstreuten Blicke der Reisenden, die mechanisch dem Schwanken des Lichtscheins folgten, fielen plötzlich auf eine Inschrift, die sich licht von einem der Kamingesimse abhob. Sie zuckte zusammen, fuhr mit der Hand über die schweren Lider, raffte einen flammenden Zweig auf, um die Buchstaben zu erkennen, und ließ ihn wieder fallen, indem sie mit bewegter Stimme ausrief:

»O Gott! wo bin ich? Ist das ein Traum?«

Bei diesem Ausruf erwachte jählings die Magd, wandte sich nach der Reisenden um und fragte, ob sie von ihr gerufen worden sei.

»Ja, ja!« rief die Fremde. »Kommen Sie hierher. Sagen Sie mir, wer hat diese zwei Namen an die Wand geschrieben?«

»Zwei Namen?« sagte die Magd verwundert. »Was für Namen?

»O!« sagte die Fremde mit einer gewissen Schwärmerei zu sich selbst, »ihren Namen und den meinen: Pauline und Laurentia! Und jenes Datum: 10. Februar 182 ..! – Sprechen Sie, sagen Sie mir, warum die Namen und das Datum dort stehen.«

»Madame", entgegnete die Magd, »ich habe nie Acht darauf gegeben, und überdies kann ich nicht lesen.«

»Aber wo bin ich denn? wie heißt diese Stadt? Ist es nicht Villiers, die erste Station hinter L...?«

»Nein doch, Madame. Sie befinden sich in Saint-Front, auf der Straße nach Paris, im Gasthaus zum gekrönten Löwen.« »O Himmel!« rief die Reisende fast überlaut, indem sie jählings aufsprang.

Die erschrockene Magd hielt sie für wahnsinnig und wollte entfliehen. Die junge Frau aber hielt sie mit den Worten zurück:

»O, ich bitte Sie, bleiben Sie und reden Sie mit mir! Wie kommt es, dass ich mich hier befinde? Sagen Sie mir, ob ich träume! Wenn ich träume, wecken Sie mich!«

»Aber Sie träumen nicht, Madame, und ich ebenso wenig, denke ich", entgegnete die Magd. »Sie wollten also nach Lyon? Nun, mein Gott, Sie werden vergessen haben, es dem Postillon zu sagen, und er wird ganz natürlicherweise geglaubt haben, sie reisten nach Paris. In jetziger Zeit gehen alle Postwagen nach Paris.«

»Aber ich selbst habe ihm erklärt, ich führe nach Lyon.«

»Ach, Madame, Baptist ist taub, dass er einen Kanonenschuss nicht hören würde, und dabei schläft er die meiste Zeit auf seinem Pferde. Die Tiere aber sind die Straße nach Paris gewohnt« –

»In Saint-Front!« wiederholte die Fremde. »Seltsame Fügung, die mich zu den Orten zurückführt, die ich meiden wollte! Ich wählte einen Umweg, um nicht hierher zu kommen, und weil ich zwei Stunden geschlafen habe, führt mich nun der Zufall wider mein Wissen hierher! Nun, vielleicht ist es Gottes Wille. Sehen wir zu, ob ich hier Freude oder Schmerzen finden soll. – Sagen Sie mir doch, meine Liebe", fügte sie hinzu, indem sie sich an das Mädchen wandte, »kennen Sie hier in der Stadt Fräulein Pauline D...?«

»Ich kenne hier Niemand, Madame", erwiderte das Mädchen. »Ich bin erst seit acht Tagen in dieser Gegend.«

»Dann rufen Sie mir eine andere Magd, irgendjemand – ich will es wissen! Da ich einmal hier bin, will ich über alles Nachricht haben. Ist sie verheiratet? ist sie tot? Gehen Sie, gehen Sie, erkundigen Sie sich danach. So eilen Sie doch!«

Die Magd wandte ein, dass alle Dienerinnen zu Bett gegangen wären, und dass der Stallbursche und die Postillione nur über ihre Pferde Bescheid wüssten. Die allzeit fertige Freigebigkeit der jungen Dame bestimmte sie aber, den »Chef« zu wecken, und nach viertelstündigem Warten, das der Reisenden unendlich lang dünkte, erfuhr dieselbe endlich, dass Fräulein Pauline D... noch nicht verheiratet sei und noch immer in der Stadt wohne. Sogleich befahl die Fremde, ihren Wagen in die Remise zu bringen und ein Zimmer für sie in Stand zu setzen.

Sie legte sich in Erwartung des Tages zu Bett, konnte aber nicht schlafen. Die Erinnerungen, welche lange Zeit eingeschlummert oder zurückgedrängt worden waren, gewannen jetzt all ihre Gewalt wieder über sie. Alle Gegenstände, auf welche ihr Blick im Gasthause zum gekrönten Löwen traf, erkannte sie wieder. Obgleich der alte Gasthof seit zehn Jahren bedeutende Verbesserungen erfahren hatte, war die Zimmerausstattung doch beinahe dieselbe geblieben. Noch immer hingen an den Wänden

Stickereien, auf denen die schönsten Szenen aus der »Asträa« dargestellt waren; die Schäferinnen hatten mit weißen Fäden ausgebesserte Stellen im Gesichte, und die zerfetzten Schäfer baumelten an Nägeln, die ihnen durch die Brust geschlagen waren. Dazwischen hing eine abenteuerliche Zeichnung der Wirtstochter, die den Kopf eines römischen Kriegers darstellte und von vier schwarz bemalten Holzstäbchen umrahmt war. Auf dem Kamin vergilbte unter einer Glocke aus gesponnenem Glase eine Wachsgruppe, die das Christkindlein in der Krippe darstellte.

»Ach!« sagte die Reisende zu sich selbst, »hier in diesem selben Zimmer habe ich vor zwölf Jahren mehrere Tage gewohnt, als ich mit meiner guten Mutter hier ankam. Hier in diesem trübseligen Städtchen habe ich sie vor Kummer dahinwelken sehen und hätte sie beinahe für immer verloren. In diesem selben Bett habe ich in der Nacht vor meiner Abreise geschlafen! Welch eine Nacht des Schmerzes und der Hoffnung, des Bedauerns und der Erwartung! Wie sie weinte, meine arme Freundin, meine sanfte Pauline, als sie mich an jenem Kamine umarmte, wo ich sofort einschlief, ohne zu wissen, wo ich war! Wie weinte auch ich, als ich ihren Namen mit dem Datum unserer Trennung unter den meinen an die Wand schrieb! Arme Pauline! Was für ein Dasein wird sie seit jenem Tage geführt haben? Das Dasein einer alten Jungfer in der Provinz! Das muss entsetzlich sein! Sie – so hingebend, so überlegen allem, was sie umgab! Und dennoch wollte ich sie meiden, ich hatte mir selbst das Wort gegeben, sie niemals wiederzusehen! – Vielleicht kann ich ihr ein wenig Trost bringen, auf einen Tag ihr trauriges Leben erheitern! – Aber wenn sie mich zurückstieße! Wenn sie der Gewalt der Vorurteile verfallen wäre! – O Gott! das ist nur zu wahrscheinlich", fügte die Reisende betrübt hinzu, »wie kann ich daran zweifeln? Hat sie nicht plötzlich den Briefwechsel mit mir abgebrochen, als sie von dem Entschluss hörte, den ich gefasst hatte? Sie wird befürchtet haben, durch die Berührung mit einem Leben wie dem meinen sich zu beflecken oder zu erniedrigen! O Gott! Pauline liebte mich so sehr, und sie sollte über mich erröten! – ich weiß nicht, was ich denken soll .... Jetzt, wo ich mich ihr so nahe fühle, wo ich sicher bin, sie in denselben Umständen, in denen ich sie gekannt habe, wiederzufinden, kann ich nicht mehr dem Wunsche widerstehen, sie zu besuchen! Ja, ich werde sie besuchen, sollte sie mich auch zurückweisen! Tut sie es, so falle die Schmach auf sie zurück! Ich habe dann die berechtigten, argwöhnischen Zweifel meines Stolzes überwunden, bin dann der Religion der Vergangenheit treu gewesen – nur sie wird eidbrüchig geworden sein!« Unter diesen Gedanken sah sie den Morgen hinter den zackigen Dächern der schiefen Häuser, die sich aller Anmut bar aneinander reihten, grau und kalt heraufsteigen. Sie erkannte den Glockenschlag wieder, welcher vor Zeiten auch ihr die Stunden der Ruhe oder der Träumerei verkündet hatte; sie sah die Bürger mit den klassischen Nachtmützen aus Baumwolle sich ermuntern, und alte Gesichter, deren sie sich noch dunkel erinnerte, verdrießlich an den Fenstern der Häuser auftauchen. Sie hörte den Hammerschlag des Schmieds innerhalb der Mauern eines steinalten Gebäudes erschallen, sah die Landleute in blauen Mänteln und mit Wachstuchkappen auf dem Kopfe zum Markte kommen – alles nahm seinen Gang und bewahrte seinen Anstrich wie in den vergangenen Tagen. Und jede dieser unbedeutenden Einzelheiten durchbebte das Herz der Reisenden, obgleich ihr alles entsetzlich hässlich und ärmlich erschien.

»Wie!« rief sie aus, »hier habe ich vier Jahre leben können, vier ganze Jahre, ohne zu sterben! ich habe diese Luft geatmet, mit diesen Leuten da gesprochen, habe unter diesen moosbedeckten Dächern geschlafen, diese unwegsamen Straßen durchschritten! und Pauline, meine arme Pauline lebt noch immer inmitten alles dessen, sie, die so schön, so liebenswürdig, so klug war, sie, die wie ich in einer Welt des Luxus und des Glanzes geherrscht und geglänzt haben würde!«

Sobald die Uhr der Stadt die siebente Stunde verkündet hatte, machte sie in aller Eile Toilette, und während ihre Diener die Herberge vermaledeiten und die Unbequemlichkeiten der Reise mit jenem Unwillen und jener Anmaßung ertrugen, welche die Lakaien von gutem Hause charakterisiert, vertiefte sie sich in die winkligen Straßen, die sich vor ihr auftaten, schritt mit der Gewandtheit einer Pariserin auf den Fußspitzen dahin und ließ die Bürger des Städtchens, für die ein unbekanntes Gesicht ein bedeutendes Ereignis war, vor Erstaunen die Augen aufreißen. Das Haus Paulines hatte nichts Pittoreskes, obgleich es sehr alt war. Es hatte aus jener Epoche, in der es erbaut war, nur die Kälte und Unbehaglichkeit der innern Einrichtung beibehalten, im übrigen aber zeigte es keine Spur romantischer Tradition, kein zierliches oder bizarres Skulpturornament, nicht den geringsten Schimmer mittelalterlichen Wesens. Alles hatte ein düsteres, trübsinniges Aussehen, von dem aus Kupfer ziselierten Gesichte des Türklopfers an bis zum Antlitz der nicht weniger hässlichen, grämlichen, alten Magd, die die Tür öffnete, die Fremde mit einem gering schätzenden Blicke maß und ihr den Rücken drehte, nachdem sie trocken geantwortet hatte:

»Sie ist zu Hause.«

Die Reisende empfand eine zugleich süße und doch schmerzliche Bewegung, als sie die Wendeltreppe hinaufstieg, der ein glatt gescheuertes Seil als Geländer diente. Das Haus erinnerte sie an die wonnigsten Jahre ihres Lebens, an die reinsten Begebnisse ihrer Jugend. Indem sie aber diese Merkmale der Vergangenheit mit dem Luxus ihrer gegenwärtigen Lebensstellung verglich, konnte sie nicht umhin, Pauline zu beklagen, die verdammt war, hier wie das grüne Moos, das auf den feuchten Mauern wucherte, zu vegetieren.

Geräuschlos stieg sie die Treppe hinauf und stieß die Tür auf, die sich lautlos in den Angeln drehte. Nichts in dem weiten Gemache, das die

Inhaber mit dem Titel Salon belegten, hatte sich verändert. Der sauber gescheuerte Fußboden aus roten Ziegelsteinen, das bräunliche, sorgfältig von Staub frei gehaltene Getäfel, der Spiegel, dessen Rahmen einmal vergoldet gewesen war, die schweren Möbel, die irgend eine Ahnfrau der Familie mit gehäkelten Decken versehen hatte, und zwei oder drei vom Onkel, dem Pfarrer der Stadt, hinterlassene Heiligenbilder – alles war genau an derselben Stelle und in demselben Zustand kräftigen Alters geblieben seit jenen zehn Jahren, während welcher die Fremde Jahrhunderte durchlebt hatte. Daher berührte sie alles, was sie sah, wie ein Traum.

Das weite, niedrige Gemach bot dem Auge ein mattes, farbloses Bild, das jedoch nicht ohne Reiz war. In den unbestimmten Linien dieser Perspektive lag etwas Ernstes, Nachdenkliches, wie in den Gemälden Rembrandts, auf denen man im Halbdunkel nur das alte Gesicht eines Philosophen oder Alchemisten bemerkt, das bräunlich und erdfarben wie die Mauern, und fahl und kränklich aussieht, wie der geschickt gesparte Sonnenstrahl, der es umgaukelt. Nur ein einziges Fenster mit kleinen, in Blei gefassten Scheiben, in welchem Blumentöpfe mit Basilikum und Geranium standen, erleuchtete diesen weiten Raum; im Lichtschein des Fensterrahmens aber zeichnete sich ein mildschönes Antlitz ab, das mit Absicht gerade in diese Beleuchtung gerückt schien, um ganz allein in Folge seiner Schönheit ans dem Gemälde hervorzutreten: das war Pauline.

Sie war sehr verändert, und da die Reisende ihr Gesicht nicht sehen konnte, zweifelte sie lange, ob sie es wirklich wäre. Als sie Pauline verlassen hatte, war dieselbe um einen ganzen Kopf kleiner, und jetzt war sie groß und von so außerordentlicher Zartheit, dass man hätte meinen sollen, sie müsse bei der geringsten Bewegung zerbrechen. Pauline trug ein braunes Kleid mit einem kleinen Halskragen von peinlicher Weiße und geradezu klostermäßiger Gleichförmigkeit der Falten. Ihr schönes kastanienbraunes Haar war an den Schläfen mit affektierter Sorgfalt geglättet. Sie widmete sich einer althergebrachten, langweiligen Beschäftigung, die jedem denkenden Organismus verhasst ist: mit einer kaum sichtbaren Nadel stickte sie sehr kleine, regelmäßige Punkte auf ein Stück Batist, dessen Gewebe sie Faden für Faden abzählte. Das Leben des größeren Teils der Frauen Frankreichs verfließt bei dieser feierlich-langweiligen Beschäftigung.

Als die Reisende einige Schritte vorwärts getan hatte, unterschied sie im Lichtschein des Fensters die glänzenden Linien des Profils Paulines; die regelmäßigen, ruhigen Züge, die großen, umflorten müden Augen, die reine, glatte, eher offene, als edle Stirn, den zarten Mund, der nicht fähig schien, zu lächeln. Noch immer war sie bewunderungswürdig schön und lieblich, aber hager und von ebenmäßiger Blässe, die bereits chronisch geworden zu sein schien. Im ersten Augenblick geriet ihre alte Freundin in Versuchung, sie zu beklagen, aber beim Anblick der unergründlichen Klarheit und Heiterkeit dieser melancholischen, leicht über die Arbeit gebeugten Stirn fühlte sie sich weit mehr von Achtung als von Mitleid ergriffen.

Stumm und unbeweglich blieb sie daher in ihren Anblick versunken stehen. Aber als ob ihre Anwesenheit sich Paulinen durch eine instinktive Bewegung des Herzens verraten hätte, wandte sich diese plötzlich nach ihr um und sah sie starr an, ohne ein Wort zu sprechen oder die Farbe zu wechseln.

»Pauline! erkennst du mich nicht?« rief die Fremde. »Hast du das Gesicht Laurentias vergessen?«

Da stieß Pauline einen Schrei aus, erhob sich und sank kraftlos wieder auf ihren Sitz zurück. Laurentia lag schon in ihren Armen, und beide weinten.

»Du erkanntest mich nicht wieder?« sagte endlich Laurentia.

»O, was sprichst du da?« entgegnete Pauline. »Ich erkannte dich wohl, aber ich war darüber nicht erstaunt. Du kennst das nicht, Laurentia! Nämlich Leute, die in der Einsamkeit leben, haben bisweilen seltsame Gedanken. Wie soll ich dir das erklären? Es sind Erinnerungen, Bilder, die sich in ihrem Geiste festsetzen und dann ihren Augen sichtbar zu werden scheinen. Meine Mutter nennt das Visionen. Ich weiß wohl, dass ich nicht toll bin, aber ich glaube, um mich in meiner Vereinsamung zu trösten, gestattet Gott zuweilen, dass die Personen, die ich liebe, mir plötzlich während meines Träumens und

Sinnens erscheinen. Ja, sehr oft sah ich dich dort an der Tür stehen, wie jetzt eben, und mich mit zweifelhafter Miene anschauen. Ich pflegte nichts zu sagen und mich nicht zu bewegen, damit die Erscheinung nicht verschwände. Ich war erst erstaunt, als ich dich sprechen hörte. O, da hat deine Stimme mich erweckt! sie drang mir zum Herzen! Teure Laurentia! du bist es also wirklich? Sag mir doch, dass du es bist!«

Nachdem Laurentia ihrer Freundin zögernd jene Befürchtungen auseinandergesetzt hatte, in Folge deren sie sich während mehrerer Jahre versagt hatte, ihr Nachricht zu geben, schloss Pauline sie weinend in die Arme.

»O, mein Gott!« sagte sie, »du glaubtest, ich verachte dich, ich schäme mich deiner! ich, die ich dir immer die größte Achtung und Verehrung bewahrt habe, ich, die ich wohl wusste, dass eine Seele wie die deine sich in keiner Lage des Lebens verlieren könne!«

Laurentia errötete und erbleichte, als sie diese Worte vernahm. Sie erstickte einen Seufzer und küsste Paulines Hand mit einem Gefühl tiefer Verehrung.

»Allerdings", fuhr Pauline fort, »setzt deine jetzige Lebensstellung die engherzigen, unduldsamen Ansichten aller Personen, mit denen ich verkehre, in Aufruhr. Nur eine einzige bewahrt bei ihrer Strenge einen Rest von Zuneigung und Bedauern – das ist meine Mutter. Sie tadelt dich – das musst du wohl erwarten; aber sie sucht dich zu entschuldigen, und man sieht, dass sie nur mit Schmerzen das Anathema über dich ausspricht. Du weißt, ihr Geist ist nicht vorurteilsfrei, aber ihr Gemüt ist gut, die arme Frau!«

»Was soll ich nun tun, damit ich gut aufgenommen werde?« fragte Laurentia.

»Ach Gott!« entgegnete Pauline, »sie würde leicht zu täuschen sein – sie ist blind.«

»Blind? O mein Gott!«

Laurentia war wie betäubt bei dieser Nachricht. Bei dem Gedanken, wie fürchterlich unter diesen Umständen das Leben auf Pauline lasten müsse, blickte sie ihre Freundin mit dem Ausdruck tiefen, durch die Achtung jedoch verhüllten Mitgefühls unverwandt an. Pauline erriet sie, drückte ihr zärtlich die Hand und sagte mit ergreifender Natürlichkeit:

»Alle Übel, die Gott uns sendet, enthalten auch etwas Gutes. Ich hätte mich vor fünf Jahren beinahe verheiratet, ein Jahr später verlor meine Mutter das Gesicht. Nun sieh, wie gut es ist, dass ich ledig geblieben bin, um sie zu pflegen! Wer weiß, ob ich es gekonnt hätte, wäre ich verheiratet gewesen.«

Von Bewunderung durchdrungen, fühlte Laurentia, wie ihre Augen sich mit Tränen füllten.

»Es ist klar", sagte sie, durch Tränen lächelnd, zu ihrer Freundin, »dass du durch tausend andere, ebenso heilige Sorgen abgehalten worden wärest, und dass sie noch mehr zu beklagen gewesen wäre, als jetzt.«

»Ich höre sie sich regen", sagte Pauline.

Und eilig, aber gewandt genug, um nicht das mindeste Geräusch zu machen, schritt sie in das anstoßende Zimmer.

Laurentia folgte ihr auf den Zehenspitzen und sah die alte, erblindete Frau auf einem Bette ausgestreckt, das die Gestalt eines Korbwagens hatte. Sie war fahlgelb und blass. Die unheimlich leblosen Augen gaben ihr ganz und gar das Aussehen eines Leichnams. Von unwillkürlichem Schrecken ergriffen, wich Laurentia zurück. Pauline näherte sich ihrer Mutter, neigte sanft ihr Antlitz zu dem hässlichen Gesicht herab und fragte leise, ob sie schliefe. Die Blinde antwortete nicht und kehrte das Gesicht nach der Wand. Pauline breitete sorgfältig die Kissen über die abgemagerten Glieder, zog leise den Vorhang zu und führte ihre Freundin in den Salon zurück.

»Lass uns plaudern", sagte sie, »meine Mutter steht gewöhnlich erst sehr spät auf. Wir haben einige Stunden Zeit, um uns wiederzuerkennen. Wir werden wohl auch ein Mittel finden, ihre alte Freundschaft für dich wieder zu beleben. Vielleicht genügt es schon, ihr mitzuteilen, dass du da bist! Aber sage mir, Laurentia, wie konntest du glauben, dass ich dich .... O, ich werde das Wort nicht aussprechen! Dich verachten! Welch eine Beleidigung tust du mir da an! Aber bei alledem ist es meine Schuld. Ich hätte vorhersehen sollen, dass dir Zweifel über meine Zuneigung kommen mussten, ich hätte dir meine Beweggründe auseinandersetzen sollen .... Ach Gott! es war schwer, sie dir begreiflich zu machen! Du würdest mich der Schwäche beschuldigt haben, während es mich im Gegenteil unendlich viel Mühe kostete, auf den Briefwechsel mit dir zu verzichten und dir nicht in jene unbekannte Welt zu folgen, in der mein Herz unbewusst dich so oft aufsuchte! Und dann wagte ich auch nicht, meine Mutter anzuklagen. Ich konnte es nicht über mich gewinnen, dir die Kleinlichkeit ihres Charakters und die engen Vorurteile ihres Geistes einzugestehen. Ich war das Opfer derselben, aber ich schämte mich, sie dir zu berichten. Wenn man so weit von jedem Freunde entfernt, so allein, so traurig ist, wird jeder schwere Schritt zur Unmöglichkeit. Man nimmt sich in Acht, man scheut sich vor sich selbst und begeht einen Selbstmord aus Furcht vor dem Tode. Jetzt, da du bei mir bist, finde ich all mein Vertrauen, all meine Offenheit wieder. Ich werde dir alles erzählen. Aber zunächst lass uns von dir reden, denn mein Leben ist so eintönig, so nichtig, so glanzlos neben dem deinen! Wie viel musst du mir zu erzählen haben!«

Der Leser darf voraussetzen, dass Laurentia nicht alles erzählte. Ihre Erzählung war sogar weit weniger lang, als Pauline erwartete. Wir umschreiben sie in wenigen Zeilen, die zum Verständnis der Situation genügen werden.

Zuerst muss bemerkt werden, dass Laurentia zu Paris in mittelmäßigen Verhältnissen geboren worden war. Sie hatte eine einfache, aber tüchtige Erziehung genossen. Als sie fünfzehn Jahre alt war, musste sie, da ihre Familie verarmt und ins Elend geraten war, Paris verlassen und sich mit ihrer Mutter in die Provinz zurückziehen. So kam sie nach Saint-Front, wo es ihr gelang, vier Jahre lang als Unterlehrerin in einem Mädchenpensionat ihren Unterhalt zu erwerben, und wo sie mit der ältesten ihrer Schülerinnen, mit Pauline, die, wie sie, fünfzehn Jahre zählte, enge Freundschaft schloss.

Dann trat der Umstand ein, dass Laurentia in Folge der Protektion irgendeiner Witwe von Stande nach Paris berufen wurde, um dort die Erziehung der Töchter eines Bankiers zu leiten.

Wenn ihr wissen wollt, wie ein junges Mädchen seinen Beruf ahnend erblickt und entdeckt, wie sie ihn allen Vorstellungen und allen Hindernissen zum Trotz erfüllt, so lest die reizenden Memoiren Hippolyte Clairon's, einer berühmten Schauspielerin des vorigen Jahrhunderts.[6]

Laurentia machte es, wie alle diese prädestinierten Künstler: sie durchlebte alle die Nöte, alle die Leiden des unbekannten oder verkannten Talents. Nachdem sie endlich alle Wechselfälle eines beschwerlichen Lebens, das der Künstler sich selber schaffen muss, durchlaufen hatte, wurde sie eine schöne, verständnisvolle Schauspielerin. Erfolg, Reichtum, Huldigungen, Ruhm – das alles kam nun plötzlich und mit einem Male. Von da ab genoss sie eine glänzende Stellung und eine Beachtung, die in den Augen der Leute von Geist durch ihr edles Ta-

---

[6] C. I. H. Leyris de la Tude, genannt Hippolyte Clairon (1723 bis 1803) betrat schon im 12. Lebensjahre die Bühne. Ihre Memoiren erschienen Paris 1798 (neue Aufl. Paris 1822), eine Übersetzung derselben von I. H. Meister, Zürich 1798. *Der Übers.*

lent und ihren erhabenen Charakter gerechtfertigt wurde. Ihre Verirrungen, ihre Liebesverhältnisse, ihre weiblichen Schmerzen, ihre Enttäuschungen und ihre Reue erzählte sie Pauline nicht. Es war noch zu früh: Pauline hätte sie nicht verstanden.

2. Kapitel

Als indessen Schlag zwölf Uhr die Blinde erwachte, kannte Pauline das Leben Laurentias ganz und gar, sogar jene Teile, welche dieselbe ihr nicht erzählt hatte, und diese vielleicht besser als die übrigen. Denn die Personen, welche in der Zurückgezogenheit und Einsamkeit gelebt haben, besitzen einen merkwürdigen Instinkt, wenn es darauf ankommt, sich das Leben anderer vorzustellen, das inzwischen voller Stürme und Unglücksfälle war, wobei sie sich im Geheimen beglückwünschen und sich brüsten, dass sie dergleichen vermieden haben. Es ist das ein innerer Trost, den man ihnen lassen muss, denn die Eigenliebe findet dabei ihre Rechnung, und die Tugend allein genügt nicht immer, um für die unendliche Langeweile der Einsamkeit zu entschädigen.

»Nun, wer ist denn da bei uns?« sagte die blinde Mutter, indem sie sich, auf ihre Tochter gelehnt, auf den Bettrand setzte. »Ich rieche jenen Duft, den eine schöne Dame um sich verbreitet. Ich wette, es ist Madame Ducornay, die mit allerlei schönen Toiletten, die ich nicht werde bewundern können, und allerhand Wohlgerüchen, die uns Migräne verursachen, aus Paris zurückgekehrt ist.«

»Nein, Mama", erwiderte Pauline, »Madame Ducornay ist es nicht.«

»Wer denn?« fragte die Blinde, indem sie die Hand ausstreckte.

»Raten Sie", sagte Pauline und machte Laurentia ein Zeichen, sie solle die Hand ihrer Mutter berühren.

»Wie zart und klein diese Hand ist!« rief die Blinde, indem sie mit ihren harten Fingern über die samtweiche Hand der Schauspielerin fuhr. »Gewiss, das ist keineswegs Madame Ducornay. Es ist keine von unsern hiesigen Damen, denn, was sie auch tun, immer erkennt man an der Pfote den Hasen. Und dennoch kenne ich diese Hand. Aber ich habe sie seit langer Zeit nicht gesehen. Kann sie nicht reden?«

»Meine Stimme hat sich verändert wie meine Hand", antwortete Laurentia, deren klares, frisches Organ bei den theatralischen Studien einen tiefern, vollern Klang angenommen hatte.

»Auch die Stimme ist mir bekannt", sagte die Blinde, »und dennoch erkenne ich sie nicht wieder.«

Sie schwieg einige Minuten lang, ohne Laurentias Hand loszulassen, und blickte mit den toten, verglasten Augen, deren Starrheit beängstigend war, die Unbekannte an.

»Sieht sie mich?« fragte Laurentia ihre Freundin leise.

»Keineswegs", entgegnete diese. »Aber sie ist im vollen Besitz ihres Gedächtnisses, und da überdies unser Leben so arm an Ereignissen ist, ist es kaum denkbar, dass sie dich nicht auf der Stelle wiedererkennen sollte.«

Kaum hatte Pauline diese Worte gesprochen, als die Blinde mit einem Gefühl des Widerwillens, das sich bis zum Abscheu steigerte, die Hand Laurentias von sich schleuderte und mit ihrer trocknen, gebrochnen Stimme ausrief:

»Ah, es ist jene Unglückliche, die Komödie spielt! Was will sie hier? Ihr solltet sie nicht empfangen, Pauline!«

»Mutter!« rief Pauline, während sie vor Scham und Kummer errötete und ihre Mutter in die Arme schloss, um ihr begreiflich zu machen, was sie in diesem Augenblicke empfand.

Laurentia erbleichte, erholte sich aber sofort wieder.

»Ich war darauf gefasst", sagte sie zu Pauline mit einem Lächeln, dessen Güte und Würde die Freundin ein wenig in Erstaunen setzte und verwirrte.

»Schon gut", sagte die Blinde, die, da sie der Ergebenheit ihrer Tochter bedürftig war, instinktmäßig derselben zu missfallen fürchtete, »lasst mir Zeit, mich ein wenig zu fassen. Ich bin so überrascht, und dann, beim Erwachen weiß man nicht recht, was man sagt ... Ich wollte Sie nicht verletzen, Mademoiselle .... oder Madame .... Wie nennt man Sie jetzt?«

»Immer noch Laurentia", entgegnete die Schauspielerin ruhig.

»Und sie ist immer noch Laurentia", sagte die gute Pauline mit Wärme, indem sie ihrer Freun-

din einen Kuss gab, »immer noch die hochher-
zige Seele, das edle Gemüt« ....

»Genug, kleide mich an, meine Tochter", sagte
die Blinde, die, da sie sich nicht entschließen
konnte, ihrer Tochter zu widersprechen oder
ihre Lieblosigkeit gegen Laurentia wieder gut
zu machen, dem Gespräche eine andere Richtung geben wollte. »Ordne mir das Haar, Pauline. Ich vergesse immer, dass die andern nicht
blind sind, und in mir etwas Abscheuliches
sehen. Gib mir meinen Schleier, meine Mantille
.... So ist's gut. Und nun bring mir meine Ge-
sundheits-Schokolade und präsentiere davon
auch dieser ... Dame.«

Pauline warf ihrer Freundin einen bittenden
Blick zu, den diese mit einem Kuss beantwortete. Als die alte Dame in ihren Mantel aus brau-
nem Zitz mit großen roten Blumen gehüllt und
ihr Kopf mit der weißen Haube bedeckt war,
von der ein schwarzer Kreppschleier herab-
hing, welcher die obere Hälfte ihres Gesichtes
verdeckte, ließ sie sich vor ihrem frugalen Früh-
stück nieder und besänftigte sich nach und
nach. Das Alter, die Langeweile und das Siechtum hatten jenen Egoismus bei ihr ausgebildet,
der alles, sogar die am tiefsten eingewurzelten
Vorurteile, dem Bedürfnis der Behaglichkeit
opfert. Die Blinde lebte in solcher Abhängigkeit
von ihrer Tochter, dass eine Verdrießlichkeit,
eine Zerstreutheit derselben eine Störung in der
Reihenfolge der zahllosen kleinen Aufmerk-
samkeiten hervorbringen konnte, deren geringste ihr durchaus notwendig war, um ihr
das Leben erträglich zu machen. Sobald die

Blinde bequem und behaglich gebettet lag und für einige Stunden keine Gefahr und keine Entbehrung fürchtete, machte sie sich das grausame Vergnügen mit bittern Worten und ungerechten: Tadel die Leute zu verwunden, deren sie nicht mehr bedurfte; in den Stunden ihrer Hilflosigkeit und Abhängigkeit aber wusste sie sich sehr gut zu beherrschen und den Eifer derselben durch entgegenkommendere Manieren an sich zu fesseln. Laurentia hatte im Laufe des Tages Muße genug, diese Beobachtung zu machen. Sie bemerkte auch noch einen andern Umstand, der sie weit mehr betrübte: die Mutter hatte eine wahre Furcht vor ihrer Tochter. Es schien, als ob durch die ununterbrochene Opferwilligkeit Paulines ein stummer, aber unaufhörlicher Vorwurf hindurchschimmere, den ihre Mutter sehr wohl verstand und vor dem sie sich entsetzlich scheute. Die beiden Frauen schienen sich vor einer gegenseitigen Aufklärung über die Abspannung und den Überdruss zu fürchten, die sich an das Verhältnis knüpften, das sie beide, ein todkrankes und ein lebenskräftiges Wesen, an einander fesselte: die eine erschrak vor den Bewegungen, die ihr den letzten Atemzug entreißen konnten, die andere entsetzte sich vor diesem Grabe, in das sie von dem Leichnam, hineingezogen zu werden fürchtete.

Laurentia, die mit scharfem Geiste und edlem Herzen begabt war, sagte sich, dass es nicht anders sein konnte, und dass dies unüberwindliche Leiden Paulines Unermüdlichkeit nicht abschwächte und nur ihr Verdienst vergrößerte. Trotzdem aber fühlte Laurentia, dass Entsetzen und Langeweile zwischen diesen beiden Opfern sie übermannten. Eine Wolke zog über ihre Stirn, und ein Schauer durchrieselte ihre Adern. Am Abend fühlte sie sich von Ermüdung überwältigt, obgleich sie den Tag über keinen Schritt gemacht hatte. Schon zeigte sich das Schreckliche des wirklichen Lebens hinter dieser Poesie, mit der sich für ihre Künstleraugen das reine, stille Dasein Paulines im ersten Augenblicke umwoben hatte. Sie hätte in ihrer Täuschung beharren, die Freundin für glücklich und in ihrem Märtyrertum für wonnetrunken wie eine christliche Jungfrau der Vorzeit halten mögen, sie hätte die Mutter, in der Freude, so geliebt und unterstützt zu werden, ihr Elend vergessen und ebenfalls glücklich sehen mögen, sie hätte endlich, da das düstere Gemälde ihr unabweislich vor Augen stand, darin lichte Engelsangesichter und nicht traurige Gestalten, die verkümmert und kalt waren wie die Wirklichkeit, zu erblicken gewünscht. Aber die leichteste Falte auf der engelreinen Stirn Paulines warf einen Schatten auf dies Bild, ein in trockenem Tone ausgesprochenes Wort dieses reinen Mundes zerstörte die geheimnisvolle Stille und Milde, die Laurentia beim ersten Anblick gefunden zu haben glaubte. Und doch war diese Falte auf der Stirn ein Gebet, doch dies über die Lippen gleitende Wort ein Wort der Sorglichkeit und des Trostes! Aber das alles war eiskalt, wie der Egoismus des Christentums, der uns in Erwartung des künftigen Lohnes alles ertragen lässt, das alles war trostlos wie die Entsagung und Verzichtleistung des

Klosterlebens, das uns verbietet, das Leben anderer ebenso wenig als unser eigenes zu erleichtern.

Während so der Enthusiasmus der natürlichen Bewunderung ganz ebenso natürlich und ihr selbst zum Trotze sich bei der Schauspielerin abschwächte, vollzog sich bei den beiden bürgerlichen Frauen eine Ideenmodifikation im entgegen gesetzten Sinne. Die Tochter, die bei dem Gedanken an den weltlichen Pomp und Prunk, mit dem ihre Freundin sich umgeben hatte, erbebte, hatte trotzdem, vielleicht gegen ihr Wissen und Wollen, oftmals ein neugieriges Verlangen nach dieser unbekannten Welt empfunden, in die nur einen einzigen Blick zu tun ihre Prinzipien ihr verboten. Als sie nun Laurentia neben sich sah, ihre Schönheit, ihre Anmuht, ihre Manieren bewunderte, die bald edel wie die einer Theaterkönigin, bald ungezwungen und heiter waren wie die eines Kindes (denn die beim Publikum beliebte Künstlerin gleicht einem Kinde, dem die Welt als Familie dient), da fühlte sie in ihrem Herzen ein zugleich berauschendes und schmerzliches Gefühl sich entfalten, eine Empfindung, welche die Mitte hielt zwischen Bewunderung und Furcht, zwischen Zärtlichkeit und Neid. Was die Blinde anbetrifft, so wurde sie unwillkürlich gefesselt und wie neu belebt durch den schönen Klang dieser Stimme, durch die Reinheit dieser Sprache, durch die Lebendigkeit dieses geistreichen, farbenprächtigen, tief natürlichen Geplauders, das die wahren Künstler und namentlich die Schauspieler kennzeichnet. Paulines

Mutter, obgleich devot, starrköpfig und ländlich dünkelhaft, war doch vornehm und unterrichtet genug für die Gesellschaft, in der sie gelebt hatte. Zum Wenigsten hatte sie Geist genug, um sich angeregt und bezaubert zu fühlen bei der Erzählung von Dingen, die von ihrer gewöhnlichen Umgebung so verschieden und allem, was sie je erlebt und erfahren, so weit überlegen waren. Vielleicht gab sie sich selbst nicht Rechenschaft darüber, gewiss ist aber, dass die Bemühungen Laurentias, sie von ihrer Voreingenommenheit zurückzubringen, über alle Erwartung hinaus von Erfolg waren. Die alte Frau begann an der Plauderei der Schauspielerin Gefallen zu finden und sich wirklich daran zu ergötzen, so dass sie mit Bedauern, ja beinahe mit Schrecken dieselbe nach Postpferden verlangen hörte. Sie überwand sich jetzt selbst und bat Laurentia, bis zum folgenden Tage zu bleiben. Laurentia ließ sich etwas bitten. Ihre Mutter war in Paris durch ein Unwohlsein ihrer zweitältesten Tochter zurückgehalten worden und hatte nicht mit ihr abreisen können. Ein Engagement bei dem Theater zu Orleans hatte Laurentia gezwungen, ihnen vorauszueilen; sie hatte ihnen jedoch in Lyon Rendezvous gegeben und wollte dort gleichzeitig mit ihnen eintreffen, da sie wohl wusste, dass ihre Mutter und ihre Schwester sie nach dieser vierzehntägigen Trennung – der ersten in ihrem: Leben – mit Ungeduld erwarteten. Die Blinde beharrte indessen so inständig bei ihrer Bitte, und Pauline vergoss bei dem Gedanken, sich jetzt von Neuem und zweifelsohne für immer von ihrer Freundin trennen zu sollen, so bittere Tränen, dass Laurentia nachgab, ihrer Mutter schrieb, sie möge sich nicht darüber beunruhigen, wenn ihre Ankunft in Lyon sich um einen Tag verzögere, und die Pferde erst für den Abend des folgenden Tages bestellte. Die Blinde, mehr und mehr fortgerissen, trieb nun die Liebenswürdigkeit so weit, dass sie einige freundschaftliche Worte an ihre alte Bekannte, die Mutter Laurentias diktierte.

»Die arme Madame S...", fügte sie hinzu, als sie den Brief hatte zusammenfalten und den Siegellack hatte knistern hören, »es war eine sehr ausgezeichnete Persönlichkeit, geistreich, heiter, arglos... und so unbesonnen! Denn nur sie, du armes Kind, wird am Ende das Unglück, dass du zur Bühne gegangen bist, vor Gott zu verantworten haben. Sie konnte sich dem widersetzen und hat es nicht getan! Ich habe ihr bei der Gelegenheit drei Briefe geschrieben – Gott weiß, ob sie sie gelesen hat! Ach, hätte sie auf mich gehört, so würdest du nicht Schauspielerin sein!« ...

»Und wir würden im tiefsten Elend stecken", antwortete Laurentia mit sanftem Feuer. »Wir würden den Schmerz erdulden, einander nicht helfen, nichts für einander tun zu können, während ich heute die Freude habe, meine gute Mutter im Schoße angemessenen Wohlstandes sich verjüngen zu sehen. Und sie ist, wenn möglich, noch glücklicher als ich, dass sie ihr Wohlbehagen meiner Arbeit und meiner Beharrlichkeit verdankt. O! sie ist die beste Mutter, liebe Madame D..., und obgleich ich Komö-

diantin bin, seien Sie versichert, dass ich sie
ebenso sehr liebe, als Pauline Sie liebt.«

»Du bist immer eine gute Tochter gewesen, ich
weiß das", sagte die Blinde. »Aber wie soll das
enden? Ihr seid nun reich, und ich begreife,
dass deine Mutter sich dabei wohl befindet,
denn sie liebte immer das Wohlleben und das
Vergnügen. Aber an das andere Leben, mein
Kind, daran denkt ihr alle beide nicht! .... Nun,
ich tröste mich mit dem Gedanken, dass du
nicht immer auf der Bühne bleiben wirst, und
dass der Tag kommen wird, wo du Buße
tust.« –

Inzwischen hatte das Gerücht von dem Abenteuer, welches eine Dame, die nach Villiers an
der Straße nach Lyon zu fahren glaubte, in ihrer
Postchaise nach Saint-Front auf der Straße nach
Paris geführt hatte, sich in dem Städtchen verbreitet und gab dort seit einigen Stunden Stoff
zu seltsamen Kommentaren. In Folge welches
Zufalls, welches Wunders, entschloss sich die
Dame aus der Postchaise, nachdem sie gegen
ihre Absicht nach Saint-Front gekommen war,
den ganzen Tag dort zu bleiben? und was tat
sie, gerechter Gott! bei Madame D...? woher
war sie mit den Damen bekannt? und was
konnten sie sich in der langen Zeit, während
welcher sie zusammen eingeschlossen waren,
sich zu sagen haben? Der Stadtsekretär, der in
dem Café, das dem Hause Madame D...'s gerade gegenüber lag, seine Partie Billard spielte,
sah oder glaubte zu sehen, dass die fremde
Dame hinter den Fenstern des Hauses hin und
her ging; sie wäre eigentümlich, fast prächtig

gekleidet, sagte er. Laurentias Reisetoilette war
jedoch nur von allerdings geschmackvoller
Einfachheit, die Pariserin aber, und vor allem
die Künstlerin, verleiht dem einfachsten Anzuge einen Reiz, der für die Provinz blendend ist.
Die Damen in den benachbarten Häusern
drängten sich an die Fenster, ja, öffneten dieselben und erkälteten sich alle mehr oder weniger,
in der Hoffnung, zu ergründen, was im Hause
der Nachbarin vorgehe. Als die Magd zum
Markte ging, rief man sie an und fragte sie aus.
Sie wusste nichts, hatte nichts gehört, nichts
verstanden. Die fragliche Dame war aber nach
ihrem Berichte sehr seltsam. Sie nahm große
Schritte, sprach mit lauter Stimme und trug
einen Pelzmantel, so dass sie den wilden Tieren
in einer fahrenden Menagerie glich, etwa einer
Löwin oder einer Tigerin – die Magd wusste
nicht recht, welcher von beiden. Der Stadtsekretär entschied, dass es eine Pantherhaut wäre,
und der Adjunkt des Bürgermeisters fand es
sehr wahrscheinlich, dass die Fremde die Her-
zogin von Berry sei. Er hatte die alte D... stets
im Verdachte gehabt, dass sie im Grunde ihres
Herzens legitimistisch gesinnt sei, denn sie war
fromm. Der Bürgermeister, von den Damen
seiner Familie mit Fragen bestürmt, fand einen
bewunderungswürdigen Ausweg, ihre und
seine eigene Neugierde zu befriedigen. Er befahl dem Postmeister, der Fremden erst nach
Durchsicht ihres Passes Pferde zu geben. Da die
Fremde ihren Entschluss änderte und ihre Abreise auf den folgenden Tag verschob, ließ sie
durch ihren Diener erwidern, sie würde ihren
Pass vorzeigen, sobald sie abermals Pferde for-

dere. Der Bediente, ein pfiffiger Bursche und wahrer Spiegelberg, ergötzte sich an der Neugierde der Saint-Fronter Spießbürger und band jeden: einzelnen ein anderes Märchen ans. Tausend Gerüchte zirkulierten in der Stadt und durchkreuzten sich. Die Geister erhitzten sich, der Bürgermeister fürchtete einen Auflauf, der Prokurator des Königs erteilte der Gendarmerie den Befehl, sich schlagfertig zu halten, und die bedauernswerten Dienstpferde hatten den ganzen Tag über den Sattel auf dem Rücken.

»Was tun?« sagte der Bürgermeister, der ein Mann von sanfter Gemütsart und mit einem für das schöne Geschlecht empfindlichen Herzen war. »Ich kann doch nicht einen Gendarmen abschicken, um die Papiere einer Dame gewaltsam untersuchen zu lassen.«

»An Ihrer Stelle würde ich mich nicht genieren!« sagte der Substitut, ein junger, grimmiger Beamter, der nach der Prokuratorwürde strebte und sich eifrig und unausgesetzt um die Verminderung seines Embonpoints bemühte, um ganz und gar dem Junius Brutus ähnlich zu sehen.

»Sie wollen, dass ich den Tyrannen spiele!« entgegnete der friedliebende Bürgermeister.

Die Frau Bürgermeisterin hielt mit den Gattinnen der übrigen Stadtbeamten großen Rath, und es wurde beschlossen, dass der Herr Bürgermeister in Person mit aller möglichen Höflichkeit und unter der Entschuldigung, dass er höhern Befehlen gehorche, der Unbekannten den Pass abfordern solle.

Der Bürgermeister gehorchte und hütete sich dabei weislich, zu sagen, dass jene höhern Befehle von seiner Frau ausgingen. Die Mutter D... war ein wenig erschrocken über diesen Schritt, Pauline, die den Grund desselben sehr gut erkannte, wurde dadurch beunruhigt und verletzt, Laureutia aber lachte bloß darüber, wandte sich zu den: Bürgermeister, nannte ihn bei Namen, bat ihn um Nachrichten über die Personen seiner Familie und seiner Freundschaft, indem sie ihm mit bewunderungswürdiger Gedächtnisstärke die Namen derselben bis herunter zu dem jüngsten seiner Kinder her nannte, foppte ihn eine Viertelstunde lang und gab sich endlich zu erkennen. Sie war so liebenswürdig und reizend bei diesem Scherze, dass der gutherzige Bürgermeister sich närrisch in sie verliebte, ihr die Hand küssen wollte und sich nicht eher zurückzog, als bis Madame D... und Pauline ihm versprochen hatten, ihn mit der schönen Schauspielerin aus der Hauptstadt bei ihnen zu Mittag speisen zu lassen. Das Diner war äußerst heiter. Laurentia versuchte die trüben Eindrücke abzuschütteln, die sie empfangen hatte, und wollte der Blinden das Opfer, das dieselbe ihr durch Hintenansetzung ihrer Vorurteile brachte, damit lohnen, dass sie ihr einige heitere Stunden verschaffte. Sie erzählte tausend kleine, scherzhafte Geschichten über ihre Reisen in der Provinz und ließ sich beim Dessert sogar herbei, dem Herrn Bürgermeister Stellen aus den klassischen Dichtern zu rezitieren, die ihn in einen Taumel des Entzückens versetzten, vor dem die Frau Bürgermeisterin sich sicherlich außerordentlich entsetzt hätte.

Niemals hatte die Blinde sich so ausgezeichnet amüsiert. Pauline war seltsam bewegt: sie erstaunte, dass inmitten des Vergnügens und der Freude ein Gefühl des Trübsinns sie überschlich. Laurentia, die nur die andern zerstreuen wollte, zerstreute sich am Ende selbst. Sie glaubte sich um zehn Jahre verjüngt, als sie sich wieder in dieser Welt der Erinnerungen befand, in der sie nur noch im Traum: manchmal zu weilen glaubte.

Man war aus dem Speisezimmer in den Salon getreten und hatte eben den Kaffee eingenommen, als das Geräusch von Galoschen auf der Treppe die Ankunft eines Besuches verkündete. Es war die Gattin des Bürgermeisters, welche, da sie ihrer Neugier nicht länger widerstehen konnte, auf geschickte Art und Weise und wie aus Zufall Madame D... zu besuchen kam. Sie hatte sich wohl gehütet, ihre Töchter mitzubringen: sie befürchtete, einer spätern Verheiratung der jungen Damen Abbruch zu tun, wenn sie dieselben hätte mit der Komödiantin zusammentreffen lassen. Diese Damen schliefen in Folge dessen in der Nacht nicht, und nie erschien ihnen die mütterliche Autorität ungerechtfertigter und unbilliger. Die jüngste weinte vor Ärger.

Die Frau Bürgermeisterin, obgleich ziemlich verlegen, in welcher Weise sie Laurentia – dieselbe hatte früher ihren Töchtern Unterricht erteilt – begrüßen sollte, hütete sich doch durchaus, unhöflich zu sein. Sie wurde sogar liebenswürdig, als sie die ruhige Würde bemerkte, die im Wesen Laurentias herrschte. Als aber einige Minuten später ein zweiter Besuch, natürlich ebenso »zufällig«, ankam, schob die Bürgermeisterin ihren Stuhl zurück und sprach etwas weniger mit der Schauspielerin. Sie wurde von einer jener intimen Freundinnen beobachtet, die nicht verfehlt haben würde, ihre Vertraulichkeit mit einer Komödiantin haarscharf zu kritisieren. Dieser zweite Besuch hatte sich vorgenommen, ebenfalls seine Neugierde zu befriedigen, indem er Laurentia zum Sprechen brachte. Aber, ungerechnet, dass diese selbst mehr und mehr gravitätisch und zurückhaltend wurde, beengte und hinderte auch die Anwesenheit der Bürgermeisterin den Vorwitz der Folgenden. Der dritte Besuch genierte die beiden ersten noch weit mehr und wurde seinerseits wieder in noch höherem Grade von der Ankunft des vierten geniert. Nach weniger als einer Stunde endlich war der alte Salon Paulines so dicht gefüllt, als ob sie die ganze Stadt zu einer großen Soiree geladen hätte. Niemand konnte widerstehen. Auf die Gefahr hin, etwas Seltsames oder sogar Unschickliches zu tun, wollte man die kleine Unterlehrerin sehen, der Niemand Geist und Verständnis zugetraut hatte, und die jetzt ganz Frankreich kannte und pries. Um der jetzt aufgetauchten Neugier den Schein der Berechtigung zu geben und zugleich den geringen Scharfsinn, den man früher bewiesen hatte, zu entschuldigen, stellte mau sich, als bezweifle man noch immer das Talent Laurentias und zischelte sich deshalb in die Ohren:

»Ist es wahr, dass sie die Freundin und Favoritin der Mademoiselle Mars ist?« »Man sagt, sie habe in Paris großen Erfolg gehabt!« – »Glauben Sie, dass das möglich ist?« – »Es verlautet, dass die berühmtesten Autoren Stücke für sie schreiben.« »Vielleicht übertreibt man das alles!« – »Haben Sie mit ihr gesprochen?« – »Sprechen Sie mit ihr?« u.s.w., u.s.w.

Nichtsdestoweniger konnte Niemand durch seine Zweifel Laurentias Anmuth und Schönheit vermindern. Wenige Minuten vor dem Diner hatte sie ihr Kammermädchen kommen lassen, und aus einem kleinen Karton, der jenen Zaubernüssen glich, die nach der Berührung mit dem Zauberstabe einer Fee die ganze Ausstattung einer Prinzessin enthalten, war eine äußerst einfache, aber ausgesucht geschmackvolle und merkwürdig frische Toilette hervorgegangen. Pauline konnte nicht begreifen, wie man in so kurzer Zeit und mit so wenig Mühe sich aus der Reise dergestalt umkleiden konnte, und die Eleganz ihrer Freundin verursachte ihr eine Art Schwindel. Die Damen des Städtchens hatten sich geschmeichelt, diese Toilette und diese Tournure, die man als seltsam angekündigt hatte, zu bekritteln zu haben. Sie waren jetzt gezwungen, die weichen und zarten, in üppiger Fülle herabwallenden Stoffe und den eng anschließenden, aber trotzdem nicht steif und auffallend erscheinenden Schnitt des Kleides zu bewundern und mit den Augen zu verschlingen, denn zu solcher Wahl der Farben wird die Modedame einer kleinen Stadt nie gelangen, selbst wenn sie die Stutzerin der Großstädte mit peinlicher Genauigkeit kopiert. Dazu kam noch die Gesuchtheit und Feinheit

der Stiefel, des Weißzeugs und des Haar-
schmucks, welche die Frauen, denen es an Geschmack fehlt, entweder bis ins Widersinnige
übertreiben oder bis zur Unordentlichkeit ver-
nachlässigen. Was aber mehr als alles Übrige
befremdete und einschüchterte, das war der
ungezwungene Anstand Laurentias, jener Ton
der besten Gesellschaft, den man in der Provinz
nicht bei einer Komödiantin zu finden erwartet,
und der sicherlich bei keiner Frau in Saint-Front
anzutreffen war. Laurentia war ganz nach ihrem Belieben imponierend oder einnehmend.
Sie lächelte bei sich selbst über die Bestürzung,
in welche sie alle diese kleinlichen Geister versetzte, die, jeder ohne Wissen des andern und
jeder in dem Glauben, allein die Kühnheit zu
haben, um sich über die Unschicklichkeiten
einer »Zigeunerin« lustig zu machen, dorthin
gekommen waren und nun einer über die Anwesenheit des andern und mehr noch über die
Täuschung, bewundern zu müssen, wo man
verspotten, vielleicht gar demütigen wollte,
verstimmt, beschämt und verlegen dastanden.
Alle diese Frauen hielten sich wie ein in Verwirrung geratenes Regiment auf der einen Seite
des Salons, während auf der andern, von Pauline, ihrer Mutter und einigen vernünftigen
Männern umringt, die sich nicht scheuten, ehr-
erbietig mit ihr zu reden, Laurentia wie eine
Königin thronte, die leutselig ihrem Volke zulä-
chelt und es in ehrerbietiger Entfernung hält.
Die Rollen waren vertauscht: das Unbehagen
stieg auf der einen Seite, während die wahre
Würde auf der andern triumphierte. Man wagte nicht mehr zu flüstern, ja, nicht einmal mehr

nm sich zu schauen, wenn es nicht verstohlen geschehen konnte. Endlich, nachdem der Weggang der Verdrießlichsten und Enttäuschtesten die Reihen gelichtet hatte, wagte man sich zu nähern, um ein Wort, um einen Blick zu betteln, die Robe zu berühren, nach der Adresse der Weißzeughändlerin, nach dem Preise der Juwelen, nach dem Titel der jetzt in Paris beliebten Theaterstücke zu fragen und für die erste Reise, die man nach der Hauptstadt tun würde, um Theaterbillets zu bitten.

Bei der Ankunft der ersten Besucherinnen hatte sich die Blinde verwirrt, dann verstimmt und endlich verletzt gefühlt. Als sie jetzt hörte, wie die Gesellschaft ihren seit so langer Zeit verödeten und verlassenen Salon füllte, fasste sie ihren Entschluss und affektierte, während sie aufhörte, sich der Freundschaft zu schämen, die sie der Komödiantin bezeigt hatte, noch eine größere Zuneigung zu Laurentia. Mit spitzen, spöttischen Worten empfing sie alle diejenigen, welche herantraten, um sie zu begrüßen.

»Ja , meine Damen", entgegnete sie auf die üblichen Begrüßungsphrasen, »ich befinde mich besser, als ich dachte, da meine Gebrechen Niemand mehr Furcht einflößen. Seit zwei Jahren hat man mich nicht mehr besucht, um mir abends Gesellschaft zu leisten, und es ist ein merkwürdiger Zufall, der mir heute auf einmal die ganze Stadt zuführt. Sollte der Kalender in Unordnung geraten sein, und mein Geburtstag, den ich bereits seit sechs Monaten vorübergegangen glaubte, auf den heutigen Tag fallen?«

Andern gegenüber, die früher beinahe nie zu ihr gekommen waren, trieb sie die Bosheit so weit, dass sie ihnen ganz laut ins Gesicht sagte:

»Ah, Sie machen es wie ich, Sie beschwichtigen die Bedenken Ihres Gewissens und bringen, sich selbst zum Trotze, dem Talente ihre Huldigungen dar? Es ist immer so, sehen Sie. Der Geist triumphiert immer und über alles. Sie tadelten Mademoiselle S... gewaltig, als sie zur Bühne ging; ganz wie ich fanden Sie diesen Schritt empörend, entsetzlich! Und jetzt liegen Sie ihr sämtlich zu Füßen! Sie werden nicht das Gegenteil behaupten, denn am Ende ist es doch unglaublich, dass ich plötzlich liebenswürdig und hübsch genug geworden sei, so dass man sich in Menge herandränge, um meine Gesellschaft zu genießen.«

Pauline war für ihre Freundin vom Anfang bis zum Ende der Soiree bewunderungswürdig. Sie schämte sich ihrer nicht einen Augenblick, und indem sie mit einem in der Provinz unerhörten Heroismus dem Tadel trotzte, den über sie auszuschütten man sich anschickte, entschloss sie sich freimütig, auch für die Öffentlichkeit in Bezug auf Laurentia das zu sein, was sie ihr im engern Kreise war. Sie überhäufte Laurentia mit Bezeugungen der Zuneigung, der Zuvorkommenheit, sogar der Ehrerbietung. Sie schob ihr eigenhändig ein Kissen unter die Füße, präsentierte ihr eigenhändig die Platte mit Erfrischungen und erwiderte ihre Dankesworte mit einem herzlichen Kusse. Und als sie sich endlich wieder neben sie setzte, hielt sie während der ganzen Soiree die Hand der Freundin auf der Lehne des Sessels in der ihren.

Diese Rolle war ohne Zweifel schön, und Laurentias Anwesenheit wirkte Wunder, denn diese Kühnheit hätte Pauline mit Entsetzen erfüllt, wäre ihr am vorhergehenden Tage die unumgängliche Notwendigkeit derselben angekündigt worden. Und jetzt kostete ihr dieselbe so wenig Anstrengung, dass sie selbst darüber erstaunte. Hätte sie in die Tiefe ihrer Seele hinabtauchen können, so hätte sie vielleicht entdeckt, dass diese Rolle der Hochherzigkeit die einzige war, mittelst der sie sich in ihren eigenen Augen zu dem erhabenen Standpunkte Laurentias erheben konnte. Zweifelsohne hatten die Anmuht, die Noblesse und der Geist der Schauspielerin sie bis dahin etwas verstimmt, seitdem sie sich aber gewissermaßen als Beschützerin zu ihrer Freundin gesetzt hatte, bemerkte Pauline diese Überlegenheit nicht mehr, die ebenso schwer zwischen Frauen als zwischen Männern zu ertragen ist.

Es ist gewiss, dass, als die beiden Freundinnen sich wieder mit der blinden Mutter allein am Kamin befanden, Pauline überrascht und sogar ein wenig verletzt war, als sie sah, wie Laurentia all ihr Dankgefühl auf die alte Frau übertrug. Mit edlem Freimut sagte die Schauspielerin, während sie Madame D... die Hand küsste und sie nach ihrem Zimmer führte, derselben, dass sie den vollen Werth dessen, was die alte Frau getan und während dieser kleinen Prüfung für sie gewesen sei, zu schätzen wisse.

»Was dich betrifft, meine Pauline", sagte sie zu ihrer Freundin, als die beiden allein waren, »so würde ich dich kränken, dankte ich dir ebenso. Deine Vorurteile sind nicht hartnäckig genug, als dass deine Missachtung der kleinstädtischen Beschränktheit mir eine große Anstrengung schiene. Ich kenne dich, du würdest nicht du selbst sein, wenn du nicht ein wahres Vergnügen daran gefunden hättest, dich in ganzer Größe über diese Zierpuppen zu erheben.«

»Nur deinetwegen ist es mir ein Vergnügen geworden", entgegnete Pauline etwas verstimmt.

»Geh doch, du Schelm!« erwiderte Laurentia, indem sie die Freundin umarmte, »du tatest es dir selbst zu Liebe.«

War es eine instinktive Undankbarkeit, die der Freundin Paulines diese Worte in den Mund legte? Nein. Laurentia war gegen andere peinlich gerecht und gegen sich selbst am strengsten. Wäre ihr das Benehmen ihrer Freundin erhaben erschienen, so würde sie sie, nicht gescheut haben, ihr ihre Dankbarkeit zu erkennen zu geben. Sie besaß aber ein so sicheres und berechtigtes Gefühl ihrer eigenen Würde, dass sie den Muth Paulines für eben so natürlich und leicht zu üben hielt, als den ihren. Sie ahnte durchaus nichts von der geheimen Beklemmung, die ihr Benehmen in diesem, in Aufruhr versetzten Gemüte erregte. Sie konnte dieselbe nicht erraten, denn sie hätte dieselbe auch nicht begriffen.

Pauline, entschlossen, die Freundin nicht einen Augenblick zu verlassen, verlangte, dass dieselbe in ihrem eigenen Bette schlafen sollte. Sie hatte ein großes Sofa mit Kissen belegen lassen und streckte sich darauf hin, um so lange als irgend möglich mit Laurentia plaudern zu können. Jeder Augenblick vermehrte die Unruhe der jungen Klausnerin und ihr Verlangen, das Leben mit den Genüssen, welche Kunst und Ruhm, Arbeit und Unabhängigkeit darbieten, kennen zu lernen. Laurentia wich ihren Fragen aus. Es schien ihr von Seiten Paulines unbesonnen, die Vorteile einer von der eigenen so verschiedenen Existenz kennen lernen zu wollen, und sie hielt es ihrerseits für wenig zartsinnig, ein verführerisches Gemälde von denselben zu entwerfen. Daher bemühte sie sich, die Fragen der Freundin mit andern Fragen zu beantworten, sie zur Schilderung der innigen Herzensfreuden ihres stillen, gottesfürchtigen Lebens zu veranlassen, und das Schwärmerische in ihrer Unterhaltung auf jene Poesie der Pflichterfüllung hinzulenken, die ihr das eigentliche Gebiet und Wirkungsfeld eines kindlich frommen, gottergebenen Gemütes zu sein schien. Aber Pauline antwortete darauf nur mit Stillschweigen. In der ersten Unterhaltung am Morgen hatte sie bereits alles erschöpft, was ihre sittliche Kraft an Stolz und List besaß, um ihre Leiden zu verdecken. Am Abend dachte sie schon nicht mehr an ihre Rolle. Das glühende Verlangen, dass sie, gleich einer Blume, die lange das Licht und die Luft entbehrt hat, nach dem Leben und nach dem Genusse empfand, wurde mit jedem Momente brennender. Die Begierde riss sie fort und zwang Laurentia, sich dem größten Vergnügen, das sie kannte, hinzugeben, d. h. ihre Seele im traulichen, natürlichen Gespräch zu erschließen und auszuschütten. Laurentia liebte ihre Kunst nicht allein ihrer selbst, sondern auch der Freiheit und des geistigen, sowie gesellschaftlichen Aufschwungs wegen, den sie derselben verdankte. Sie rühmte sich edelsinniger Freundschaften, sie hatte auch leidenschaftliche Wallungen kennen gelernt, und obgleich sie zartfühlend genug war, Pauline nicht davon zu erzählen, so verliehen diese noch nachzitternden Erinnerungen ihrer natürlichen Beredsamkeit doch einen entzückenden, schwungvollen Nachdruck.

Pauline verschlang ihre Worte. Wie ein Feuerregen fielen dieselben in ihr Gemüt und ihren Geist. Bleich, mit gelöstem Haar, mit flammenden Blicken, den Ellbogen auf ihr jungfräuliches Kissen gestützt, erschien sie beim bleichen Schimmer der Lampe, die zwischen den beiden Lagern brannte, schön wie eine antike Nymphe. Laurentia blickte sie an und war über den Ausdruck ihrer Züge betroffen. Sie fürchtete, zuviel gesagt zu haben und machte es sich zum Vorwurf, obgleich alle ihre Worte rein gewesen waren wie die, welche eine Mutter zu ihrer Tochter spricht. Aber mehr und mehr von dem schönen Bilde ergriffen, vergaß sie, was sie soeben gesagt hatte, um mit ihrem Ideengange zu ihrer Kunst zurückzukehren, und rief begeistert aus:

»Mein Gott! wie schön du bist, mein Kind! Die Klassiker, die mich über die Rolle der Phädra belehren wollten, hatten dich nicht gesehen! Das ist eine Pose der modernen Schule! ja, das ist Phädra ganz und gar!... vielleicht nicht die Phädra Racine's, aber die des Euripides bei den Worten: Ihr Götter! weilt' ich draußen in der Wälder Dunkel!...[7] Wenn ich dir das nicht auf Griechisch sage", fügte Laurentia hinzu, während sie ein leichtes Gähnen unterdrückte, »so geschieht es nur, weil ich des Griechischen nicht mächtig bin ... Ich wette, du verstehst diese Sprache, du« ...

»Das Griechische? welche Torheit!« entgegnete Pauline, indem sie sich zu einem Lächeln zwang. Was sollte ich damit anfangen?«

»O!« rief Laurentia, »wenn ich wie du Zeit hätte, alles zu studieren, ich würde alles können!«

Es entstand eine Pause. Pauline versank in schmerzliche Selbstbetrachtung. Sie fragte sich, wozu in der Tat alle diese wunderbaren Stickereien dienten, mit deren Anfertigung sie die langen, stillen Stunden der Einsamkeit ausfüllte, und die weder ihren Geist noch ihr Herz beschäftigten. Sie erschrak über die vielen schönen, verlorenen Jahre, und es schien ihr, als habe sie von ihren edelsten Fähigkeiten und von ihrer kostbarsten Zeit einen unwürdigen, beinahe schlechten Gebrauch gemacht. Sie richtete sich auf dem Ellenbogen auf und sagte zu Laurentia:

»Warum vergleichst du mich mit Phädra? Weißt du, dass das eine abscheuliche Gestalt

---

[7] Racine, Phädra, 1. Act, 3. Scene (vgl. Univ.-Bibl. 54).
Der Übers.

117

ist? Kannst du das Laster und das Verbrechen poetisch verklären?« ...

Laurentia antwortete nicht. Ermüdet von der Schlaflosigkeit der vergangenen Nacht und in tiefster Seele ruhig, wie man es ist, wenn man trotz aller Lebensstürme in sich selbst den wahren Zweck und das wahre Mittel seines Daseins gefunden hat, war sie beinahe noch während des Sprechens eingeschlafen. Dies schnelle, friedliche Einschlummern vermehrte den Schmerz und die Unruhe Paulines.

Sie ist glücklich ... dachte sie ... glücklich und mit sich selbst zufrieden, ohne Mühe, ohne Kampf, ohne Unschlüssigkeit ... Und ich! ... O Gott! das ist nicht gerecht! –

Pauline schlief die ganze Nacht nicht. Am Morgen erwachte Laurentia ebenso friedlich, als sie eingeschlummert war, und zeigte sich frisch und ausgeruht. Ihr Kammermädchen kam mit einer hübschen weißen Robe, die ihr während der Toilette als Pudermantel diente. Während die Zofe das prächtige, schwarze Haar Laurentias glättete und flocht, ging diese nochmals die Rolle durch, in welcher sie über drei Tage in Lyon auftreten sollte. Jetzt war die Reihe, schön zu sein, an sie gekommen: sie entzückte mit den wallenden Haaren und dem tragischen Gesichtsausdruck. Zuweilen entschlüpfte sie hastig den Händen der Zofe und schritt im Zimmer auf und ab.

»Das ist nicht das Richtige!« ... rief sie aus. »Ich will es so ausdrücken, wie ich es empfinde!«

Dann folgten Exklamationen, Stellen aus dem Drama. Vor dem alten Spiegel Paulines übte sie sich in Posen und Gebärden. Die Kaltblütigkeit der Zofe, die an dergleichen gewöhnt war, und die vollständige Vergessenheit, in welche alle äußern Gegenstände für Laurentia versunken schienen, setzte die junge Kleinstädterin aufs Höchste in Erstaunen. Sie wusste nicht, ob sie lachen oder sich vor der pythischen Miene der Freundin entsetzen sollte. Sie wurde ergriffen von der tragischen Schönheit Laurentias, wie diese wenige Stunden zuvor von der ihren ergriffen worden war. Dabei aber sagte sie zu sich selbst:

»Sie tut das alles mit kaltem Blute, mit studierter Glut, mit erkünsteltem Schmerze. Im Innern ist sie durchaus ruhig und glücklich. Und ich, die ich göttliche Ruhe auf der Stirn zeigen muss, ich gleiche in Wahrheit der Phädra!«

Gerade als sie mit diesem Gedanken beschäftigt war, sagte Laurentia plötzlich:

»Ich mühe mich aus allen Kräften, deine Pose von gestern Abend wiederzufinden, als du dich auf den Ellenbogen stütztest, kann aber nicht zum Ziele kommen! Das war ausgezeichnet. Nun, der Gedanke ist noch zu neu. Ich werde das später wiederfinden – durch Inspiration! Jede Inspiration ist eine Erinnerung, nicht wahr, Pauline? Doch deine Frisur ist nicht schön, mein Kind. Trag' das Haar in Flechten, anstatt in breiten, glatten Streifen. Komm, Susette wird es dir zeigen.«

Und während nun das Kammermädchen die eine Flechte vollendete, stellte Laurentia die andere her, und nach einem Augenblick fand sich Pauline so gut frisiert und so verschönert, dass sie einen Schrei der Überraschung ausstieß.

»Mein Gott! welche Geschicklichkeit!« rief sie. »Ich frisierte mich nicht in dieser Weise aus Furcht, zuviel Zeit dabei zu verlieren, und brauchte trotzdem doppelt so viel!«

»O, das kommt daher", entgegnete Laurentia, »weil wir Schauspielerinnen uns möglichst schön und möglichst schnell schön machen müssen.«

»Und wozu würde mir das nützen, mir?« sagte Pauline, indem sie die Ellenbogen auf das Toilettentischchen sinken ließ und sich mit düsterer, tief trüber Miene im Spiegel beschaute.

»Halt!« rief Laureutia. »Sieh, nochmals Phädra! Bleib so sitzen, ich studiere dich.«

Pauline fühlte, wie ihre Augen sich mit Tränen füllten. Damit Laurentia es nicht bemerke – und das war's, was Pauline in diesem Augenblick am meisten auf der Welt fürchtete – flüchtete sie in ein anderes Zimmer und drängte mühsam ein bitteres Stöhnen zurück. In ihrer Seele wogten Schmerz und Zorn, aber sie wusste selbst nicht, warum dieser Sturm sich in ihr erhob. Am Abend war Laurentia abgereist. Pauline hatte geweint, als sie die Freundin in den Wagen steigen sah, und diesmal ans aufrichtigem Schmerze. Denn Laurentia hatte für sechsunddreißig Stunden ihr Dasein belebt, und mit Schrecken dachte sie jetzt an die Zukunft. Von Müdigkeit überwältigt, sank sie auf ihr Bett und schlief erschöpft ein mit dem Wunsche, nie wieder zu erwachen. Als sie erwachte, warf sie einen Blick dumpfen Schreckens auf diese Wände, die keine Spur von dem kurzen, schnell entschwundenen Traumbild des Glücks bewahrten, das Laurentia darin heraufbeschworen hatte. Langsam erhob sie sich von ihrem Lager, setzte sich mechanisch vor den Spiegel und versuchte, ihr Haar wie am vorigen Tage in Flechten zu ordnen. Plötzlich aber, durch den Gesang ihres Zeisigs, der, immer heiter, immer gleichgültig gegen die Gefangenschaft, in seinem Käfig erwacht war, an die Wirklichkeit erinnert, sprang sie auf, öffnete das Bauer, dann das Fenster und trieb den stubenhockerischen Vogel, der durchaus nicht davonfliegen wollte, hinaus.

»Ach, du bist der Freiheit nicht würdig!« sagte sie, als sie ihn ohne Verzug zurückkehren sah.

Sie wandte sich wieder zu dem Toilettentisch, löste mit einer Art Wut die Flechten gänzlich auf und legte dann das Gesicht in die krampfhaft verschlungenen Hände. In dieser Stellung verharrte sie, bis ihre Mutter erwachte. Das Fenster war offen geblieben, aber Pauline hatte die Kälte nicht empfunden. Der Zeisig war wieder in seinen Käfig geschlüpft und sang aus Leibeskräften.

3. Kapitel

Ein Jahr war seit dem Besuche Laurentias in Saint-Front verflossen, und noch immer sprach man dort von der denkwürdigen Soiree, bei welcher die berühmte Schauspielerin mit so viel Glanz unter ihren Mitbürgern erschienen war. Denn man würde sich gewaltig täuschen, wenn man annähme, dass die vorgefassten Meinungen der Provinz schwer zu überwinden und zu beseitigen sind. Was man auch in dieser Hinsicht sage, nirgends ist das allgemeine Wohlwollen leichter zu erwerben, wie es auch nirgends leichter zu verlieren ist. An andern Orten sagt man, die Zeit sei eine gewaltige Herrin, in der Provinz muss es heißen: die Langeweile, denn sie modifizirt und rechtfertigt alles. Der erste Ansturm, den irgend eine Neuerung gegen den hergebrachten Schlendrian in einer kleinen Stadt versucht, ist ohne Zweifel fürchterlich, wenn man am folgenden Tage daran denkt; aber schon am nächstfolgenden erkennt man, dass es eigentlich nichts war, und tausend Neugierige warten nur auf ein erstes Beispiel, um sich auf den Tummelplatz der Neuigkeiten zu stürzen. Ich kenne einige Provinzial-Hauptstädte, in denen die erste Frau, welche sich herausnahm, in einem englischen Sattel durch die Stadt zu galoppieren als Kosak im Unterrock angesehen wurde, und wo im folgenden Jahre alle Damen eine Amazonenausrüstung bis einschließlich der Reitpeitsche besitzen wollten.

Kaum war Laurentia abgereist, als sich plötzlich ein allgemeiner Umschwung in den Ansichten vollzog. Jeder wollte den Eifer, den er gezeigt hatte, sie aufzusuchen, nun auch rechtfertigen, indem er den Ruf der Schauspielerin vergrößerte oder wenigstens nach und nach über ihr wirkliches Verdienst die Augen öffnete. Allmählich gelangte man dahin, dass man sich gegenseitig die Ehre streitig machte, am ersten mit ihr gesprochen zu haben, und diejenigen, welche sich nicht hatten entschließen können, sie zu besuchen, behaupteten nun, dass sie die andern nach Kräften dazu angetrieben hätten. Im selben Jahre wurde eine Postverbindung zwischen Saint-Front und Mont-Laurent eingerichtet, und mehrere bedeutende Persönlichkeiten der Stadt, Leute, die fünfzehntausend Francs Rente im Jahre besitzen und nicht leicht ihren Wohnsitz verlassen, weil, wenn man sie reden hört, ohne sie das Land in Barbarei zurücksinken würde – wagten endlich die Reise nach der Hauptstadt. Sie kehrten zurück, erfüllt von dem Ruhme Laurentias und stolz, während vom Sturm des Beifalls das Haus erbebte, wie man zu sagen pflegt, ihren Nachbarn auf dem Balkon oder der ersten Galerie haben sagen zu können:

»Mein Herr, diese große Aktrice hat lange Zeit in der Stadt gewohnt, in der ich lebe. Sie war die intime Freundin meiner Frau. Sie speiste, beinahe alle Tage bei uns im Hause. O, wir hatten ihr Talent erraten! Ich versichere Sie, dass wir, wenn sie uns Verse rezitierte, unter uns sagten: Das ist ein junges Mädchen, die es weit bringen kann.«

Wenn dann diese Personen nach Saint-Front heimgekehrt waren, erzählten sie mit Stolz, dass sie der großen Schauspielerin ihre Aufwartung gemacht, dass sie an ihrer Tafel gespeist, dass sie den Abend in ihrem prächtigen Salon zugebracht hätten ... Ach! was für ein Salon! was für Möbel! was für Gemälde! und was für eine amüsante, anständige Gesellschaft! Künstler, Deputierte ... Herr So und So, der Porträtmaler, Frau So und So, die Sängerin! Und dann die Spiegel, und dann die Musik! ... was weiß ich! Der Kopf wirbelte allen, die diese wunderbaren Berichte hörten, und jeder rief:

»Ich hatte es immer gesagt, dass sie reüssieren würde! Kein anderer als ich hatte es vorhergesehen.«

Alle diese Kindereien hatten nur das eine ernste Resultat, dass sie den Geist der armen Pauline in Aufruhr versetzten und ihre innere Missstimmung bis zur Verzweiflung steigerten. Ich weiß nicht, ob am Ende einige Wochen mehr nicht ihren Zustand in dem Grade verschlimmert hätten, dass eine Vernachlässigung ihrer Pflichten gegen die Blinde eingetreten wäre. Diese aber verfiel in eine schwere Krankheit, die Pauline wieder zum Bewusstsein ihrer Pflicht brachte. Sie erlangte plötzlich ihre gesamte physische und moralische Kraft wieder und pflegte ihre unglückliche Mutter mit bewunderungswürdiger Hingebung. Doch ihre Liebe und ihr Eifer konnten die Blinde nicht retten. Madame D... verschied in den Armen ihrer Tochter, ungefähr fünfzehn Monate nach jener Zeit, in welcher Laurentia durch Saint-Front gekommen war.

Seit jenem Tage hatten die beiden Freundinnen einen beständigen Briefwechsel unterhalten. Während Laurentia inmitten ihres tätigen, bewegten Lebens gern an Pauline dachte, und gern im Geiste in ihre friedliche und düstere Behausung trat, um dort neben dem Sessel der Blinden und den Geraniums des Fensters vom Lärm der Welt auszuruhen, empfand Pauline, von der Eintönigkeit ihrer Lebensweise erschreckt, ein unüberwindliches Bedürfnis, die tödliche Langeweile abzuschütteln, die sie umringte, und sich wenigstens im Traume in den Wirbel zu stürzen, der Laurentia fortriss. Nach und nach machte der Ton moralischer Überlegenheit, den die junge Kleinstädterin in Folge edlen Stolzes in ihren ersten Briefen an die Komödiantin beibehalten hatte, dem Ausdrucke schmerzlicher Resignation Platz, der, weit entfernt, die Achtung ihrer Freundin zu verringern, dieselbe vielmehr tief berührte und ergriff. Endlich strömte das Herz Paulines in Klagen ans, und Laurentia musste sich mit einer Art Bestürzung gestehen, dass die Ausübung gewisser Tugenden die Seele einer Frau entnervt anstatt sie zu stärken.

»Wer ist denn eigentlich glücklich?« sagte sie eines Abends zu ihrer Mutter, indem sie einen Brief, der die Spuren der Tränen Paulines trug, auf ihren Schreibtisch legte, »und wo muss man die Seelenruhe suchen? Diejenige, welche mich bei meinem Eintritt in das Künstlerleben so sehr beklagte, beklagt heute in herzzerreißender Weise sich selbst und ihre Abgeschiedenheit und entwirft mir ein so entsetzliches Bild von den Schrecken der Einsamkeit, dass ich beinahe versucht bin, mich unter der Last der Arbeit und der Aufregungen glücklich zu schätzen.«

Als Laurentia die Nachricht vom Tode der Blinden erhielt, beriet sie sich mit ihrer Mutter, einer sehr verständigen und liebreichen Frau, die in Folge ihres guten Gemütes die beste Freundin ihrer Tochter geblieben war. Sie wollte Laurentia von einem Plane abbringen, dem dieselbe seit einiger Zeit mit Vorliebe nachhing, nämlich: sich der Existenz Paulines anzunehmen und dieselbe mit der eigenen zu verschmelzen, sobald Pauline erst unabhängig sein würde.

»Was soll jetzt aus dem armen Kinde werden?« sagte Laurentia. »Die Pflicht, durch die sie an ihre Mutter gefesselt wurde, ist erfüllt. Kein Märtyrertum wird jetzt mehr ihr Leben veredeln und verklären. Der unausstehliche Aufenthalt in einer kleinen Stadt passt nicht für sie. Sie empfindet lebhaft, ihr Geist sucht sich zu entwickeln. Sie soll daher zu uns kommen. Da sie das Bedürfnis empfindet, zu leben, wird sie leben.«

»Ja, aber nur mit den Augen", antwortete Madame S..., Laurentias Mutter. »Sie wird die Wunderwerke der Kunst sehen, aber ihre Seele wird dabei nur noch ungeduldiger, verlangender, lüsterner werden.«

»Nun gut", erwiderte die Schauspielerin, »leben mit den Augen, wenn man wirklich zum Geständnis dessen gelangt, was man sieht – heißt das nicht auch mit dem Geiste leben? und wird Pauline nicht von der Sehnsucht nach diesem Leben verzehrt?«

»Sie sagt es, aber sie täuscht dich, täuscht sich selbst", entgegnete Madame S... »Mit dem Herzen will sie leben, das arme Mädchen!«

»Wird ihr Herz nicht Nahrung an meiner Zuneigung zu ihr finden?« rief Laurents. »Wer würde sie in ihrem kleinen Städtchen lieben, wie ich sie liebe? Und wenn die Freundschaft nicht genügt, um sie glücklich zu machen – wird sie nicht in unserer Umgebung einen Mann entdecken, der ihrer Liebe würdig ist?«

Die gute Madame S... schüttelte den Kopf.

»Sie wird nicht wie eine Schauspielerin geliebt werden wollen", sagte sie mit einem Lächeln, dessen Melancholie ihre Tochter wohl verstand.

Das Gespräch wurde am folgenden Tage wieder aufgenommen. Ein neuer Brief Paulines meldete, dass das bescheidene Vermögen der Mutter durch alte Schulden aufgezehrt würde, die ihr Vater hinterlassen hatte, und die sie um jeden Preis und ohne Zögern bezahlen wollte. Die Nachsicht der Gläubiger hatte dem Alter und dem Siechtum Madame D...'s Schonung gewährt, ihre junge, arbeitsfähige Tochter jedoch hatte kein Anrecht auf gleiche Rücksichten. Man konnte sie ohne zuviel Scheu ihres kleinen Erbteils berauben. Pauline wollte weder

Bedrohungen abwarten, noch das Mitleid anrufen. Sie verzichtete auf den Nachlass ihrer Eltern und schickte sich an, ein kleines Atelier für Stickarbeiten anzulegen.

Diese Nachrichten hoben alle Bedenken Laurentias, und legten der klugen Vorhersicht ihrer Mutter Schweigen auf. Beide begaben sich auf die Reise und kehrten acht Tage später mit Pauline nach Paris zurück.

Nicht ohne einige Verlegenheit hatte Laurentia ihrer Freundin das Anerbieten gemacht, mitzukommen und bei ihr zu leben. Sie erwartete noch immer einen Rest von Voreingenommenheit und Frömmelei zu finden. Aber in Wirklichkeit war Pauline gar nicht fromm. Sie war eine stolze, auf ihre eigene Hoheit eifersüchtige Seele. Sie fand im Katholizismus die Nuance der Frömmigkeit, die ihr zusagte, denn in den alten Religionen finden sich am Ende alle möglichen Nuancen; soviel Jahrhunderte haben an ihnen gemodelt, soviel Menschen haben dabei Hand ans Werk gelegt, soviel geistige Kräfte, Leidenschaften und Tugenden haben ihnen ihre Schätze, ihre Irrtümer und ihre Kenntnisse zugeführt, dass sich am Ende tausend Lehren in der einen vereinigt finden und tausend verschiedene Naturen daraus die entschuldigende Ausflucht oder den treibenden Sporn schöpfen können, der ihnen zusagt. Aus diesem Grunde erheben sich jene Religionen zu so stolzer Höhe, aus demselben Grunde stürzen sie aber auch vernichtet zusammen.

Pauline besaß nicht die Gaben der Milde, der Nächstenliebe und der Demut, welche die wahrhaft frommen Gemüter charakterisiert. Sie neigte so wenig zur Selbstverleugnung, dass sie sich immer unglücklich und hingeopfert gefühlt hatte, so lange sie ihrer Pflicht lebte. Sie bedurfte der eigenen Achtung, und vielleicht auch der anderer, weit mehr als der Liebe zu Gott und des Glücks des Nächsten. Während Laurentia, weniger starkherzig und weniger stolz, sich über jede Entbehrung und jedes Opfer tröstete, wenn sie nur ihre Mutter lächeln sah, machte Pauline der ihren im Innern des Herzens unbewusst einen Vorwurf aus dem dauernden Behagen, das jene auf ihre Kosten genoss. Nicht im Gefühle religiöser Strenge zögerte sie daher, das Anerbieten ihrer Freundin anzunehmen, sondern aus Furcht, bei derselben nicht würdig genug gestellt zu sein.

Anfangs verstand Laurentia sie nicht und glaubte, dass nur die Befürchtung, von rigiden Geistern getadelt zu werden, sie noch immer zurückhielte. Aber das war durchaus nicht der Beweggrund Paulines. Die Ansichten ihrer Umgebung hatten sich geändert: die Freundschaft der großen Künstlerin war keine Schmach mehr, sondern eine Ehre. Es war jetzt ein gewisser Ruhm, sich ihrer Aufmerksamkeit und ihrer Erinnerung zu erfreuen. Ihr zweiter Besuch in Saint-Front war ein Triumph, der den ersten weit überragte. Sie war gezwungen, sich die ungelegenen Huldigungen zu verbitten, die jeder ihr darzubringen strebte, und die ausschließliche Bevorzugung, die sie Pauline zu

Teil werden ließ, erregte einen Neid und eine Eifersucht, auf welche Pauline stolz sein konnte.

Nach einer mehrstündigen Unterhaltung sah Laurentia ein, dass nur Bedenklichkeiten des Zartgefühls Pauline abhielten, ihre Wohltaten anzunehmen. Laurentia begriff dies Übermaß eines Hochmuts, der die Last der Dankbarkeit auf sich zu nehmen fürchtet, nicht recht, aber sie respektierte ihn und ließ sich zu Bitten, ja zu Tränen herbei, um diesen Stolz der Armut zu überwinden, der die größte Abscheulichkeit auf der Welt sein würde, wenn nicht soviel unverschämt anmaßende Gönnerinnen ihm zur Rechtfertigung dienten. Hatte Pauline eine solche Insolenz von Seiten Laurentias zu befürchten? Nein, aber sie konnte ein leises Zagen nicht unterdrücken, und Laurentia, obgleich ein wenig von diesem Misstrauen verletzt, versprach und schmeichelte sich, dasselbe bald zu besiegen. Dank jener Beredsamkeit, die aus dem Herzen stammt, und welche ihr eigen war, triumphierte sie auch wenigstens für den Augenblick über dasselbe, und so setzte Pauline, ergriffen, neugierig und fortgezogen, zitternd den Fuß auf die Schwelle eines neuen Lebens, indem sie sich versprach, bei der ersten Täuschung, die ihr begegne, wieder umzukehren.

Die ersten Wochen, welche Pauline in Paris zubrachte, waren ruhig und voll stillen Zaubers. Laurentia hatte schon vor zwei Monaten in Folge einer ernstern Kränklichkeit Urlaub erhalten, den sie gewissenhaft neuen Studien widmete. Sie bewohnte mit ihrer Mutter ein reizendes kleines Hans inmitten blühender Gärten, wohin nur selten der Lärm des Tages drang, und wo sie nur wenige Personen empfing. Man befand sich in jener Jahreszeit, wo die feinere Welt auf dem Lande weilt, die Theater leer stehen und die wahren Künstler nachzudenken und sich zu sammeln lieben. Dies reizende, einfache, aber im ausgezeichnetsten Geschmack ausgestattete Haus, die elegante Lebensart, das friedliche, mit geistigen Genüssen gewürzte Leben, welches Laurentia sich in einer Welt der Intrige und sittlicher Verderbnis zu schaffen gewusst hatte, straften trefflich alle die Befürchtungen Lügen, mit denen Pauline sich früher betreffs ihrer Freundin getragen hatte. Allerdings war Laurentia nicht immer so verständig, nicht immer so gut beraten, nicht immer so trefflich gestellt gewesen in ihrem Leben als jetzt. Auf ihre eigenen Kosten hatte sie Einsicht und Erfahrung erworben, und, obgleich noch jung, waren ihr doch Erfahrungen der Undankbarkeit und Bosheit nicht erspart geblieben. Nachdem sie viel gelitten, ihre Illusionen viel beweint und die mutige Schwungkraft ihrer Jugend bedauernd zurückgewünscht hatte, hatte sie sich gefasst und entschlossen, das Leben zu ertragen, wie es ist, die öffentliche Meinung weder zu fürchten noch zu reizen, den kurzen Rausch eines flüchtigen Glücks oft der Befolgung eines weisen Rates und die Erbitterung gerechten Zorns dem erhabenen Vergnügen des Verzeihens zu opfern. Kurzum, sie begann in der Kunst wie im häuslichen Leben die Lösung eines schwierigen Problems zu suchen. Sie war milder geworden, ohne zu erkalten, sie beherrschte sich, ohne ihren Charakter zu verwischen.

Ihre Mutter, deren praktischer Verstand sie zuweilen erzürnt, deren Seelengüte sie aber immer wieder unterjocht hatte, war ihr eine zweite Vorsehung gewesen. Wenn sie auch nicht stark genug gewesen war, um ihre Tochter vor Irrungen zu bewahren, so war sie doch klug genug gewesen, sie zu rechter Zeit denselben zu entreißen. Laurentia hatte sich zuweilen verirrt, aber nie verloren. Madame S... hatte es verstanden, ihr anscheinend gelegentlich ihre Grundsätze zum Opfer zu bringen, und was man auch sage, was man auch meine, dies Opfer ist das erhabenste, zu welchem die Mutterliebe begeistern kann. Schmach der Mutter, die ihre Tochter verlässt aus Furcht, für ihre Vertraute oder Mitschuldige zu gelten! Madame S... hatte dieser furchtbaren Beschuldigung getrotzt, und dieselbe war ihr nicht erspart geblieben. Das edle Herz Laurentias hatte das begriffen, und seitdem sie von ihr gerettet und dem Taumel, der sie einen Augenblick an den Rand des Verderbens geschleudert hatte, entrissen worden war, hätte sie alles, selbst die glühendste Leidenschaft, selbst die berechtigste Hoffnung geopfert, aus Furcht, ihrer Mutter eine neue Schmach zuzuziehen.

Was in dieser Hinsicht in der Seele der beiden Frauen vorging, war so zart, so wunderbar und so von keuschem Dunkel umhüllt, dass Pauline, mit fünfundzwanzig Jahren noch unwissend und unerfahren wie eine Fünfzehnjährige, es weder verstehen noch ahnen konnte. Anfangs dachte sie auch nicht daran, das Geheimnis zu lösen. Sie wurde nur ergriffen von dem Glück und der vollkommenen Eintracht, die in dieser Familie zwischen der Mutter, der Tochter und den beiden jüngern Schwestern herrschte, die so Lanrentias Schüler als auch Kinder waren, denn im Schweiße ihrer edlen Stirn sorgte dieselbe für ihr Wohlergehen und widmete ihrer Erziehung ihre schönsten freien Stunden. Ihre Zutraulichkeit, ihre Heiterkeit unter einander, bildeten einen seltsamen Kontrast mit jener Art von Hass und Furcht, die das gegenseitige Band zwischen Pauline und ihrer Mutter bezeichnet hatten. Pauline machte diese Wahrnehmung mit innerem Schmerze, der zwar nicht Reue war – sie hatte hundert Mal der Versuchung widerstanden, sich von ihrer Pflicht loszusagen – aber der Scham glich. Musste sie sich nicht gedemütigt fühlen, mehr Hingebung und wahre häusliche Tugend in der eleganten Behausung einer Komödiantin zu finden, als sie daheim am sittenstrengen Herde hatte üben können? Was für wilde Gedanken hatte ihre Stirn rot übergossen, wenn sie in der Nacht beim Scheine der Lampe allein in ihrer keuschen Zelle wachte! Und jetzt sah sie, wie Laurentia, in ihrem Künstlerboudoir auf einer türkischen Ottomane liegend, ihren kleinen, aufmerksam lauschenden Schwestern mit lauter Stimme Shakespeare'sche Verse vorlas, während die Mutter, immer noch rege, frisch und geschmackvoll gekleidet, ihre Toilette für den nächsten Tag in Ordnung brachte und verstohlen ihren glückstrahlenden Blick auf der schönen Gruppe ruhen ließ, die ihrem Herzen so teuer war. Künstlerische Begeisterung, Seelengüte, Poesie und Zuneigung fanden sich in diesem Bilde vereint, und über demselben schwebte die Weisheit d. h. das Gefühl für das sittlich Schöne, die Achtung vor dem eigenen Selbst, der Heldenmut der Seele. Pauline glaubte zu träumen; sie konnte sich nicht entschließen, für wahr zu halten, was sie sah. Vielleicht auch kämpfte sie dagegen an aus Furcht vor der Erkenntnis, dass sie Laurentia untergeordnet sei.

Trotz dieser Zweifel und geheimen Schmerzen war Pauline in ihren ersten Beziehungen zu dem neuen Leben bewundernswert. Stolz bei all ihrer Armut, besaß sie die Seelengröße, sich mehr nützlich als kostspielig zu machen. Mit einem für ein junges Mädchen aus der Provinz unerhörten Stoizismus schlug sie die hübschen Toiletten aus, zu deren Annahme Laurentia sie bewegen wollte. Sie verblieb bei ihrem gewöhnlichen Traueranzuge, dem kleinen, schwarzen Kleide, dem schmalen, weißen Kragen, dem Haar ohne Bänder und Juwelen. Freiwillig befasste sie sich mit der Führung des Hausstandes, von dem Laurentia, wie sie sagte, nur die Synthese verstand, und dessen Einzelheiten der braven Madame S... etwas zu schwer wurden. Sie führte ökonomische Reformen ein, ohne dadurch die Eleganz und den Komfort zu beeinträchtigen. Zu Zeiten nahm sie auch ihre Stickereien wieder auf, um mit geschickter Hand die Anzüge der beiden kleinen Mädchen zu verschönern. Sie wurde auch Hilfslehrerin und Repetitor bei denselben, in der Zeit, welche der Unterricht Laurentias ihnen frei ließ. Dieser selbst half sie beim Einstudieren ihrer Rollen, indem sie ihr dieselben abhörte; kurzum, sie wusste sich eine zugleich bescheidene und wichtige Stellung in dieser Familie zu schaffen, und ihr gerechter Stolz wurde von der Ehrerbietung und der Zuneigung befriedigt, die man ihr entgegenbrachte.

Diese Lebensweise dauerte ohne Störung bis zum Eintritt des Winters. Laurentia sah täglich zwei oder drei alte Freunde bei Tische, und abends erschienen sechs bis acht intime Bekannte, um in ihrem kleinen Salon den Tee einzunehmen und in anmutiger Weise über Kunst und Literatur, auch ein wenig über Politik und Sozial-Philosophie zu plaudern. Diese Unterhaltungen, die unter geistreichen Menschen immer von Reiz und Interesse sind, konnten in Bezug auf guten Geschmack, Geist und Gewandtheit an die Soireen der Mademoiselle Berrière erinnern, welche im letzten Jahrhundert in dem kleinen Pavillon an der Ecke der Rue Caumartin und des Boulevards stattfanden. Aber sie zeigten mehr wirkliche Belebtheit als jene, denn der Geist unseres Zeitalters ist eingehender, und selbst zwischen beiden Geschlechtern können jetzt ziemlich ernste Fragen ohne Lächerlichkeit und Pedanterie verhandelt werden. Der Geist der Frauen wird allerdings noch lange Zeit darin bestehen können, dass sie zu fragen und zu hören verstehen, es ist ihnen jedoch bereits gestattet, auch zu verstehen, was sie hören, und eine ernste Antwort zu verlangen, wenn sie fragen.

Der Zufall fügte es, dass während dieses ganzen Herbstes die vertraute Gesellschaft Laurentias nur aus Frauen und Männern von gewissem Alter bestand, denen jede Überhebung oder Eitelkeit fern lag. Fügen wir bei dieser Gelegenheit gleich hinzu, dass nicht der Zufall allein diese Wahl getroffen hatte, sondern dass auch der Geschmack, den Laurentia mehr und mehr für ernste Dinge und in Folge dessen auch für ernste Personen empfand und zeigte, seinen Teil daran hatte. In der Umgebung einer bedeutenden Frau strebt alles, sich harmonisch zu verbinden und den Ausdruck ihrer Gedanken und Empfindungen anzunehmen. Pauline hatte daher noch nicht Gelegenheit gehabt, nur eine einzige Person zu sehen, welche die Ruhe ihres Gemütes hätte stören können; und seltsamer Weise, seltsam sogar in ihren eigenen Augen, begann sie bereits, dies Leben eintönig, diese Gesellschaft matt und farblos zu finden und sich zu fragen, ob das Bild, das sie sich von dem bewegten Dasein Laurentias entworfen hatte, sich nicht greifbarer realisieren würde. Sie erstaunte, sich in die Erschlaffung zurücksinken zu fühlen, gegen die sie in ihrer Einsamkeit so lange angekämpft hatte, und um diese Unruhe sich selbst gegenüber zu rechtfertigen, überredete sie sich am Ende, die Einsamkeit habe einen Hang zum Spleen bei ihr erweckt, der unheilbar sei.

Aber die Verhältnisse sollten nicht so bleiben. Welchen Widerwillen die Schauspielerin auch dagegen empfand, sich wieder in den Lärm der Welt zu stürzen, welche Mühe sie sich auch

gab, von ihrem vertrauten Kreise jeden leicht-
fertigen Charakter, jede gefährliche Galanterie
fern zu halten, der Winter nahte heran. Die
Landsitze traten ihre Gäste den Pariser Salons
ab, die Theater frischten ihr Repertoire auf, das
Publikum reklamierte seine bevorzugten
Künstler. Aufregung, hastige Arbeit, Besorgnis
und der Reiz des Erfolgs durchwühlten das
friedliche Innere Laurentias. Sie musste andere
Leute, als die alten Freunde, die Schwelle ihres
Heiligtums überschreiten lassen. Schriftsteller,
Kunstgenossen, Staatsmänner, die durch die
Subventionen mit den großen Stätten der dramatischen Kunst in Verbindung standen, die
einen bemerkenswert durch ihr Talent, die andern durch ihr Gesicht und ihre Eleganz, noch
andere durch ihren Einfluss und ihr Vermögen,
zogen, anfangs einzeln, dann in Menge vor
dem farb- und bilderlosen Vorhang vorüber,
wo Pauline stand und vor Begierde brannte, die
Welt ihrer Träume sich endlich vor ihren Augen entrollen zu sehen. Laurentia, die an dies
Gefolge des Ruhmes gewöhnt war, fühlte dabei
ihr Herz nicht schneller schlagen. Nur ihre Lebensweise änderte sich notgedrungen, ihre freie
Zeit wurde mehr beschränkt, ihr Gehirn mehr
vom Studium absorbiert, ihre Künstlerfibern
durch die Berührung mit dem Publikum mehr
erregt. Ihre Mutter und ihre Schwestern folgten
ihr wie friedliche, treue Trabanten in die glänzende Bahn. Pauline aber ... Jetzt endlich begann das Leben in ihrer Seele zu keimen und
das Drama ihres Lebens sich zu entwickeln.

4. Kapitel

Unter den jungen Leuten, die sich als Anbeter um Laurentia drängten, befand sich ein gewisser Montgenays, der zu seinem Vergnügen in Versen und in Prosa schrieb, sich aber, sei es aus Bescheidenheit, sei es aus Geringschätzung, nie zum Schriftsteller bekannte. Er besaß Geist, viel Lebensgewandtheit, einige Bildung und ein gewisses Talent. Als Sohn eines Bankiers hatte er ein bedeutendes Vermögen geerbt, dachte aber nicht daran, es zu vermehren und gab sich keine Mühe, einen bessern Gebrauch davon zu machen, als Pferde zu kaufen, Logen in den Theatern, gute Diners, schöne Möbel und Gemälde zu Hause und Schulden zu haben. Obgleich er weder viel Geist noch Hochherzigkeit besaß, muss doch zu seiner Ehre gesagt werden, dass er weit weniger leichtsinnig und unwissend war, als die Mehrzahl der reichen jungen Leute seiner Zeit. Er war ein Mensch ohne Grundsätze, aber aus Schicklichkeitsgefühl ein Feind des Skandals, leidlich verdorben, aber fein in seinen Gewohnheiten, so schlecht diese auch sein mochten, fähig, Böses zu tun bei Gelegenheit, aber nicht aus Gefallen daran, skeptisch durch Erziehung, Gewohnheit und Lebensart und den Lastern der feinen Welt mehr aus Mangel an guten Grundsätzen und Beispielen, als aus natürlichem Hange und freier Wahl ergeben. Im Übrigen war er ein intelligenter Kritiker, ein gewandter Schriftsteller, ein angenehmer Erzähler, ein Kenner und Liebhaber aller Zweige der schönen Künste, ein zuvorkommender Gönner und wusste und übte ein wenig von allem. Er verkehrte in der besten Gesellschaft ohne Großtuerei, besuchte die schlechte, ohne sich damit zu brüsten, und verwandte einen großen Teil seines Vermögens, nicht um unglücklichen Künstlern zu helfen, sondern um die Berühmtheiten mit Glanz zu bewirten. Er war überall willkommen und ü-berall durchaus am Platze. Bei den Dummköp-fen galt er für einen großen und bei den Leuten gewöhnlichen Schlages für einen scharfsinnigen Mann. Die Personen von Geist schätzten seine Unterhaltung im Vergleich mit der anderer Geldsäcke, und die Hochmütigen duldeten ihn, weil er ihnen zu schmeicheln wusste, während er sie verspottete. Kurzum, Montgenays war das, was die Leute von Welt einen Mann von Geist und die Künstler einen Mann von Ge-schmack nennen. Wäre er arm gewesen, würde er unter der Menge gewöhnlicher Intelligenzen verschwunden sein, da er aber reich war, muss-te man ihm Dank wissen, dass er weder ein Wucherer, noch ein Dummkopf, noch ein Ver-rückter war.

Er gehörte zu jenen Leuten, denen man überall begegnet, die alle Welt wenigstens dem Ausse-hen nach kennt, und die selbst wieder alle Welt bei Namen kennen. Es gab keine Gesellschaft, in der er nicht zugelassen wurde, kein Theater, in dem ihm nicht der Zutritt zu den Kulissen und dem Foyer der Schauspieler frei stand, kein Unternehmen, bei dem er nicht mit einem Kapi-tal beteiligt war, keinen Zweig der Verwaltung, bei dem er nicht einigen Einfluss hatte, keinen Club, bei dem er nicht einer der Gründer oder eine der Hauptstützen war. Und nicht das Stutzertum hatte ihm als Schlüssel gedient, um in die feine Welt einzudringen, sondern eine gewisse eigennützige, leidenschaftslose, mit Eitelkeit vermischte Gewandtheit und Erfahrenheit, die er geistreich genug hervorzuheben wusste, um sich hochherziger, intelligenter und kunstbegeisterter erscheinen zu lassen, als er in der Tat war.

Seine gesellschaftliche Stellung hatte ihn schon seit einigen Jahren mit Laurentia in Verbindung gebracht, aber es waren das anfangs nur entfernte Beziehungen, welche die Höflichkeit erforderte, und wenn Montgenays zuweilen etwas Galanterie hineingemischt hatte, so war das in tadellosester, schicklichster Weise geschehen. Laurentia hatte ihn anfänglich mit einigem Misstrauen aufgenommen, da sie sehr wohl wusste, dass kein Umgang dem Rufe junger Schauspielerinnen verderblicher ist, als die gewisser Leute der guten Gesellschaft. Aber als sie sah, dass Montgenays ihr nicht den Hof machte, dass er oft genug zu ihr kam, um eitle Ansprüche manifestieren zu können und trotzdem keine Prätentionen erhob, wusste sie ihm für diese Art des Benehmens Dank und hielt dieselbe für ein Zeugnis der Achtung von bestem Geschmacke. Und da sie befürchtete, wenn sie noch ferner auf der Hut und zurückhaltend sei, prüde und kokett zu erscheinen, so gestattete sie ihm den Zutritt zu ihrem vertrauten Kreise, nahm mit Vertrauen tausend kleine, bedeutungslose Dienstleistungen von ihm an, die er ihr mit ehrerbietigem Eifer leistete und fürchtete nicht, ihn unter ihren wahren Freunden aufzuzählen, indem sie ihm ein großes Verdienst daraus machte, dass er schön, reich, jung, einflussreich und doch nicht dünkelhaft sei.

Das äußere Benehmen Montgenays rechtfertigte dies Vertrauen. Seltsamer Weise aber verletzte ihn dasselbe ebenso sehr, als es ihm schmeichelte. Sobald man ihn für den Geliebten oder den Freund Laurentias hielt, fühlte sich seine Eitelkeit befriedigt. Sobald er sich aber sagte, dass sie ihn in Wirklichkeit wie einen für ihren Ruf ungefährlichen Menschen behandele, empfand er einen geheimen Verdruss; und er setzte es sich in den Kopf, sich eines Tages dafür zu rächen.

Tatsächlich war er keineswegs in Laurentia verliebt. Zum Wenigsten hatte die apathische Ruhe seines Herzens in den drei Jahren seines allmählich vertrauter werdenden Verkehrs mit ihr keinen Stoß erhalten. Er gehörte zu jenen Menschen, die in Folge geheimer Ausschweifungen bereits blasiert sind und nur noch Leidenschaft empfinden, wenn ihre Eitelkeit ins Spiel kommt. Als er Laurentia kennen gelernt hatte, war ihr Ruf und ihr Talent in der Entwicklung begriffen, aber beides war noch nicht anerkannt genug, als dass er auf ihre Eroberung einen großen Werth gelegt hätte. Zudem war er welterfahren genug, um zu wissen, dass die Vorzüge und Vorteile der gesellschaftlichen Stellung heut zu Tage keinen untrüglichen Erfolg verbürgen. Er entdeckte und sah, dass Laurentia viel zu edlen Sinnes war, als dass sie je andern

Einflüsterungen als denen ihres Herzens gefolgt wäre. Außerdem wusste er, dass sie, obschon vielleicht allzu sorglos der öffentlichen Meinung gegenüber, sobald eine erhabene Empfindung ihr Gemüt bewegte, nichtsdestoweniger die Bezichtigung, sie werde von einem Liebhaber begünstigt und unterstützt, mit Abscheu zurückwies. Er zog über ihre Vergangenheit, über ihr häusliches Leben Erkundigungen ein, er vergewisserte sich, dass jedes andere Geschenk als ein Blumenstrauß wie eine blutige Beleidigung von ihr zurückgewiesen werden würde, und diese Entdeckungen erweckten in ihm gleichzeitig mit der Achtung, die sie ihm für Laurentia einflößten, den Gedanken, diesen Stolz zu besiegen, weil das schwer sein und Aufsehen erregen musste. Zu diesem Zwecke hatte er sich in ihr Vertrauen geschlichen, aber mit allem Geschick, denn er bedachte recht gut, dass es die erste Hauptsache sei, ihr jeden Argwohn über seine Absichten zu benehmen.

Während jener drei Jahre war die Zeit verflossen, ohne dass sich eine Gelegenheit geboten hätte, einen Versuch zu wagen. Das Talent Laurentias war unstreitig anerkannt, ihr Ruf war gewachsen, ihre Existenz war gesichert, und was das Bemerkenswerteste war, ihr Herz war noch immer frei. Sie lebte in sich selbst zurückgezogen, kraftvoll, ruhig, zuweilen traurig, aber fest entschlossen, sich nicht mehr leichtsinnig den Stürmen einer Leidenschaft hinzugeben. Vielleicht hatte das Nachdenken sie anspruchsvoller gemacht, vielleicht fand sie keinen Mann, der ihrer Wahl würdig war ... War es Verachtung? war es Übermut? Montgenay fragte sich das mit Besorgnis. Einige überredeten sich, er werde im Geheimen geliebt, und forderten betreffs seiner anscheinenden Gleichgültigkeit Rechenschaft von ihm. Zu geschickt, um sich durchschauen zu lassen, entgegnete Montgenays, dass die Achtung stets bei ihm den Gedanken unterdrücken würde, Laurentia etwas anderes zu sein, als ein Freund und ein Bruder. Man berichtete diese Worte Laurentia und fragte sie, ob ihr Stolz den armen Montgenays nie einer Erklärung überheben würde, zu der es ihm stets an Kühnheit fehlen werde.

»Ich halte ihn für bescheiden", entgegnete sie, »aber nicht in dem Maße, dass er nicht zu sagen wüsste, er liebe, wenn er unversehens einmal lieben sollte.«

Diese Antwort wurde Montgenays hinterbracht, und er wusste nicht, ob er sie für den spöttischen Ausdruck des Verdrusses oder unbekümmerter Gleichgültigkeit halten sollte. Zuweilen wurde seine Eitelkeit dadurch so gepeinigt, dass er bereit war, alles zu wagen, um es zu erfahren. Aber die Furcht, alles zu verderben und zu verlieren, hielt ihn zurück, und die Zeit verfloss, ohne dass er eine Gelegenheit kommen sah, dem unveränderlichen Kreislauf zu entrinnen, während dessen jede Woche ihn aus einem Stadium der Hoffnung in ein Stadium der Entmutigung stürzte und von einem erheuchelten zu einem ungereimten Entschlusse fortriss, ohne dass es ihm je möglich gewesen wäre, eine schickliche Stunde für eine Erklärung, die nicht unsinnig, oder für einen Rückzug, der nicht lächerlich wäre, zu finden. Denn er, der seinen Stolz darein setzte, eine ernste Rolle zu spielen, scheute die Lächerlichkeit über alles. Die Anwesenheit Paulines kam ihm endlich zu Hilfe, und die Schönheit des jungen, unerfahrenen Mädchens gab ihm neue Pläne ein, ohne etwas an seinem Ziele zu ändern.

Er verfiel darauf, sich einer Taktik zu bedienen, die allerdings ziemlich gewöhnlich ist, aber selten ihren Erfolg verfehlt, so sehr sind die Frauen den Einflüsterungen törichter Eitelkeit zugänglich. Er dachte, er würde, wenn er eine verliebte Neigung für Pauline zur Schau trüge, bei ihrer Freundin den Wunsch erregen, sie zu ersetzen. Nachdem er mehrere Monate von Paris abwesend gewesen war, erschien er wieder im Salon Laurentias an einem Abend, wo Pauline, erstaunt und erschrocken, den gewöhnlichen Bekanntenkreis sich von Stunde zu Stunde vergrößern zu sehen, anfing, von der geringen Breite ihrer schwarzen Robe und der Steifheit ihres Kragens schmerzlich berührt zu werden. Sie bemerkte in der Gesellschaft mehrere Schauspielerinnen, die in Folge ihrer Toilette ganz hübsch oder zum Wenigsten anziehend erschienen, und indem sie sich mit ihnen und mit Laurentia selbst verglich, sagte sie sich mit Recht, dass ihre Schönheit regelmäßiger und tadelloser wäre, und dass ein wenig Toilettenkunst genügen würde, um sie vor aller Augen außer Zweifel zu stellen. Während sie nach ihrer Gewohnheit im Salon hin und her ging, um den Tee zu bereiten, die Lichter zu putzen und all die kleinen Geschäfte zu verrichten, die sie freiwillig ans sich genommen hatte, tauchte ihr melancholischer Blick in die Spiegel, und ihr ärmliches, fast nonnenhaftes Kostüm begann ihr zu missfallen und ihr widerwärtig zu werden. In einem solchen Augenblicke begegnete sie im Spiegel dem Blicke Montgenays, der alle ihre Bewegungen beobachtete. Sie hatte seinen Eintritt nicht anmelden hören; ohne ihn zu sehen, war sie, als er ankam, im Vorzimmer an ihm vorüber gegangen. Er war der erste Mann mit schönem Gesichte und seiner Haltung, den sie erblickte. Eine Art Schrecken erfasste sie. Sie richtete ihre Augen verwirrt ans ihre eigene Persönlichkeit und fand ihre Robe zerknittert, ihre Hände rot, ihre Schuhe unförmlich, ihren Gang unbeholfen. Sie hätte sich verkriechen mögen, um diesem Blicke zu entgehen, der ihr unverwandt folgte, der ihre Unruhe zergliederte, und der gelegentlich solcher nicht außergewöhnlichen Empfindungen durchdringend genug war, um auf den ersten Streich zu erkennen, was in ihr vorging. Einige Minuten später bemerkte sie, dass Montgenays mit Laurentia von ihr sprach, denn die Blicke beider waren während der mit leiser Stimme geführten Unterhaltung auf sie gerichtet.

»Ist das da eine Kammerfrau oder eine Gesellschafterin, die Sie angenommen haben?« fragte Montgenays Laurentia, ob er die Geschichte Paulines sehr gut kannte.

»Keins von beiden", antwortete Laurentia. »Es ist meine Freundin aus der Provinz, von der ich Ihnen so oft erzählt habe. Wie gefällt sie Ihnen?«

Montgenays stellte sich, als antworte er zunächst nicht, um Pauline unverwandt anzublicken. Dann sagte er mit einer seltsamen Betonung, die Laurentia nicht bei ihm gewohnt war, denn er hatte diese Ausdrucksweise seit langem sorgfältig aufgespart, damit sie bei Gelegenheit ihre Wirkung tue:

»Bewundernswürdig schön! Zum Entzücken reizend!«

»Wahrhaftig!« rief Laurentia ganz überrascht von seiner Bewegtheit, »Sie machen mich sehr glücklich, indem Sie mir das sagen! Kommen Sie, ich stelle sie Ihnen vor.«

Und ohne seine Antwort abzuwarten, ergriff sie ihn beim Arm und zog ihn an das Ende des Salons, wo Pauline sich eine Haltung zu geben versuchte, indem sie ihre Stickerei zurechtlegte.

»Erlaube mir, liebes Kind", sagte Laurentia zu ihr, »dir einen meiner Freunde vorzustellen, den du noch nicht kennst, und der seit langer Zeit den Wunsch hegt, dich kennen zu lernen.«

Nachdem sie dann Pauline, die in ihrer Bestürzung nichts davon begriff, den Namen Montgenays genannt hatte, richtete sie das Wort an einen ihrer Kunstgenossen, der eben herein trat, und ließ Montgenays und Pauline Auge in Auge, um nicht zu sagen ganz allein, in dem Winkel des Salons beisammen.

Niemals hatte Pauline mit einem so wohl frisierten, geschniegelten, fein bestiefelten und parfümierten Mann gesprochen. Ach! man hat keine Vorstellung davon, welchen Zauber diese

Lappalien des eleganten Lebens auf die Einbildungskraft eines Mädchens aus der Provinz ausüben. Eine weiße Hand, ein Diamantknopf im Hemd, Lackstiefel, eine Blume im Knopfloch sind Gesuchtheiten, die im Salon gewissermaßen nur durch ihre Abwesenheit glänzen; ein Handlungsreisender aber trage nur einmal diese Reize in einer kleinen Stadt zur Schau, und die Blicke aller werden an ihn gefesselt sein. Ich behaupte nicht, dass alle Herzen ihm entgegenfliegen werden, aber ich meine, er muss ein großer Tölpel sein, wenn er sich nicht wenigstens einiger bemächtigt.

Diese kindische Eingenommenheit dauerte bei Pauline nur einen Moment. Stolz und verständig hatte sie bald diesen Rest von Kleinstädterei abgeschüttelt. Trotzdem aber konnte sie nicht umhin, in den Worten, die Montgenays an sie richtete, eine große Vornehmheit und einen bezaubernden Reiz zu finden. Sie war errötet, dass das Äußere eines Mannes allein sie verwirrt hatte, sie versöhnte sich aber mit diesem ersten Eindruck, als sie dem Geiste dieses Mannes denselben Stempel der Eleganz aufgedrückt zu finden glaubte, dessen Gepräge seine ganze Persönlichkeit trug. Und dann die besondere Aufmerksamkeit, die er ihr widmete, die Mühe, die er sich gegeben zu haben schien, um ihr, die sie sich in einen Winkel zwischen die chinesischen Tassen und die Blumenvasen zurückgezogen hatte, vorgestellt zu werden, das schüchterne Vergnügen, das er zu empfinden schien, als er sie über ihren Geschmack, ihre Sympathien und die empfangenen Eindrücke befragte, indem er sie gleich von Anfang an, wie eine scharfsinnige Frau behandelte, die fähig sei, alles zu verstehen und zu beurteilen – all diese Künste gesellschaftlicher Höflichkeit, deren Oberflächlichkeit und Tücke Pauline nicht kannte, rissen sie aus ihrer gewöhnlichen Apathie. Sie entschuldigte sich einen Augenblick lang wegen ihrer Unkenntnis in allen diesen Dingen, und Montgenays schien diese Zaghaftigkeit für bewunderungswürdige Bescheidenheit oder für ein Misstrauen zu nehmen, über das er sich heuchlerischer Weise beklagte. Nach und nach wurde Pauline kühner bis zu dem Grade, dass sie zeigen wollte, sie besitze ebenfalls Geist, Geschmack und Bildung. Im Hinblick auf ihre frühere Lebensart hatte sie diese Eigenschaften allerdings in außergewöhnlichem Maße, aber im Vergleich zu all diesen Künstlern, die sich in geistsprühendem Geplauder überboten, konnte sie nicht vermeiden, zuweilen in Gemeinplätze zu verfallen. Obgleich ihre vornehme Natur sie vor jedem trivialen Ausdruck bewahrte, war doch mit Leichtigkeit zu erkennen, dass ihr Geist noch nicht gänzlich seine Hülle abgestreift habe. Einen Mann von höherem Verständnis als Montgenays würde diese Entwicklung gefesselt haben, dem Gecken aber flößte sie nur heimliche Verachtung für die geistigen Fähigkeiten Paulines ein, und von diesem Augenblick an beschloss er bei sich selbst, sich ihrer immer nur als Spielzeug, als Mittel, als Opfer zu bedienen, wenn es sein müsste.

Wer konnte bei diesem anscheinend kalten und leidenschaftslosen Menschen einen so hartherzigen, grausamen Entschluss voraussetzen? Sicherlich Niemand. Laurentia konnte dergleichen trotz ihrer scharfen Urteilskraft nicht vermuten und Pauline noch weniger als irgendjemand auf diesen Gedanken kommen.

Als Laurentia, sich mit Besorgnis erinnernd, dass sie Pauline bis zum Fieber erregt und bis zur Angst verwirrt mit Montgenays allein gelassen habe, sich ihr wieder näherte, war sie nicht wenig überrascht, die Freundin glückstrahlend, heiter, von unbekannter Schönheit beseelt und beinahe so frei und behaglich zu sehen, als ob sie ihr ganzes Leben in der Gesellschaft zugebracht habe.

»Schau doch einmal deine Freundin aus der Provinz an", flüsterte ihr ein alter, befreundeter Schauspieler ins Ohr, »ist es nicht seltsam, dass die Mädchen im Handumdrehen geistreich werden?«

Laurentia schenkte diesem Scherze wenig Beachtung. Sie achtete auch nicht darauf, dass Montgenays, der recht gut wusste, dass sie um vier Uhr aus der Probe kam, am folgenden Tage eine ganze Stunde zu früh erschien, um ihr seinen Besuch zu machen, und dass er von drei bis vier Uhr im Salon wartete, nicht allein, sondern über die Stickerei Paulines geneigt.

Beim vollen Tageslichte hatte Pauline ihn sehr alt gefunden. Obgleich er erst dreißig Jahre zählte, erschien sein Gesicht doch in Folge einiger Ausschweifungen welk. Es ist bekannt, dass nach den Ansichten der Provinz die Frische der Gesundheit von der Schönheit nicht zu trennen ist. Pauline – und das gereichte ihr zum Lobe – begriff noch nicht, dass die Spuren der Ausschweifung der Stirn einen Schimmer von Poesie und Seelengröße verleihen können. Wie viel Männer sind in unserem romantisch beanlagten Zeitalter nicht für Denker und Dichter gehalten worden, aus keinem andern Grunde, als weil sie eingesunkene Augen und vor der Zeit gefurchte Stirnen hatten! wie viel galten für Leute von Genie, und waren doch nur Kranke! Aber der Zauber seiner Worte umstrickte Pauline noch fester als am vorhergehenden Tage. Die anmutigen Schmeicheleien, welche die beschränkteste Frau von Welt nach ihrem wahren Werte zu schätzen weiß, fielen wie ein befruchtender Regen in die dürre, schmachtende Seele der armen Einsiedlerin. Ihr Stolz, der so lange einer wahren Befriedigung entbehrt hatte, belebte sich unter dem gefährlichen Hauche der Verführung, und welch einer kläglichen Verführung! der eines durchaus kalten Mannes, der ihrer Leichtgläubigkeit spottete und sie als Fußschemel benutzen wollte, um sich bis zu Laurentia zu erheben.

5. Kapitel

Die erste Person, welche der sinnlosen Liebe Paulines innewurde, war Madame S... Mit dem Instinkte des Mutterherzens hatte sie den Plan und die Taktik Montgenays geahnt und erraten. Sie war nie von seiner erheuchelten Gleichgültigkeit getäuscht worden und stets ihm gegenüber auf der Hut geblieben, was Montgenays zu der Äußerung veranlagte, Madame S... sei, wie alle Mütter von Künstlerinnen, eine beschränkte, unliebenswürdige Frau, die sich über die geistige Entwicklung ihrer Tochter ärgere. Als er Pauline den Hof machte, befürchtete Madame S..., von ihrer Besorgnis fortgerissen, dass diese List Erfolg haben könnte und Laurentia sich gekränkt fühlen möchte, von einem Manne *à la mode* nicht bemerkt worden zu sein. Allerdings hätte sie Laurentia eines so kleinlichen Gefühls nicht für fähig halten sollen, aber Madame S... besaß trotz ihrer wahrhaft überlegenen Lebensklugheit doch all die kindische Furcht einer Mutter, die bei der geringsten Gefahr über die Maßen erschrickt. Sie fürchtete den Moment, in welchem Laurentia die von Montgenays eingefädelte Intrige bemerken würde, und anstatt daher die Klugheit und Liebe ihrer Tochter bei Pauline zu Hilfe zu rufen, versuchte sie nur, Pauline über ihre Täuschung zu belehren und über ihre Unklugheit aufzuklären.

Aber trotz der warmen Zuneigung und des Zartsinns, womit sie Pauline zu enttäuschen suchte, wurde sie übel empfangen. Pauline war wonnetrunken: man hätte ihr eher das Leben als den Dünkel, angebetet zu werden, nehmen können. Die etwas schroffe Art und Weise, in welcher sie die Warnungen der Madame S... zurückwies, erbitterte diese ein wenig. Es fielen Worte, aus denen einerseits das Bewusstsein der Inferiorität Paulines, andererseits der Stolz des über Laurentia errungenen Triumphes hervorleuchtete. Erschrocken über das, was sie gesagt hatte, vertraute Pauline es Montgenays an, der sich voller Freude einbildete, Madame S... sei in diesem Falle nur die Vertraute und das Echo des Verdrusses Laurentias gewesen. Er glaubte seinem Ziele nahe zu sein, und wie ein Spieler, der seinen Einsatz verdoppelt, verdoppelte er seine Aufmerksamkeit und Zuvorkommenheit gegen Pauline. Schon hatte er gewagt, ihr das erbärmliche Blendwerk einer Liebe vorzuspiegeln, die er nicht empfand. Sie hatte sich gestellt, als glaube sie nicht daran. Aber sie glaubte nur zu sehr daran, die Unglückliche! Obgleich sie sich wacker verteidigt hatte, war Montgenays doch sicher, ihr ganzes inneres Wesen bis in die tiefsten Tiefen erschüttert zu haben. Den Rest seines Sieges verschmähte er und wartete, um ihn vollständig an sich zu reißen oder ihn aufzugeben, ob Laurentia sich dafür oder dagegen aussprechen würde.

In ihre Studien vertieft und gezwungen, nahezu den ganzen Tag, morgens zu den Proben, abends zu den Vorstellungen, im Theater zuzubringen, konnte Laurentia die Fortschritte, die Montgenays in der Achtung Paulines machte, nicht verfolgen. Sie wurde daher eines Abends von der Erregtheit befremdet, mit der das junge Mädchen Lavallée, dem alten Schauspieler zuhörte, einem Mann von Geist, der Laurentia zur Zeit ihres ersten Auftretens als Beschützer und gewissermaßen als Gewährsmann gedient hatte, als er den Charakter und den Geist Montgenays einer strengen Kritik unterzog. Er erklärte ihn für gewöhnlich unter allen gewöhnlichen Menschen, und als Laurentia wenigstens die Eigenschaften seines Herzens in Schutz nahm, rief Lavallée aus:

»Ich weiß allerdings sehr gut, dass mir in diesem Punkte alle Welt widersprechen wird, denn alle Welt will ihm wohl. Aber wissen Sie, warum alle Welt ihn liebt? Weil er kein Bösewicht ist!«

»Das scheint mir doch etwas", sagte Pauline mit Absicht, zudem sie dem alten Komödianten, der der beste Mensch von der Welt war und die Anspielung nicht auf sich bezog, einen scharfen Blick zuschleuderte.

»Es ist weniger als nichts", entgegnete er. »Denn er ist nicht gut, und eben deshalb liebe ich ihn nicht, wenn Sie es wissen wollen. Man hat nichts zu hoffen und alles zu fürchten von einem Menschen, der weder gut noch böse ist.«

Mehrere Stimmen erhoben sich, um Montgenays zu verteidigen, und darunter vor allen die Laurentias. Sie konnte ihn jedoch nicht entschuldigen, als Lavallée mit Beweisen dartat, dass Montgenays keinen wirklichen Freund besitze, und man nie bei ihm jene Erregtheit sittlicher Entrüstung bemerkt habe, die ein edelsinniges, hochherziges Gemüt bekundet. Da konnte Pauline sich nicht länger beherrschen und sagte zu Laurentia, sie selbst verdiene mehr als Jemand den Vorwurf Lavallées, da sie einen ihrer zuverlässigsten und ergebensten Freunde ohne Unwillen und Schmerz mit Beschuldigungen überhäufen lasse. Während dieses befremdenden Ausfalls bebte Pauline und zerbrach ihre Sticknadel. Ihre Aufregung war so auffallend, dass einen Augenblick lang Stillschweigen eintrat, und alle Augen sich mit Überraschung auf sie richteten. Jetzt sah sie ihre Übereilung ein und versuchte, sie wieder gut zu machen, indem sie im Allgemeinen die Art und Weise der Gesellschaft bei solchen Angelegenheiten tadelte.

»Es ist eine betrübende Erscheinung hier", sagte sie, »dass man mit der größten Gleichgültigkeit Leute verlästern und schmähen hört, die einen Augenblick später zu empfangen und ihnen die Hand zu drücken man sich trotzdem nicht scheut. Ich, eine Kleinstädterin ohne Lebensart, besitze keine Bildung, aber ich kann mich nicht an diesen Gebrauch gewöhnen ... Jetzt müssen Sie mir Recht geben, Herr Lavallée, denn ich befinde mich gerade in dem Zustande sittlicher Entrüstung, dessen Mangel Sie Herrn Montgenays zum Vorwurf machen.«

Während sie diese Worte sprach, bemühte sich Pauline, ihrer Freundin zuzulächeln, um den Eindruck dessen, was sie gesagt hatte, zu mildern, und das gelang ihr in der Tat bei Jedermann, nur nicht bei Laurentia, deren besorgter, durchdringender Blick eine Träne am Rande ihrer Wimpern entdeckte.

Lavallée gab Pauline Recht, und das bot ihm Gelegenheit, mit bemerkenswertem Talent eine Stelle aus dem »Misanthropen«[8] über den Freund des Menschengeschlechts vorzutragen. Er hatte die Manier Fleurys bei dieser Rolle, die er dergestalt liebte, dass er sich mit dem Charakter Alcests mehr identifizierte, als eigentlich in seiner Natur lag. Das geschieht den Künstlern oft: zur Hälfte führt der Instinkt sie zu einen: Typus, den sie mit Vorliebe darstellen, und der Erfolg, den sie gelegentlich dieser Schöpfung ernten, vollendet dann die andere Hälfte der Charakterausgleichung. Und so wird die Kunst, die der Abdruck des Lebens ist, oft das Leben selbst.

Als Laurentia am Abend mit der Freundin allein war, befragte sie dieselbe mit jener Offenheit, die mir wahre Zuneigung verleihen kann. Sie wurde überrascht von der Verschlossenheit und einer gewissen Scheu, die sich in den Antworten Paulines zeigte, und beunruhigte sich am Ende darüber.

»Höre, teure Pauline", sagte sie beim Weggehen, »all die Mühe, die du dir gibst, um mir zu beweisen, dass du ihn nicht liebst, lässt mich befürchten, dass du ihn wirklich liebst. Ich sage nicht, dass mich das betrübt, denn ich halte Montgenays deiner Achtung wert, aber ich

---

8 Vgl. Molière, der Misanthrop, Univ.-Bibl. Nr. 394.
Der Übers.

weiß nicht, ob er dich liebt, und dessen möchte ich sicher sein. Wenn es der Fall wäre, hätte er es mir sagen müssen, scheint mir, ehe er sich mit dir darüber verständigte. Denn ich bin deine Mutter! Die Kenntnis, die ich vom Leben und seinen Abgründen habe, gibt mir das Recht und legt mir die Pflicht auf, dich zu leiten und nötigenfalls zu belehren. Ich bitte dich daher, höre nicht auf die glatten Worte eines Mannes, ehe du mich nicht zu Rate gezogen hast. Mir liegt es ob, zuerst in dem Herzen zu lesen, das sich dir darbietet, denn ich bin ruhig, und ich glaube nicht, dass man, wenn es sich um Pauline, um die Person handelt, die ich nach meiner Mutter und meinen Schwestern am meisten in der Welt liebe, dass man dann schlau genug sein kann, mich zu täuschen.«

Diese sanften Worte verwundeten Pauline in tiefster Seele. Es schien ihr, als wolle sich Laurentia über sie erheben, indem sie sich das Recht anmaßte, ihr Leben zu lenken. Pauline konnte jene Zeit nicht vergessen, wo Laurentia ihr verloren und erniedrigt erschienen war, und wo ihre hochmütigen Gebete wie das des Pharisäers zu Gott emporstiegen und um ein wenig Erbarmen für die vor die Pforte des Tempels Verwiesene, für die Excommunizierte flehten. Überdies hatte Laurentia sie verwöhnt, wie man ein Kind verwöhnt: durch zu viel Zärtlichkeit und Liebe. Allzu oft hatte die Schauspielerin in ihren Briefen wiederholt, dass Pauline ihr vor Augen stehe, wie ein Engel des Lichts und der Reinheit, dessen himmlisches Bild sie vor jedem übeln Gedanken bewahre. In Folge dessen hatte sich Pauline gewöhnt, wie eine Madonna vor Laurentia zu stehen, und jetzt nun eine mütterliche Warnung von ihr zu erhalten, dünkte sie eine Schmach. Sie wurde dadurch so gedemütigt und sogar erzürnt, dass sie nicht schlafen konnte. Am nächsten Morgen jedoch unterdrückte sie dies ungerechte Gefühl und dankte der Freundin herzlich für ihre zarte Besorgnis. Ihr aber ihre Empfindungen für Montgenays zu gestehen, dazu konnte sie sich nicht entschließen.

Doch einmal erweckt, schlief die Fürsorge Laurentias nicht wieder ein. Sie hatte eine Unterredung mit ihrer Mutter, warf ihr vor, dass dieselbe sie nicht früher in Kenntnis gesetzt habe von dem, was sie erraten zu haben glaubte, und beobachtete, während sie Paulines Misstrauen, das sie für einen Ausfluss übermäßiger jungfräulicher Scheu hielt, schonte, alle Schritte Montgenays. Es bedurfte nur weniger Tage, um sie zu überzeugen, dass Madame S... richtig gesehen hatte: drei Tage nach dem ersten Auftauchen ihres Argwohns erlangte sie die Gewissheit, welche sie suchte. Sie überraschte Pauline und Montgenays bei einem sehr lebhaften Tête-a-Tête, stellte sich jedoch, als bemerke sie die Verwirrung Paulines nicht und ließ noch am selben Abend Montgenays zu sich in ihr Arbeitszimmer kommen, wo sie ihn folgendermaßen anredete:

»Montgenays, ich hielt Sie für meinen Freund und habe Ihnen dennoch einen großen Mangel an Freundschaft vorzuwerfen. Sie lieben Pauline und haben mir ein Geheimnis daraus gemacht. Sie machen ihr den Hof und haben mich nicht gebeten, es Ihnen zu gestatten.«

Sie sprach diese Worte ein wenig bewegt, denn im Innern tadelte sie Montgenays sehr ernstlich, und der geheimnisvolle Weg, den er eingeschlagen hatte, ließ sie für Pauline fürchten. Montgenays wünschte diesen vorwurfsvollen Ton einer persönlichen Empfindlichkeit beimessen zu können. Er gab sich eine undurchdringliche Haltung und beschloss, sich in der Defensive zu halten, bis der Groll und Ärger den er bei Laurentia voraussetzte, zum Ausbruch käme. Er leugnete seine Liebe zu Pauline, aber mit berechneter Ungeschicklichkeit und in der Absicht, Laurentia mehr und mehr in Unruhe zu versetzen.

Dieser Mangel an Offenherzigkeit beunruhigte sie auch in der Tat, aber immer nur Paulines wegen, und ohne dass sie nur ein einziges Mal auf den Gedanken gekommen wäre, ihre eigene Person mit dieser Intrige in Verbindung zu bringen.

Montgenays, so sehr er auch Mann von Welt war, beging doch die Torheit, sich in dieser Beziehung zu täuschen, und wagte in dem Momente, wo er endlich den Zorn und die Eifersucht Laurentias erweckt zu haben glaubte, den Theatercoup, den er lange vorher ausgesonnen hatte: er gestand ihr, dass seine Neigung zu Pauline nur eine Finte, eine verzweifelte, vielleicht zwecklose Anstrengung wäre, um einen tiefen Kummer in seinem Innern zu betäuben, um sich von einer unglücklichen Leidenschaft zu heilen ... Ein niederschmetternder Blick Laurentias gebot ihm in dem Augenblicke Halt, wo er sich verderben und Pauline retten wollte. Er glaubte, der Moment sei noch nicht gekommen, und sparte seinen Haupteffekt für eine günstigere Gelegenheit auf. Von den eindringlichen Fragen Laurentias in die Enge getrieben verschanzte er sich hinter tausend nichtssagende Redensarten und erfand mit Hilfe von abgebrochenen Sätzen und bedeutungsvollen Pausen einen Roman. Er stellte sich, als glaube er nicht an Paulines Liebe zu ihm, und zog sich am Ende zurück, ohne seinerseits eine Versicherung seiner Liebe zu ihr oder seine Einwilligung, sie über das Gegenteil aufzuklären, gegeben und ohne Laurentias Vertrauen wieder gekräftigt und befestigt zu haben; bei alledem aber hatte er ihr kein Recht und keinen Grund gegeben, ihn zu verdammen.

Wenn Montgenays ungeschickt genug war, um den Erfolg eines Unternehmens zweifelhaft zu machen, so war er andererseits doch wieder geschickt genug, ihm auch wieder aufzuhelfen. Er gehörte zu jenen ränkevollen, kindischen Köpfen, die von Kombination zu Kombination sich mit äußerster Mühe und Kunstfertigkeit ein jämmerliches Fiasko bereiten. Mehrere Wochen lang wusste er Laurentia in vollständiger Ungewissheit zu lassen. Sie hatte ihn nie für einen Laffen gehalten und glaubte nicht, dass er erbärmlich und niederträchtig sei. Sie sah die Liebe und den Schmerz Paulines und wünschte so sehr, sie glücklich zu sehen, dass sie nicht wagte, sie durch Entfernung Montgenays vor Gefahr zu schützen.

»Nein, er machte mir keine unverschämte Andeutung, als er sagte, seine Unschlüssigkeit sei die Folge einer unglücklichen Liebe", sagte sie zu ihrer Mutter. »Ich glaubte selbst, er habe diesen Gedanken gehegt, aber das wäre zu abscheulich. Ich halte ihn für einen Mann von Ehre. Stets hat er mir nur eine ehrerbietige, zartsinnige Zuneigung gezeigt. Es kann ihm nicht plötzlich in den Kopf gekommen sein, gleichzeitig mit mir zu spielen und meine Freundin zu beleidigen. Er würde mich auch nicht für so einfältig halten, dass ich mich von ihm überlisten ließe.«

»Ich glaube, er ist zu allem fähig", entgegnete Madame S... »Frag Lavallée, was er dazu meint, teile ihm mit, was geschieht – er ist ein sicherer, scharfsichtiger und ergebener Mann.«

»Das weiß *ich* ,", erwiderte Laurentia, »aber ich kann nicht über ein Geheimnis verfügen, das Pauline mir nicht anvertrauen will; man ist nicht berechtigt, ein so zartes Geheimnis zu verraten, wenn man es absichtlich erlauscht hat. Pauline würde bis auf den Tod darunter leiden und mir, stolz wie sie ist, ihr Lebelang nicht verzeihen. Zudem besitzt Lavallée eine übermäßige Voreingenommenheit: er verabscheut Montgenays und würde ihn nicht mit Unparteilichkeit beurteilen. Bedenken Sie, wie weh wir Pauline tun würden, wenn wir uns täuschen! Liebt Montgenays sie wirklich – und warum sollte er nicht? Sie ist schön, klug, gebildet! – so vernichten wir ihre Zukunft, wenn wir einen Mann von ihr entfernen, der sie heiraten und ihr in der Gesellschaft eine Stellung geben kann, nach der sie sicherlich verlangt, denn es schmerzt sie, uns ihre Existenz zu schulden, wie Sie wissen. Ihre Stellung berührt sie schmerzlicher, als sie zugestehen mag: sie strebt nach Unabhängigkeit, und nur das Glück allein kann ihr dieselbe verschaffen.«

»Und wenn er sie nicht heiratet!« entgegnete Madame S... »Ich meinesteils glaube, dass er gar nicht daran denkt.«

»Und ich meinesteils kann nicht glauben, dass ein Mann wie er so niederträchtig und verrückt sei, um anzunehmen, er werde auf andere Weise in den Besitz Paulines gelangen", rief Laurentia.

»Nun, wenn du das glaubst", erwiderte die Mutter, »so versuche sie zu trennen, verschließ ihm die Tür: das wird ihn zwingen, sich zu erklären. Sei versichert, dass er, wenn er sie liebt, alle Hindernisse zu beseitigen und seine Liebe durch ehrenhafte Anerbietungen zu beweisen wissen wird.«

»Aber er hat vielleicht die Wahrheit gesagt«, wandte Laurentia ein, »als er sich einer schlecht geheilten Leidenschaft beschuldigte, die ihn noch immer verhindert, sich auszusprechen. Erlebt man dergleichen nicht alle Tage? Jahrelang schwankt oft ein Mann zwischen zwei Frauen, deren eine ihn durch ihre Koketterie an sich fesselt, während die andere ihn durch ihre Milde und Güte anzieht, unentschlossen hin und her. Am Ende aber tritt doch der Moment ein, wo die schlechte Leidenschaft der guten weicht, wo dem Geiste die Mängel der undankbaren Geliebten und die Vorzüge der edelsinnigen Freundin klar werden. Wenn wir heute den armen Montgenays zur Entscheidung drängen, wenn wir ihm das Messer an die Kehle setzen und das Kaufgeld in die Hand drücken, wird er, und wäre es nur aus Ärger, auf Pauline verzichten, die vielleicht aus Kummer stirbt, und zu den Füßen einer Arglistigen zurückkehren, die sein Herz brechen oder abtöten wird, während er dagegen, wenn wir die Sache mit ein wenig Geduld und Delikatesse angreifen, indem er Pauline täglich sieht, täglich mit der andern Frau vergleicht, erkennen wird, dass sie allein seiner Liebe würdig ist; dann wird er sie auch in offener Weise bevorzugen. Was haben wir bei dieser Probe zu fürchten? Etwa, dass Pauline sich ernstlich in ihn verliebe? Das ist bereits geschehen. Dass sie sich von ihm auf Abwege führen lasse? Das ist unmöglich. Er ist nicht der Mann, um sie zu versuchen, und sie nicht die Frau, um sich von ihm verführen zu lassen.«

Diese Gründe erschütterten die Meinung der Madame S... ein wenig. Sie bewog nur ihre Tochter, die Tête-à-Têtes, welche ihr Ausgehen und ihre Beschäftigung zwischen Pauline und Montgenays zu sehr erleichterten und begünstigten, verhindern zu helfen. Man kam überein, dass Laurentia ihre Freundin öfter mit sich ins Theater führen sollte, denn man musste natürlicherweise glauben, dass die Schwierigkeit, mit ihr zu reden, Montgenays Eifer verdoppeln würde, während die Freiheit, sie zu sehen, seine Bewunderung nähren musste.

Es war jedoch eine äußerst schwierige Aufgabe, Pauline zum Ausgehen zu bewegen. Sie verschanzte sich hinter einer Schweigsamkeit, die Laurentia peinlich war, denn sie war nun gezwungen, mit ihr ein kindisches Spiel zu spielen, indem sie ihr Gründe vorführte, von denen sie selbst nicht glaubte, dass Pauline dadurch getäuscht werden könnte. Sie stellte ihr vor, dass ihre Gesundheit durch die beständigen Mühen der Führung des Haushalts erschüttert wäre, und dass sie der Bewegung, der Zerstreuung bedürfe. Man ließ ihr sogar durch einen Arzt eine weniger eingezogene Lebensweise anraten. Aber alle Versuche scheiterten an dem passiven Widerstande, der die Kraft kalter Charaktere ausmacht. Endlich verfiel Laurentia darauf, von ihrer Freundin als einen Dienst zu fordern, dass sie ihr im Theater beim An- und Umkleiden behilflich sei. Die Kammerfrau wäre ungeschickt, sagte man, Madame S... leidend und von den Strapazen dieses bewegten Lebens zu sehr angegriffen; nur die zarte Sorgfalt einer Freundin könne die täglichen Anstrengungen, welche die Kunst erforderte, mildern. Pauline, in ihren letzten Verschanzungen angegriffen und überdies durch einen Rest von Freundschaft und Ergebenheit bewogen, gab nun endlich, aber mit geheimem Widerstreben nach. Täglich die Triumphe Laurentias in der Nähe zu beobachten, war eine Pein, an die sie sich nicht hatte gewöhnen können, und jetzt wurde diese Pein noch brennender und heftiger. Seit Montgenays Hoffnung zu haben glaubte, bei der Schauspielerin zum Ziele zu gelangen, ließ er zuweilen wider seinen Willen seine Geringschätzung und Verachtung gegen die Kleinstädterin durchblicken. Pauline aber wollte nicht klar sehen, entsetzt verschloss sie die Augen vor der Wahrheit. Doch ohne dass sie davon wusste, waren Trübsinn und Eifersucht in ihre Seele eingezogen.

6. Kapitel

Montgenays bemerkte die Vorsichtsmaßregeln, die Laurentia ergriff, um ihn von Pauline fern zu halten, er bemerkte auch die düstere Traurigkeit, die sich des jungen Mädchens bemächtigte. Er drang mit Fragen in sie, da sie aber ihm gegenüber immer noch den Verteidigungszustand festhielt und nur im Geheimen mit ihm reden wollte, konnte er nichts Gewisses in Erfahrung bringen. Er wurde nur die Autorität gewahr, die Laurentia im reinen Gefühle ihrer Freundschaft über ihre Freundin auszuüben sich nicht scheute, und entdeckte auch, dass Pauline sich nur mit einer Art verhaltener Entrüstung derselben unterwarf. Daher glaubte er, Laurentia beginne die Freundin mit ihrer Eifersucht zu quälen, denn er wollte gegen sich selbst nicht zugeben, dass die Bevorzugung einer andern von seiner Seite Laurentia gleichgültig und unberührt lassen könnte.

Er fuhr nun fort, seine wunderliche, absichtlich rätselhaft gehaltene Rolle weiterzuspielen, um die beiden in Ungewissheit zu lassen. Er gebrauchte den Kunstgriff, wochenlang nicht bei ihnen zu erscheinen; dann erschien er plötzlich wieder mit größter Beharrlichkeit, gab sich eine unruhige, verzweiflungsvolle Miene und erkünstelte üble Laune, wenn er ruhig war oder Gleichgültigkeit, wenn man ihn für verstimmt halten konnte. Diese Unentschiedenheit ermüdete Laurentia und setzte Pauline in Verzweiflung. Ihre Stimmung ward von Tag zu Tag bitterer und gereizter. Sie fragte sich, warum Montgenays, nachdem er ihr eine so eifrige Zuneigung bewiesen hatte, jetzt so lässig in der Wegräumung der Hindernisse wurde, die man zwischen ihnen aufgetürmt hatte. Im Geheimen schrieb sie Laurentia die Schuld zu, dass sie ihr diese Enttäuschung bereitet habe, denn sie wollte nicht einsehen, dass man ihr einen Dienst leiste, indem man ihr die Augen öffne. Wenn sie Montgenays mit einer Miene, der sie den Ausdruck der Gelassenheit zu geben suchte, über seine häufige Abwesenheit befragte, entgegnete er, sobald er mit ihr allein war, er habe unaufschiebliche Geschäfte gehabt; war aber Laurentia zugegen, so entschuldigte er sich mit der einfachen Laune, ein Bedürfnis nach Einsamkeit oder Zerstreuung empfunden zu haben.

Eines Tags sagte ihm Pauline in Gegenwart der Madame S..., deren beständiges Zugegensein eine Marter für sie war, er müsse eine Liebe in der bessern Gesellschaft haben, da er im Kreise der Künstler ein so seltener Gast geworden sei. Montgenays entgegnete ziemlich barsch:

»Wenn das auch der Fall wäre, so sehe ich doch nicht ein, wie eine so ernsthafte Persönlichkeit als Sie sich für die Torheiten eines jungen Mannes interessieren kann.«

Im selben Moment trat Laurentia in den Salon. Sie entdeckte auf den ersten Blick ein schmerzliches, gezwungenes Lächeln auf dem Gesicht Paulines, deren Seele soeben auf den Tod verwundet worden war. Laurentia näherte sich ihr und legte liebreich die Hand auf ihre Schulter. Pauline, von einem Weh, für das sie, wenigstens in diesem Augenblicke, ihre Rivalin nicht verantwortlich machen konnte, zu einer zärtlichen Empfindung gegen dieselbe fortgerissen, wandte leicht den Kopf und berührte die Hand Laurentias mit ihren Lippen. Sie schien die Freundin um Verzeihung zu bitten, dass sie sie in Gedanken gehasst und verleumdet habe. Laurentia verstand diese Bewegung nur zur Hälfte und legte ihre Hand zum Zeichen des Mitgefühls fester auf die Schulter des armen Kindes. Pauline verschluckte nun ihre Tränen und machte eine neue Anstrengung.

»Ich war eben im Zuge", sagte sie, während sie ihre Lippen abermals zu einem Lächeln zwang, *„Ihrem Freunde* die Vereinsamung und Vernachlässigung, die er uns zu Teil werden lässt, zum Vorwurf zu machen.«

Laurentias forschendes Auge richtete sich auf Montgenays. Dieser hielt diesen Blick voll gerechter Strenge für einen Ausbruch der Gereiztheit des Weibes und näherte sich ihr.

»Sie beklagen sich darüber, Madame?« sagte er mit einer Betonung, bei der Pauline erbebte.

»Ja, ich beklage mich darüber", gab Laurentia in einem Tone zur Antwort, der noch strenger war, als ihr Blick.

»Ah, das tröstet mich über das, was ich, entfernt von Ihnen, gelitten habe", sagte Montgenays, indem er ihr die Hand küsste.

Laurentia fühlte, wie Pauline bebte.

»Sie haben gelitten?« sagte Madame S..., die Montgenays Gemüt ergründen wollte. »Sie sagten soeben etwas ganz anderes. Sie sprachen mit uns von den »Torheiten eines jungen Mannes«, die Ihren Kummer während Ihrer Abwesenheit betäubt hätten.«

»Ich ging auf den Scherz ein, mit dem Sie mich beehrten", entgegnete Montgenays. »Laurentia würde sich darüber nicht getäuscht haben. Sie weiß, dass dem Manne, den sie mit ihrer Achtung beehrt, keine Torheit, keine Flatterhaftigkeit mehr möglich ist.«

Während er so sprach, glänzten seine Augen von einem Feuer, das den Worten eine ganz andere Bedeutung als die einer friedlichen Freundschaftsversicherung verlieh. Pauline beobachtete alle seine Bewegungen: sie sah diesen Blick und wurde davon ins Herz getroffen. Sie erbleichte und schüttelte mit einer unsanften, trotzigen Bewegung Laurentias Hand von ihrer Schulter. Laurentia selbst stand einen Augenblick überrascht und erstaunt. Sie befragte mit den Augen ihre Mutter, die ihr mit einem Zeichen des Einverständnisses antwortete. Nach einem Augenblick verließen sie beide unter einem unbedeutenden Vorwande das Zimmer, legten die Arme in einander und schritten auf der Terrasse des Gartens mehrere Male auf und ab. Laurentia begann endlich das empörende, niederträchtige Geheimnis zu ergründen, mit dem der erbärmliche Liebhaber Paulines sich umhüllte.

»Was ich da zu erraten glaube, verwirrt und empört mich", sagte sie bewegt zu ihrer Mutter. »Ich bin entrüstet darüber und wage es noch immer nicht zu glauben.«

»Ich bin schon lange davon überzeugt", entgegnete Madame S... »Er spielt eine abscheuliche Komödie. Sein Dünkel erhebt sich bis zu dir, und Pauline ist das Opfer seiner frechen Pläne.«

»Gut denn", sagte Laurentia, »ich werde Pauline die Augen öffnen. Zu diesem Zwecke aber muss ich Gewissheit haben. Ich werde ihn zu einem Geständnisse kommen lassen und ihn entlarven, wenn er in der Falle sitzt. Da er eine so gewöhnliche und bekannte Theaterintrige mit mir wagt, werde ich ihn mit denselben Waffen schlagen, und man wird sehen, wer von uns beiden am besten Komödie zu spielen weiß. Ich hätte nie geglaubt, dass er sich mit mir in einen Wettstreit einlassen wolle, er, dessen Handwerk das Komödienspielen nicht ist.«

»Nimm dich in Acht!« sagte Madame S... »Du wirst dir einen Todfeind machen, und was schlimmer ist, einen literarischen Feind.«

»Da man einmal Feinde unter den Journalisten haben muss, was tut da einer mehr?« versetzte Laurentia. »Es ist meine Pflicht, Pauline vor Unglück zu behüten, und damit sie nicht unter dem Gedanken, ich verrate sie, leide, werde ich sie von meinen Plänen in Kenntnis setzen.«

»Das wäre das beste Mittel, um ein Misslingen derselben zu sichern", gab Madame S... zur

Antwort. »Pauline ist vertrauter mit ihm, als du denkst. Sie leidet, sie liebt, sie ist töricht. Sie will nicht, dass du sie enttäuschst, und wird dich hassen, wenn du es getan hast.«

»Nun, mag sie mich hassen, wenn es sein muss", sagte Laurentia, während ihr einige Tränen entfielen. »Ich will lieber diesen Schmerz ertragen, als zusehen, wie sie das Opfer einer Schurkerei wird.«

»Dann mache dich auf alles gefasst; willst du aber deinen Zweck erreichen, so berichte ihr nichts davon. Sie würde Montgenays warnen, und du würdest dich ganz vergeblich und zu deinem eigenen Schaden mit ihm kompromittieren.«

Laurentia achtete auf die Rathschläge ihrer Mutter. Als sie wieder in den Salon traten, hatten auch Pauline und Montgenays einige Worte gewechselt, welche die Unglückliche wieder in Sicherheit gewiegt hatten. Pauline strahlte: sie küsste ihre Freundin mit einer Miene, aus welcher der Hass und der Spott des Triumphes hervorleuchteten. Laurentia verbarg den tödlichen Schmerz, den sie darüber empfand, und begriff nun vollständig das Spiel, welches Montgenays spielte.

Da sie sich nicht dazu herablassen wollte, dem Elenden eine wirkliche Hoffnung zu geben, ahmte sie seine Miene und sein Benehmen nach und umgab sich mit einem System geheimnisvoller Bizarrerien. Bald erkünstelte sie die unruhige Melancholie einer verkannten Liebe, bald die gezwungene Heiterkeit eines hochherzigen Entschlusses, dann wieder schien sie in tiefe Mutlosigkeit zu versinken. Unfähig, Montgenays einen herausfordernden Blick zuzuwerfen, nahm sie die Zeit wahr, wo sie von ihm beobachtet wurde und Pauline den Rücken wandte, um jener mit der Ungeduld anscheinender Eifersucht nachzublicken. Kurzum, sie spielte die verzweifelte Frau, welche Stolz genug besitzt, um den Tod der Schmach einer Zurückweisung vorzuziehen, mit solchem Geschick, dass Montgenays, hingerissen, seine Rolle vergaß und nur noch daran dachte, die ihre zu enträtseln. Sein Eigendünkel deutete dieselbe seinen Wünschen entsprechend, aber er wagte sich noch nicht hervor, denn Laurentia konnte sich nicht entschließen, in unzweideutiger Weise eine Erklärung von seiner Seite herauszufordern. Als ausgezeichneter Künstlerin war es ihr unmöglich, in vollkommen gelungener Weise einen Charakter darzustellen, dem die innere Wahrscheinlichkeit fehlte, und sie sagte daher eines Tages zu Lavallée, den ihre Mutter gegen ihren Willen ins Vertrauen gezogen hatte (er hatte überdies schon alles von selbst erraten):

»Vergeblich mühe ich mich ab, ich bin schlecht in dieser Rolle. Es ist mir gerade, als ob ich ein schlechtes Stück spiele: ich kann mich nicht in die Situation hineinversetzen. Erinnere dich einmal, wie wir, wenn wir mit dem armen Mélidor, der die leidenschaftlichsten Dinge mit der ruhigsten Miene von der Welt rezitierte, zusammen spielten, uns hüten mussten, einander anzusehen, um nicht zu lachen – mit Montgenays ist es ganz dasselbe. Wenn du da bist und meine Augen den deinen begegnen, bin ich immer im Begriff, loszuplatzen. Um meine traurige Miene behaupten zu können, muss ich dann immer an das Unglück Paulines denken; das führt mich natürlich zu meiner Rolle zurück, aber auf meine eigenen Kosten, denn das Herz blutet mir dabei. Ach! ich wusste nicht, dass das Komödienspielen in der Welt noch anstrengender ist, als auf den Brettern!«

»Ich werde dir helfen müssen", versetzte Lavallée, »denn ich sehe ein, dass du allein nie dahin gelangen wirst, ihn zum Abwerfen der Maske zu bewegen. Verlass dich auf mich, ich werde ihn in seinen letzten Verschanzungen forcieren, ohne dich ernstlich zu kompromittieren.«

Eines Abends spielte Laurentia die Hermione in der Tragödie »Andromache«.[9] Schon seit Langem wartete das Publikum auf ihr Wiederauftreten in diesem Stücke. Mochte sie es nun von Neuem einstudiert haben, oder der Anblick eines zahlreichen, glänzenden Zuschauerkreises sie mehr als gewöhnlich begeistern, oder endlich das Bedürfnis sie treiben, diesem schönen Werke all die Glut und Kunst einzuhauchen, die sie seit vierzehn Tagen auf ihr unangenehme Weise bei Montgenays verschwendete – kurzum, sie war so wunderbar in dieser Rolle und erzielte einen solchen Erfolg, wie er ihr auf dem Theater noch nicht zu Teil geworden war. Nicht aber das Genie, sondern der Ruhm Laurentias machte sie Montgenays verlangenswert.

---

[9] Tragödie von Racine (s. Univ.-Bibl. 1137). *Der Übers.*

An Tagen, wo sie ermüdet war oder das Publikum sich etwas kalt zeigte, schlief er weit ruhiger ein bei dem Gedanken, dass sein Plan missglücken könnte; wenn man sie aber hervorrief und mit Kränzen überschüttete, schlief er gar nicht und verbrachte die Nacht mit dem Aussinnen und Überdenken seiner Verführungspläne. An jenem Abend wohnte er der Vorstellung mit Pauline, Madame S... und Lavallée in einer kleinen Loge bei und war von dem rasenden Beifallssturm, der die schöne Tragödin begrüßte, so erregt, dass er nicht einmal an die Anwesenheit Paulines dachte. Zwei oder drei Mal stieß er – man weiß, wie eng diese Logen sind – sie heftig mit dem Ellbogen, als er ungestüm Beifall klatschte. Er wünschte, dass Laurentia ihn sähe, ihn durch den Lärm im Saale hindurch höre, und als Pauline sich mit Bitterkeit beklagte, dass sein Eifer, zu applaudieren, sie verhindere, die letzten Worte jeder Rede zu. hören, entgegnete er ihr brutal:

»Was brauchen Sie zu hören! Verstehen Sie denn etwas davon, Sie?«

Zu Zeiten konnte Montgenays trotz seiner diplomatischen Gewohnheiten doch die ungeschliffene Geringschätzung gegen das arme Mädchen nicht unterdrücken. Er liebte sie nicht, wie groß auch ihre Schönheit und die Vorzüge ihres Charakters waren, und ärgerte sich über die leichtgläubige Zuversicht dieser Spießbürgerin, die den Glorienschein der großen Künstlerin in seinen Augen zu überstrahlen glaubte. Überdies war er seiner Rolle müde und überdrüssig. Denn so böswillig auch Jemand immer sei, nie wird er dahin gelangen, dass er das Böse mit Vergnügen tut. Wenn nicht Reue, lähmt am Ende oft Scham die Hilfsmittel der Verderbtheit.

Pauline fühlte sich einer Ohnmacht nahe. Sie schwieg, beklagte sich einen Augenblick später, dass sie die Hitze nicht ertragen könne, erhob sich und ging hinaus. Die gutherzige Madame S..., welche Pauline aufrichtig beklagte, folgte ihr und führte sie in die Loge Laurentias, wo Pauline auf das Sofa sank und die Besinnung verlor. Während nun Madame S... und die Kammerfrau Laurentias ihr das Korsett öffneten und sie wieder zu beleben suchten, fuhr Montgenays, weit entfernt, das Böse zu ahnen, was er eben getan, fort, die Tragödin zu bewundern und ihr Beifall zu klatschen. Als der Akt zu Ende war, bemächtigte sich Lavallée seiner und sagte mit dem ernstesten Gesichte, das die Kunst des Komödianten je auf der Bühne hervorgezaubert hatte:

»Wissen Sie, dass unsere Laurentia nie sonderbarer gewesen ist, als heute? Ihr Blick, ihre Stimme zeigen ein Feuer, das mir bis jetzt nicht bekannt war. Das beunruhigt mich.«

»Wieso?« fragte Montgenays. »Befürchten Sie etwa, dass es die Wirkung des Fiebers sei?«

»Ohne jeden Zweifel ist es eine fieberhafte Kraft und Aufregung", entgegnete Lavallée. »Ich verstehe mich darauf, ich weiß, eine zarte, leidende Frau wie sie gelangt zu solchen Effekten nicht ohne verderbliche Erregtheit. Ich möchte wetten, dass Laurentia während des ganzen

Zwischenaktes in Ohnmacht liegt. Das ist immer so bei den Frauen, deren ganze Kraft die Leidenschaft bildet.«

»Gehen wir zu ihr!« sagte Montgenays, indem er aufsprang.

»Keineswegs", erwiderte Lavallée, indem er ihn mit einer Feierlichkeit, über die er selber lächeln musste, wieder zum Niedersitzen zwang. »Ihr Anblick würde nicht sehr geeignet sein, ihre Lebensgeister zu beruhigen.«

»Was wollen Sie damit sagen?« rief Montgenays.

»O, nichts", entgegnete Lavallée mit der Miene eines Menschen, der sich verraten zu haben glaubt.

Dies Spiel dauerte den ganzen Zwischenakt hindurch. Es fehlte zwar Montgenays nicht an Misstrauen, aber an Scharfblick. Er besaß zu viel Eigendünkel, als dass er eingesehen hätte, man mache sich lustig über ihn. Zudem hatte er es mit einem allzu gewandten Gegner zu tun, und Lavallée sagte zu sich selbst:

»Ja, ja, du willst dich mit einem alten Komödianten messen, der fünfzig Jahre lang das Publikum zum Lachen oder zum Weinen gebracht hat, ohne die Hände aus den Taschen zu ziehen! Du sollst sehen!«

Als das Stück sich dem Ende näherte, hatte Montgenays vollständig den Kopf verloren. Ohne ihm ein einziges Mal zu sagen, dass er geliebt werde, hatte Lavallée ihm auf tausend

Arten zu verstehen gegeben, er werde leidenschaftlich angebetet. Sobald Montgenays sich dadurch auf sichtbare Weise fortreißen ließ, stellte sich Lavallée, als wolle er ihn enttäuschen, benahm sich aber dabei mit so geschickter Ungeschicklichkeit, dass der Mystifizierte sich mehr und mehr in der Schlinge verfing. Während des fünften Aktes endlich suchte Lavallée Madame S... auf.

»Bringen Sie Pauline zu Bett", sagte er zu ihr. »Lassen Sie sich von der Kammerfrau begleiten und schicken Sie dieselbe erst eine Viertelstunde nach Beendigung des Schauspiels zu Ihrer Tochter zurück. Montgenays muss mit Laurentia in ihrer Loge eine Zusammenkunft unter vier Augen haben. Der Augenblick ist gekommen – er ist unser! Ich werde mich hinter dem Stehspiegel verbergen und Ihre Tochter keinen Augenblick aus den Augen lassen. Gehen Sie und bauen Sie auf mich.«

Alles geschah, wie er vorhergesehen hatte, und der Zufall begünstigte ihn sogar noch über Erwarten. Als Laurentia am Arme Montgenays in ihre Loge trat und Niemand erblickte – Lavallée hatte sich bereits hinter dem Vorhang verborgen, der die an der Wand aufgehängten Kostüme bedeckte, und zum Überfluss deckte ihn noch der große Toilettenspiegel – fragte sie, wo ihre Mutter und ihre Freundin wäre. Ein Theaterdiener, der im Korridor vorüberging und an den sie diese Frage richtete, benachrichtigte sie – und leider sprach er die Wahrheit – dass man gezwungen gewesen wäre, Fräulein D... nach Hause zu führen, da sie Krämpfe bekommen habe. Laurentia wusste nichts von der Szene, die Lavallée durch sein umsichtiges Benehmen herbeiführen wollte und würde auch ganz darauf vergessen haben, als sie diese traurige Nachricht vernahm. Das Herz blutete ihr, und bei dem Gedanken an die Leiden ihrer Freundin und in Folge der Anstrengung und Aufregung des Spiels sank sie auf das Sofa und brach in Tränen aus. Bei diesem Anblick verlor Montgenays, der frech genug war, um sich für den Meister und den Gegenstand des Kummers dieser beiden Frauen zu halten, alle Klugheit aus den Augen und wagte die verworrenste, kaltherzig wahnwitzigste Erklärung, die er in seinem Leben gemacht hatte. – Nur Laurentia habe er geliebt, sagte er; nur sie allein könne ihn verhindern, sich zu töten oder noch etwas Schlimmeres, einen moralischen Selbstmord, eine Heirat aus Ärger zu begehen. Er habe alles getan, um sich dieser Leidenschaft zu entziehen, die er unerwidert glaubte: er habe sich in den Strudel des gesellschaftlichen Lebens geworfen, sich mit den Künsten, mit der Kritik beschäftigt, sich in die Einsamkeit geflüchtet, sich in eine neue Liebe versenkt, aber vergebens. Pauline sei schön genug, um seine Bewunderung zu verdienen, um aber etwas anderes als kalte Achtung für sie zu empfinden, hätte er nicht unaufhörlich Laurentia neben ihr erblicken müssen. Er *wüsste* wohl, dass er verschmäht werde, und da er nicht das Unglück Paulines wolle, indem er sie noch länger täusche, sei er im Begriffe, sich für immer zu entfernen! ... – Und während er diesen niedrigen Entschluss aussprach, wagte er sogar die Hand

177

Laurentias zu ergreifen, die sie ihm mit Abscheu entriss. Einen Moment lang war sie dergestalt von dem Gefühl der Empörung und des Ekels beherrscht, dass sie auf dem Punkte stand, ihn schamrot zu machen. Doch Lavallée, der Beweise zu erhalten wünschte, hatte sich an die Tür geschlichen, die er absichtlich mit einem wie zufällig davor geworfenen Zipfel des Vorhanges verhüllt hatte. Er stellte sich nun, als käme er eben, klopfte an, hustete leicht und trat schnell ein. Mit einem Wink der Augen gebot er dem gerechten Zorn der Tragödin Schweigen, und während Montgenays ihn zu allen Teufeln wünschte, gelang es ihm, Laurentia wegzuführen, ohne dass jener Zeit gehabt hätte, die Wirkung seiner Worte zu erkunden. Inzwischen kam die Kammerfrau, und während sie ihre Herrin umkleidete, glitt Lavallée an Laurentias Seite und unterrichtete sie in wenig Worten von dem, was sich zugetragen hatte. Er sagte ihr, sie solle sich krank stellen und Montgenays am nächsten Tage nicht empfangen. Dann wandte er sich zu diesem, und führte ihn nach Hause, wo er bis zum Morgen verweilte, jenen immerfort aufreizte und sich im Stillen mit wirklich komischer Ernsthaftigkeit an den romantischen Ideen ergötzte, die er ihm einflößte. Er verließ Montgenays nicht eher, als bis er denselben überredet hatte, an Laurentia zu schreiben. Zur Mittagsstunde kehrte er dann wieder zurück, um den Brief zu lesen, den Montgenays während seiner tollen Schlaflosigkeit bereits hundert Mal vollendet und von Neuem wieder begonnen hatte. Der Komödiant stellte sich, als finde er denselben zu zurückhaltend, zu nichts-sagend.

»Seien Sie versichert", sagte er, »dass Laurentia noch lange an Ihnen zweifeln wird. Ihre Laune für Pauline hat ihr Besorgnis einflößen müssen, und sie werden Mühe haben, sie zu beruhigen. Sie kennen den Stolz der Frauen. Sie müssen die Kleinstädterin opfern und ihr klar und deutlich erklären, wie wenig sie sich aus der-selben machen. Sie können das, ohne gegen die Galanterie zu verstoßen. Sagen Sie, Pauline sei vielleicht ein Engel, aber eine Frau wie Lauren-tia mehr als ein Engel, sagen Sie, was Sie in ihren Novellen und Zwischenspielen so schön auszudrücken wissen. Vorwärts, verlieren Sie vor allem keine Zeit: man weiß nicht, was sich zwischen den beiden Frauen zutragen kann. Laurentia ist romantischer Natur, sie besitzt die Seelengröße einer Königin aus der Tragödie. Eine Regung der Großmut, ein Rest von Zwei-feln können sie möglichen Falls bewegen, sich der Rivalin zu opfern ... Beruhigen Sie sie voll-ständig, und wenn Sie sie liebt, wie ich glaube, wie ich sogar fest überzeugt bin, obgleich sie es mir niemals hat zugestehen wollen, so gebe ich Ihnen die feste Versicherung, dass die Freude des Triumphes alle ihre Bedenken zum Schwei-gen bringen wird.«

Montgenays zögerte, schrieb, zerriss den Brief, schrieb von neuem ... Lavallée trug den Brief zu Laurentia.

7. Kapitel

Acht Tage vergingen, ohne dass Montgenays von Laurentia empfangen worden wäre und ohne dass er gewagt hätte, Lavallée wegen dieses Stillschweigens und dieser Verweigerung des Zutritts zur Rechenschaft zu ziehen, so sehr scheute er sich vor dem Gedanken, einen Fehlschuss getan zu haben, und so sehr fürchtete er, darüber Gewissheit zu erlangen.

Während dieser Zurückgezogenheit, waren Pauline und Laurentia die Beute innerer Stürme. Laurentia hatte alles getan, um die Freundin zu einem Herzensergüsse zu bewegen, aber vergebens. Je mehr sie sich bemühte, ihr Montgenays zu verleiden, desto mehr steigerte sie das Leiden Paulines, ohne die Krisis herbeizuführen, von der sie das Wohl derselben erhoffte. Pauline erboste sich über die Anstrengungen, die man machte, um ihr ihr Herzensgeheimnis zu entreißen. Sie hatte die List entdeckt, die Laurentia anwandte, um Montgenays zur Erklärung zu zwingen, und dieselbe in gleicher Weise wie Montgenays, gedeutet. Sie zürnte daher ihrer Freundin tödlich, weil dieselbe versucht habe, und es ihr gelungen sei, ihr die Liebe eines Mannes zu rauben, die sie bis zum letzten Tage für aufrichtig gehalten hatte. Sie legte das Betragen Laurentias einer hassenswerten Laune zur Last, welche eine Folge des Verlangens der Schauspielerin sein sollte, alle Männer zu ihren Füßen zu sehen. »Sie musste sogar den an sich locken, der ihr am gleichgültigsten war, sobald sie sah, dass er sich mir zuwandte«, sagte sie zu sich selbst. »Ich wurde ein Gegenstand der Geringschätzung und der Abneigung für sie, sobald sie vermuten konnte, ich würde, und wäre es auch nur von Seiten eines einzigen Mannes, neben ihr bemerkt. Daher ihre zudringliche Neugier und Spionage, um zu enträtseln, was zwischen ihm und mir vorging, daher alle ihre Bemühungen jetzt, um zu verhindern, dass er mit mir zusammentrifft, daher endlich der schmähliche Sieg, den sie in Folge ihrer Koketterien errang, und der erbärmliche Triumph, den sie über mich davonträgt, indem sie einem schwachen Mann, den ihr Ruf blendet und mein Trübsinn langweilt, den Kopf verwirrt.«

Pauline wollte Montgenays keines schlimmern Vergehens als eines unfreiwilligen Hingerissenseins anklagen. Viel zu stolz, um bei einer übelbelohnten Liebe zu beharren, litt sie bereits nur noch unter der Demütigung, verlassen worden zu sein, aber dieser Schmerz war der größte, den sie empfinden konnte. Sie besaß kein weiches Gemüt, und der Zorn richtete daher mehr Verheerungen in ihrem Innern an, als das Bedauern. Ihre natürlichen Gesinnungen waren dabei edel genug, um sie zu bestimmen, selbst bei all den Verirrungen, zu denen der verletzte Stolz sie hinriss, edel zu denken und zu handeln. Sie hielt daher Laurentia in Bezug auf das Benehmen derselben gegen sie für hassenswert, hatte aber bei diesem Gedanken, der doch an sich eine bedauernswürdige Undankbarkeit war, weder den Wunsch noch den Willen, undankbar zu sein. Sie tröstete sich damit, dass sie sich in Gedanken über ihre Nebenbuhlerin stellte und sich das Besprechen gab, ihr ohne Selbsterniedrigung und Groll das Feld frei zu lassen. »Mag sie befriedigt werden", sagte sie zu sich selbst, »mag sie triumphieren, ich gönne es ihr. Gern will ich ihr als Trophäe dienen, in der Voraussicht, dass sie eines Tages gezwungen werde, mir Gerechtigkeit widerfahren zu lassen, meine Seelengröße zu bewundern, meine unerschütterliche Ergebenheit nach ihrem wahren Werte zu schätzen und über ihre Treulosigkeit zu erröten! Montgenays wird ebenfalls die Augen öffnen und einsehen, was für eine Frau er dem Glanze eines Namens geopfert hat. Er wird Reue empfinden, und es wird zu spät sein. Der Glanz meiner Tugend wird mich rächen.«

Es gibt Gemüter, denen es nicht an Erhabenheit, aber an sanfter Güte fehlt. Man wäre im Unrecht, wollte man die Menschen, welche das Böse aus Bedürfnis, und die, welche es unbewusst und wider Willen tun, mit demselben Spruche richten, ohne zu befürchten, dass man dabei der Gerechtigkeit ermangle. Die letztern sind bei weitem unglücklicher: sie suchen unaufhörlich ein Ideal, das sie niemals finden, denn es existiert nicht auf Erden, und haben dabei im Innern nicht jenen Schatz von Zärtlichkeit und Liebe, der die Unvollkommenheiten des Menschengeschlechts erträglich macht. Man kann mit Recht von diesen Personen behaupten, dass sie nur liebreich und gütig sind, wenn sie träumen.

Pauline besaß Gerechtigkeitssinn und wirkliche Gerechtigkeitsliebe, aber zwischen der Theorie und der Praxis befand sich ein Schleier, der ihre Urteilskraft schwächte: es war das jener ungeheure Eigendünkel, den nichts beschränkt, sondern im Gegenteil alles ins Unendliche begünstigt hatte. Ihre Schönheit, ihr Geist, ihr schönes Benehmen gegen ihre Mutter, die Reinheit ihrer Sitten und ihrer Gedanken, das alles stand ihr vor Augen wie ein langsam angehäufter Schatz, an dessen Werth man sie unaufhörlich erinnern musste, damit sie nicht andere um ihre Reichtümer beneide; denn sie wollte etwas sein, und je mehr sie sich den Anschein gab, als rechne Sie sich zur Menge der gewöhnlichen Menschen, desto mehr empörte sie der Gedanke, wirklich dazu gezählt zu werden. Es wäre ein Glück für sie gewesen, hätte sie mit dem Scharfblick, den tiefe Weisheit oder erhabene Herzenseinfalt verleiht, in ihr eigenes Innere hinabtauchen können: sie würde entdeckt haben, dass ihre häuslichen Tugenden allerdings einige Flecken zeigten, dass ihr Christentum nicht immer allzu christlich gewesen, ihre frühere Toleranz gegen Laurentia niemals so vollständig, so herzlich gewesen war, als sie sich eingebildet hatte, und vor allem würde sie gefunden haben, dass ein ganz persönliches, selbstsüchtiges, eigennütziges Bedürfnis sie ansporne, anders zu leben als früher, sich zu entschleiern, sich zu zeigen. Das ist ein berechtigtes Bedürfnis, welches zu den heiligen Rechten des Menschen gehört, aber eben deshalb ist es nicht statthaft, sich eine Tugend daraus zu machen, und stets ist es ein schweres Unrecht, sich selbst zu täuschen, um in den eigenen Augen größer zu erscheinen. Von diesem Punkte bis zu der Eitelkeit, auch die andern über sein eigenes Verdienst zu täuschen, ist nur ein Schritt, und Pauline hatte diesen Schritt bereits getan. Es war ihr unmöglich, umzukehren und zuzugeben, dass sie nur eine einfache Sterbliche sei, nachdem sie sich einmal hatte heilig sprechen lassen.

Da sie Laurentia nicht die Freude bereiten wollte, sich gedemütigt zu zeigen, erheuchelte sie die größte Gleichgültigkeit und trug ihren Schmerz mit stoischer Geduld. Diese Ruhe, welche Laurentia nicht täuschen konnte, denn sie sah, wie Pauline hinwelkte, erschreckte und ängstigte die Schauspielerin. Sie konnte sich nicht entschließen, ihr den letzten Schlag beizubringen und ihr die schmähliche Untreue Montgenays zu beweisen; lieber ertrug sie die stumme Beschuldigung, ihn verführt und der Freundin entrissen zu haben. Sie hatte Montgenays Brief nicht annehmen wollen. Lavallée hatte ihr den Inhalt desselben mitgeteilt, und sie hatte ihn gebeten, das Schreiben unentsiegelt aufzubewahren, um sich desselben nötigen Falls bei Pauline zu bedienen. Aber wie hätte sie wünschen mögen, dass dieser Brief einer andern Frau zukäme! Sie wusste allzu gut, dass Pauline mehr die Ursache als den Urheber ihres Unglücks hasste.

Als Lavallée eines Tages aus Laurentias Wohnung kam, begegnete er Montgenays, der sich soeben, zum zehnten Male, hatte abweisen lassen. Er war außer sich, und jede Mäßigung verlierend, überhäufte er den alten Schauspieler mit Vorwürfen und Drohungen. Anfangs begnügte sich dieser, die Achseln zu zucken, als er aber hörte, wie Montgenays seine Beschuldigungen auch auf Laurentia ausdehnte und, während er sich beklagte, dass man ein Spiel mit ihm getrieben habe, in Rachedrohungen ausbrach, konnte Lavallée, ein geradsinniger, gutmütiger Mann, seine Entrüstung nicht bemustern. Er behandelte Montgenays wie einen jämmerlichen Feigling und schloss mit den Worten:

»Ich bedauere in diesem Augenblick mehr als je, dass ich alt bin, denn es scheint, als ob graue Haare ein Vorwand wären, um zu verhindern, dass man sich schlägt, und Sie möchten glauben, dass ich dies Privilegium missbrauche, um Sie ungestraft zu beleidigen. Ich gebe Ihnen aber die Versicherung, dass ich, wäre ich zwanzig Jahre jünger, Ihnen Ohrfeigen verabreichen würde.«

»Die Drohung genügt zur Bezeichnung der Feigheit«, entgegnete Montgenays, bleich vor Wut, »und ich gebe Ihnen die Beleidigung zurück. Wäre ich zwanzig Jahre älter, so würde ich betreffs der Ohrfeigen den Anfang machen.

»Ah«, rief Lavallée, »hüten Sie sich, mich aufs Äußerste zu bringen! Ich könnte mich über jedes Bedenken und jede Scheu hinwegsetzen und Ihnen öffentlich eine Schmach antun, wenn Sie sich die geringste Niederträchtigkeit gegen eine Person zu Schulden kommen lassen, deren Ehre mir teurer ist, als meine eigene.«

Als Montgenays nach Hause zurückgekehrt war und seine Wut sich gelegt hatte, bedachte er mit Recht, dass jeder Racheakt, der Aufsehen erregen könnte, die Spitze gegen ihn selbst kehren würde, und nachdem er lange nachgesonnen, fand er endlich ein Mittel, Vergeltung zu üben, das abscheulicher war als alle andern: es bestand darin, dass er sein Verhältnis mit Pauline wieder anknüpfte, um sie von Laurentia loszureißen. Er wollte nicht durch zwei gleichzeitige Niederlagen gedemütigt werden und bedachte zudem sehr wohl, dass, sobald der erste Sturm vorüber wäre, die beiden Frauen gemeinsame Sache machen würden, um ihn mit Spott oder Verachtung zu strafen. Lieber wollte er Hass erregen und die eine verderben, um die andere zu schrecken und zu quälen.

In dieser Absicht schrieb er an Pauline, versicherte sie seiner ewigen Liebe und protestierte gegen das schändliche Komplott, das seiner Angabe nach Lavallée und Laurentia gegen sie beide angezettelt haben sollten. Er bat um eine Gelegenheit zur Erklärung und versprach dabei, nie wieder vor Pauline zu erscheinen, wenn sie ihn nach dieser Zusammenkunft nicht vollständig gerechtfertigt fände. Das Stelldichein müsste aber geheim gehalten werden, da Laurentia sie trennen wolle. – Pauline ging zu dem Rendezvous, ihr Stolz und ihre Liebe bedurften gleicherweise des Trostes.

Lavallée, der alles, was sich im Hause zutrug, überwachte, fing die Botschaft Montgenays auf. Er ließ sie passieren, entschlossen, Pauline bei ihrem gefährlichen Vorhaben nicht zu verlassen, und verlor sie von diesem Augenblick ab nicht mehr aus den Augen. Er folgte ihr, als sie, zum ersten Male in ihrem Leben, allein, zu Fuß und so furchtzitternd das Haus verließ, dass sie bei jedem Schritte umsinken zu müssen glaubte. An der ersten Straßenecke zeigte er sich ihren Blicken und bot ihr seinen Arm an. Pauline glaubte, ein Unbekannter insultiere sie, stieß einen Schrei aus und wollte fliehen.

»Fürchte nichts, armes Kind«, sagte Lavallée in väterlichem Tone zu ihr. »Aber sieh, welchen Dingen du dich aussetzt, wenn du bei Nacht so allein gehst. Komm«, fuhr er fort, indem er Paulines Arm in den seinen legte, »du willst eine Torheit begehen, begeh sie zum wenigsten mit Anstand! Ich werde dich führen, ich weiß, wohin du gehst und werde dich nicht aus den Augen lassen. Ich werde nichts hören, wenn ihr mit einander redet – ich werde mich entfernt halten und dich nachher zurückführen. Nur denke daran, dass ich, wenn Montgenays das Geringste von meiner Anwesenheit ahnt oder wenn du versuchst, dich aus meinem Gesichtskreise zu entfernen, mit Stockschlägen über ihn herfallen werde.«

Pauline versuchte nicht zu leugnen. Sie war verwirrt von der Bestimmtheit, mit welcher Lavallée sprach, und da sie sein Benehmen nicht zu deuten wusste, zudem auch alle Demütigungen der Schmach, von ihrem Geliebten verlassen zu werden, vorzog, ließ sie sich mechanisch und halb betäubt bis zum Parke von Monceaux führen, wo Montgenays sie in einer Allee erwartete. Der Schauspieler verbarg sich zwischen den Bäumen und folgte ihnen mit den Augen, während Pauline, seiner Warnung eingedenk, mit Montgenays auf und ab spazierte, ohne sich aus dem Auge verlieren zu lassen und ohne ihrem Geliebten über die Hartnäckigkeit, mit der sie weiterzugehen sich weigerte, Aufklärung geben zu wollen. Er schrieb diese Beharrlichkeit kleinstädtischer Prüderie zu, die er außerordentlich lächerlich fand, denn er war nicht töricht genug, um die Intrige mit einer Frechheit zu beginnen. Er nahm eine ernste Miene an, gab seiner Stimme einen dumpfen Klang und sprach in gefühlvollen, ehrerbietigen Worten. Bald ward er inne, dass Pauline weder von der unglücklichen Liebeserklärung noch von dem ärgerlichen Briefe wusste, und von diesem Augenblicke an hatte er leichtes Spiel, den Absichten Laurentias zuvorzukommen. Er stellte sich, als empfinde er bittere Reue und habe ernste Entschlüsse gefasst. Er erfand einen neuen Roman, bekannte sich zu einer alten Leidenschaft für Laurentia, die er Pauline nie zu gestehen gewagt habe, und die wider seinen Willen von Zeit zu Zeit von Neuem bei ihm erwacht sei, sogar dann, als er dieses liebenswürdige, reine, sanfte, bescheidene Mädchen anbetete, das der hochmütigen Komödiantin so weit überlegen war. Er hatte schrecklichen Verführungskünsten, wahnwitzigen Anträgen nachgegeben und war noch ganz zuletzt toll genug und so sehr Feind seiner eigenen Würde gewesen, dass er einen Brief an Laurentia gerichtet hatte, einen Brief, den er widerrief, den er verabscheute, dessen wortgetreuen Inhalt er aber nichtsdestoweniger Pauline mitzuteilen verbunden sei. Er wiederholte ihr das Schreiben Wort für Wort, und hob dabei das Schlimmste, das am wenigsten Verzeihliche besonders hervor, da er, wie er sagte, keine Gnade verlange und sich ihrem Hasse unterwerfen, ihr Nichtgedenken erdulden, aber nicht ihre Verachtung verdienen wolle.

»Nie wird Ihnen Laurentia diesen Brief zeigen«, sagte er, »denn sie hat meine Rückkehr zu ihr viel zu sehr selbst herbeigeführt, als dass sie Ihnen diesen Beweis für ihre Gefallsucht liefern würde. Ich hatte also von dieser Seite nichts zu fürchten, aber ich wollte Sie nicht verlieren, ohne Sie wissen zu lassen, dass ich mein Urteil mit Ergebung, mit Reue, mit Verzweiflung annehme. Ich wünsche, dass Sie wissen, dass ich jenes Schreiben widerrufe, und hier ist ein neuer Brief, den ich Sie Laurentia zuzustellen bitte. Sie sollen sehen, wie ich sie richte, wie ich sie behandle, wie ich sie verachte, sie, dies hochmütige, kaltherzige Weib, das niemals geliebt hat und ewig angebetet sein wollte! Sie ist das Unglück meines Lebens, nicht nur weil sie alle Hoffnungen, die sie mir einflößte, vereitelt, sondern mehr noch weil sie mich verhindert hat, mich an Sie anzuschließen, wie ich es sollte, wie ich es konnte, wie ich es noch immer können würde, wenn Sie mir meine Erbärmlichkeit, mein Verbrechen und meine Narrheit verzeihen könnten. Zwischen zwei Leidenschaften, von denen die eine wild, verzehrend, verderblich, die andere rein, himmlisch, belebend wirkte, hin und her geworfen, verriet ich die, welche meine Seele gekräftigt und geheilt haben würde der andern wegen, welche mein Herz zerreißt und zerstört. Ich bin ein Unglücklicher, aber kein Schurke. Halten Sie mich für nichts Anderes als für einen Menschen, den die lang anhaltenden Qualen einer beklagenswerten Leidenschaft entnervt und niedergedrückt haben. Aber erfahren Sie auch, dass ich meine Reue nicht überleben werde; nur Ihre Verzeihung allein wäre im Stande gewesen, mich zu retten. Ich kann sie nicht erbitten, denn ich verdiene sie nicht. Sie sehen mich gelassen und ruhig, weil ich weiß, dass ich nicht lange leiden werde. Scheuen Sie sich wenigstens nicht, mir ein wenig Mitleid zu Teil werden zu lassen, denn bald werden Sie vernehmen, dass ich Ihnen Genugtuung verschafft habe. Sie sind beleidigt worden, Sie bedürfen eines Rächers – ich bin der Schuldige, ich werde auch der Rächer sein.«

In dieser Weise sprach Montgenays zwei ganze Stunden lang zu Pauline. Sie zerfloss in Tränen, sie verzieh ihm, sie schwur ihm, alles vergessen zu wollen, flehte ihn an, sich nicht zu töten, verbot ihm, sich zu entfernen und versprach, ihn wiederzusehen, müsste sie sich deswegen auch mit Laurentia überwerfen und entzweien. Montgenays hoffte nicht, soviel zu erreichen, und verlangte nicht mehr.

Lavallée führte sie zurück. Pauline sprach während des ganzen Weges kein einziges Wörtchen. Ihre Ruhe setzte den alten Komödianten nicht in Erstaunen, denn er dachte sich recht wohl, dass Montgenays schöne Worte und kräftige Lügen nicht gespart hätte, um sie zu beruhigen. Er bedachte auch, dass sie verloren wäre, wenn er nicht scharfe Gegenmittel in Anwendung brächte. Bevor er sie daher an der Tür

Laurentias verließ, schob er ihr heimlich den ersten Brief Montgenays, der noch nicht geöffnet worden war, in die Tasche.

Laurentia war sehr überrascht, noch am Abend in dem Augenblicke, wo sie sich zu Bett begeben wollte, Pauline, die seit acht Tagen nur trockene oder höhnische Worte für sie gehabt hatte, mit ruhiger Miene und liebenswürdigem Wesen in ihr Zimmer treten zu sehen. Sie hielt einen Brief in der Hand, den sie Laurentia mit dem Bemerken überreichte, Lavallée habe sie mit dem Überbringen desselben beauftragt. Als sie die Handschrift und das Siegel Montgenays erkannte, glaubte Laurentia, Lavallée würde seine Gründe gehabt haben, Pauline diese Botschaft anzuvertrauen und der Moment wäre gekommen, ein starkes Mittel gegen das starke Übel anzuwenden. Mit zitternder Hand öffnete sie das Schreiben und überlief es, während sie noch immer schwankte, ob sie es der Freundin mitteilen solle, so sehr war sie von der fürchterlichen Wirkung überzeugt. Wie groß waren aber ihr Befremden und ihre Bestürzung, als sie Folgendes las:

»Laurentia,

Ich habe Sie getäuscht! Ich liebe nicht Sie, sondern Pauline. Verdammen Sie mich nicht, ich täuschte mich selbst. Alles, was ich sagte, dachte ich in jenem Augenblicke wirklich – aber einen Augenblick später und jetzt und immer widerrufe und verleugne ich es. Nur ihre Freundin bete ich an und ihr würde ich mein Leben weihen, wenn sie mir meine Torheiten und meine Unentschlossenheit verzeihen könnte. Sie wollten mich irreführen, mich täuschen, mich glauben machen, Sie könnten und wollten mich beglücken. Das wäre Ihnen nicht gelungen, denn Sie lieben mich nicht, und ich, ich bedarf einer wahren, tiefen, dauernden Liebe. Verzeihen Sie mir daher meine Schwäche, wie ich Ihnen Ihre flüchtige Neigung zu mir verzeihe. Sie sind großherzig, aber Sie sind ein Weib, ich bin aufrichtig, aber ich bin ein Mann. In dem Momente, wo wir einen großen Fehler begehen wollten, der uns eine gegenseitige Täuschung bereiten musste, haben wir überlegt und sind beide andern Sinns geworden – nicht wahr? Ich bin dagegen bereit, mein ganzes Leben Ihrer Freundin zu Füßen zu legen, und Sie, Sie sind zu dem Entschlüsse gebracht, mir zu gestatten, dass ich ihr unablässig meine Huldigungen darbringe, wenn sie selbst mich nicht verschmäht. Seien Sie überzeugt, dass Sie, wenn Sie sich mit Aufrichtigkeit und Edelmut benehmen, an mir einen treuen, zuverlässigen Freund haben werden.«

Laurentia stand verwirrt, sie konnte eine solche Unverschämtheit nicht begreifen. Sie legte jedoch den Brief in ihr Schreibpult, ohne ihre Überraschung zu verraten. Pauline aber glaubte in ihrem Herzen zu lesen und war entrüstet über die schlimmen Absichten, die sie bei Laurentia voraussetzte.

»Man hatte einen Brief, der mich kränken musste", sagte sie zu sich selbst, während sie sich in ihr Zimmer zurückzog, »und man steckte ihn mir zu. Jetzt hat man einen andern, von dem man vermutet, dass er mich trösten müsse, und man stellt ihn mir nicht zu.« Voll Verachtung gegen ihre Freundin schlief sie ein. Der Freudenrausch in ihrer Seele und die Wollust, sich endlich Laurentia so weit überlegen zu wissen, hinderten die verratene Freundschaft, ein Gefühl des Bedauerns aufkommen zu lassen. Die Unglückliche triumphierte, dass sie eben mit einer Art Bosheit zu ihrem eigenen Verderben geholfen und beigesteuert hatte.

Am folgenden Tage hatte Laurentia wegen dieses Briefes eine eingehende Unterredung mit Lavallée. Der Zufall oder die Gewohnheit des Schreibenden hatten es gefügt, dass er in Couvert und Siegel genau mit jenem übereinstimmte, den Montgenays unter den Augen Lavallées geschrieben hatte. Man fragte Pauline, ob sie nicht zwei ähnliche Briefe in der Tasche gehabt habe, als sie den vorliegenden Laurentia überbrachte. Im Innern entzückt über die Verstimmung der Beiden, spielte sie die Erstaunte und behauptete, nichts von dieser Frage zu begreifen und auch nicht zu wissen, von wem der Brief wäre, noch wie und warum man ihn ihr in die Tasche gesteckt habe. Der andere befand sich bereits wieder in den Händen Montgenays. In wahnwitziger Freude hatte ihn Pauline unerbrochen zurückgeschickt, um Montgenays einen großartigen, romanhaften Beweis ihres Vertrauens und ihres Verzeihens zu geben.

Laurentia wollte noch immer an eine Art Redlichkeit von Seiten Montgenays glauben. Lavallée konnte sich nicht darüber täuschen. Er berichtete ihr das Stelldichein, zu dem er Pauline

193

geführt hatte und machte sich diesen Schritt zum Vorwurf. Er hatte darauf gerechnet, dass nach einer Zusammenkunft, bei welcher Montgenays auf das Unverschämteste lügen würde, der Brief eine entscheidende Wirkung auf Pauline ausüben müsse, und konnte sich noch nicht erklären, in welch wunderbarer Weise Pauline ihre Ränke getrieben habe, so dass sie alle Hindernisse hatte besiegen können. Laurentia aber wollte nicht glauben, dass auch ihre Freundin sich auf das Intrigieren verstehe und einen ihrer Würde und Ehre so verderblichen Anteil daran nähme.

Was konnte Laurentia tun? Sie machte einen letzten Versuch, der Freundin die Augen zu öffnen. Jetzt aber machte Pauline ihrem Herzen Luft. Sie weigerte sich, andern Erklärungen, als denen, die Montgenays ihr gegeben hatte, Glauben zu schenken und zerriss in der Trunkenheit ihres vermeintlichen Triumphes ihrer Freundin mit bittern Vorwürfen und verächtlichen Hohnworten das Herz. Laurentia war gezwungen, einige ernste Warnungen an sie zu richten, die Pauline vollends erbitterten. Sie erklärte, sie wäre unabhängig, großjährig, Herrin ihrer Handlungen und keineswegs geneigt, sich der tyrannischen Willkür einer Person zu fügen, von der sie schmählich betrogen worden sei. Das zwang Laurentia, ihr zu sagen, dass sie zu ihrem Verderben nicht die Hand bieten könne, und dass sie es sich nie verzeihen würde, wenn sie in ihrem Hause, im Schoße ihrer Familie die Unternehmungen eines Verführers und Feiglings dulde.

»Ich bin vor Gott und Menschen für dich verantwortlich", sagte sie. »Wenn du dich in einen Abgrund stürzen willst, will ich wenigstens dich nicht dazu treiben.«

»Darum ging auch Ihre Aufopferung so weit", entgegnete Pauline, »dass Sie sich an meiner Stelle hineinstürzen wollten.«

Über diese ungerechte Schmähung und diese Undankbarkeit entrüstet, sprang Laurentia auf, schleuderte Pauline einen furchtbaren Blick zu und wies ihr die Tür, da sie fürchtete, ihr Zorn möchte sie übermannen, mit einer Handbewegung und einem Gesichtsausdruck, der Pauline versteinerte. Nie war die Tragödin schöner erschienen, selbst damals nicht, als sie im »Bajazet«[10] ihr königlich-erhabenes »Hinaus!« rief.

Als sie allein war, schritt sie im Zimmer wie eine gefangene Löwin hin und her, zerschmetterte dabei ihre etrurischen Vasen und ihre Statuetten, zerknitterte ihre Kleider und raufte sich beinahe ihr schönes schwarzes Haar aus. Alles, was sie an Großmut, Aufrichtigkeit und wahrer Zärtlichkeit im Herzen trug, war verkannt und entheiligt worden von dem Wesen, das sie so sehr geliebt hatte, für welches sie ihr Leben hingegeben hätte! Es gibt heilige Ausbrüche des Zorns, wo Jehova in uns spricht, und wo die Erde erbeben würde, wenn sie empfände, was in einem beleidigten großen Herzen vorgeht. Die kleine Schwester Laurenti-

---

[10] Trauerspiel von Racine (s. Univ.-Bibl. Nr. 839.)
Der Übers.

as trat herein, glaubte, sie studiere eine Rolle ein und beobachtete sie einige Minuten lang, ohne ein Wort zu sagen, ohne eine Bewegung zu wagen. Dann aber lief das Kind, über die Blässe und Entstelltheit der Schwester erschrocken, zu Madame S... und sagte:

»Mama, geh doch zu Laurentia. Sie wird sich krank machen, wenn sie soviel arbeitet. Ich fürchte mich vor ihr.«

Madame S... eilte zu ihrer Tochter. Als Laurentia sie erblickte, warf sie sich in ihre Arme und brach in Tränen aus. Nachdem es ihr im Verlaufe einer Stunde gelungen war, sich zu beruhigen, bat sie ihre Mutter, Pauline zu rufen. Sie wollte die Freundin wegen ihrer Heftigkeit um Verzeihung bitten, um selbst Gelegenheit zu haben, Verzeihung zu gewähren. Man suchte Pauline im ganzen Hause, im Garten, auf der Straße ... Mit Schrecken trat man in ihr Zimmer. Laurentia durchforschte alles, sie suchte die Spuren einer Flucht und zitterte, die Anzeichen eines Selbstmordes zu finden. Sie befand sich in einem unbeschreiblichen Seelenzustande, als Lavallée eintrat, und ihr sagte, er sei Pauline soeben in einem Fiacre auf den Boulevards begegnet. Mit Angst erwartete man ihre Rückkunft, aber sie kam auch zum Mittagsessen nicht zurück. Die Familie war äußerst bestürzt, Niemand konnte essen. Man fürchtete Pauline zu beleidigen, wenn man annähme, sie sei entflohen. Lavallée wollte endlich, auf die Gefahr einer stürmischen Szene hin, bei Montgenays Erkundigungen über sie einziehen, als Laurentia folgenden Brief erhielt:

»Sie haben mich aus dem Hause gejagt – ich danke Ihnen dafür. Schon seit langer Zeit war der Aufenthalt bei Ihnen mir verhasst. Ich hatte vom ersten Tage an empfunden, dass er mir verderblich werden müsste. Es trugen sich dort allzu viele Szenen des Ärgernisses und der Leidenschaft zu, als dass ein friedliches, ehrliebendes Gemüt nicht erniedrigt oder gebrochen worden wäre. Sie haben mich genug gedemütigt, Sie haben mich zu Ihrer Magd, zu Ihrer Närrin, zu Ihrem Opfer gemacht! Nie werde ich den Tag vergessen, an welchem Sie in Ihrer Theaterloge, da Sie fanden, dass ich Sie nicht schnell genug ankleide, mir das Diadem aus den Händen rissen mit den Worten: »Ich werde mich ohne dich und trotz dir krönen!« Sie haben sich in der Tat gekrönt! Meine Tränen, meine Demütigung, meine Schmach, meine Entehrung – denn Sie haben mich entehrt bei Ihrer Familie und bei Ihren Freunden – sind die glorreichen Perlen in Ihrer Krone. Aber es ist nur ein Theaterkönigtum, eine Flitter-Majestät, die nur Ihnen selbst und dem Publikum imponiert, das Sie bezahlt. Jetzt adieu! Ich verlasse Sie auf immer, niedergedrückt von der Schmach, von Ihren Wohltaten gelebt zu haben. Ich habe sie teuer bezahlt –«

Laurentia las den Brief nicht zu Ende. Vier ganze Seiten lang ging es in diesen: Tone fort: Pauline hatte darin die ganze Bitterkeit ausgeströmt, die sich während der vierjahrelangen Eifersucht und Nebenbuhlerschaft langsam in ihrem Herzen angesammelt hatte. Laurentia zerknitterte das Papier in den Händen und warf es ins Feuer, ohne weiterlesen zu wollen. Sie legte sich im Fieber zu Bett und verließ es erst nach acht Tagen, niedergedrückt und im tiefsten Herzen, das für Pauline die Gefühle einer Mutter und Schwester gehegt hatte, gebrochen.

Pauline hatte sich in eine Mansarde zurückgezogen und lebte dort einige Monate lang versteckt und elend von dem Ertrage ihrer Arbeit. Montgenays hatte nicht viel Zeit gebraucht, um sie aufzufinden. Er besuchte sie täglich, konnte aber ihren Stoizismus nicht leicht überwinden. Sie wollte lieber alle Entbehrungen ertragen, als Hilfe von ihm annehmen. Mit Abscheu wies sie die Geschenke zurück, welche Laurentia auf die erfinderischste Weise in ihre Dachstube einzuschmuggeln wusste. Alles war unnütz. Pauline wies die Anerbietungen Montgenays mit Ruhe und Würde zurück und erriet die Gaben Laurentias mit dem Instinkt des Hasses, um sie ihr mit dem Heroismus des Stolzes zurückzusenden. Sie wollte die Freundin nicht wiedersehen, obgleich diese tausend Versuche machte; alle Briefe derselben sandte sie uneröffnet zurück. Ihr Groll war unerschütterlich, und die edelherzigen Bemühungen Lanrentias verliehen ihm nur immer neue Kraft.

Da sie Montgenays nicht wirklich liebte und sich nur an ihn angeschlossen hatte, um über Laurentia zu triumphieren, drückte dieser Mann ohne Herz, der sie zu seiner Maitresse machen oder sich ihrer entledigen wollte, ihr beinahe das Kaufgeld in die Hand. Sie jagte ihn fort. Er aber erweckte nun den Glauben bei ihr,

Laurentia habe ihm verziehen und er kehre zu ihr zurück. Sofort rief sie ihn zurück, und so behauptete er noch sechs Monate lang seine Herrschaft über sie. Ihn fesselte die Schwierigkeit, ihre Tugend zu besiegen. Am Ende aber gelangte er zum Ziele durch ein schmähliches Mittel, das seinem Systeme entsprach und unglücklicherweise geeignet war, Pauline zu erregen. Er erniedrigte sich dazu, ihr täglich und stündlich zu wiederholen, Laurentia sei nur aus Berechnung tugendhaft, um einen reichen oder angesehenen Mann zum Gatten zu bekommen. Die strenge Sittlichkeit Laurentias, die man schon seit mehreren Jahren an ihr bemerkte, war in Paulines bösen Stunden oft ein Gegenstand des Ärgers für dieselbe gewesen. Sie hätte gewünscht, Laurentia wäre ausschweifend, damit sie eine hervorstechende Überlegenheit über dieselbe besäße. Montgenays gelang es nun, ihr die Dinge von einem andern Gesichtspunkte aus zu zeigen. Er bemühte sich, ihr darzutun, dass sie sich, indem sie seine Liebe ausschlage, auf den Standpunkt Laurentias erniedrige, deren Taktik darin bestehe, dass sie sich begehrenswert mache, um sich heiraten zu lassen. Er brachte ihr den Glauben bei, als ob sie, indem sie sich ihm mit Aufopferung und ohne Nebengedanken hingebe, der Welt ein erhabenes Beispiel von Liebe, Uneigennützigkeit und Seelengröße geben würde, und wiederholte ihr das so oft, dass das unglückliche Mädchen es am Ende glaubte. Um das Gegenteil von dem zu tun, was Laurentia, die hochherzigste, leidenschaftlichste Seele, tat, beging sie, das kalte, klügelnde Herz, Akte der Leidenschaft und der Großmut. Sie stürzte sich ins Verderben.

Nachdem Montgenays sie zur Mutter gemacht und das ganze Abenteuer viel Aufsehen erregt hatte, heiratete er sie aus Hang zur Großtuerei. Er besaß, wie man weiß, den Dünkel, exzentrisch zu sein. Aus Prinzip moralisch, war er doch, wie er sagte, in Folge seiner übermäßigen Gewandtheit und Macht bei den Frauen ein Roué. Er machte von sich reden, soviel als nur immer möglich war, sagte Böses von Laurentia, von Pauline und von sich selbst und ließ sich mit Beharrlichkeit und Ausdauer beschuldigen und tadeln, um nur Gelegenheit zu einem Knalleffekte zu haben, indem er dem Kinde seiner Liebe seinen Namen und sein Vermögen gab.

Dieser platte Roman endete also mit einer Heirat, und das war das größte Unglück Paulines. Montgenays liebte sie schon nicht mehr, wenn er sie überhaupt je geliebt hatte. Nachdem er vor der Welt die Rolle des bewunderungswürdigen Gatten gespielt hatte, ließ er seine Frau hinter dem Vorhang weinen und ging seinen Geschäften oder seinem Vergnügen nach, ohne nur daran zu denken, dass sie existierte. Nie wurde eine eitlere, ruhmgierigere Frau mehr vernachlässigt, mehr gedemütigt, mehr ins Dunkel zurückgedrängt. Sie sah Laurentia wieder in der Hoffnung, derselben mit der Schaustellung ihres Glücks einen Schmerz zu bereiten. Laurentia täuschte sich darüber nicht, ersparte ihr jedoch die Marter, ihren Scharfblick zu erkennen zu geben. Sie verzieh ihr alles, vergaß alle Beleidigungen, um nur noch ihrer Leiden und ihres Unglücks zu gedenken und sie zu bemitleiden. Pauline aber konnte ihr nie verzeihen, dass Montgenays sie geliebt hatte, und war ihr Lebelang auf sie eifersüchtig.

Viele Tugenden gleichen negativen Eigenschaften. Doch deshalb muss man sie nicht weniger schätzen. Die Rose hat sich nicht selbst geschaffen, ihr Duft ist drum nicht weniger süß, weil sie ihn unbewusst und unabsichtlich verströmt. Aber man darf nicht allzu sehr erstaunen, wenn die Rose in einem Tage welkt, und die großen häuslichen Tugenden sich schnell auf einem Schauplatze verändern und trüben, für den sie nicht geschaffen worden waren.

Kora

1. Kapitel

Nach meiner Rückkehr von der Insel Bourbon – ich befand mich damals in ziemlich misslicher Lage – erbat und erhielt ich ein kleines Amt bei der Postverwaltung. Ich wurde tief in die Provinz nach einer kleinen Stadt geschickt, deren Namen ich verschweige, und zwar aus Gründen, die man mit Leichtigkeit begreifen wird.

Das Auftauchen eines neuen Gesichts ist ein Ereignis in einem kleinen Städtchen, und ich war daher, obgleich mein Amt zu den mindest bedeutenden gehörte, nächst einem Seehunde und zwei Riesenschlangen, die sich kurz zuvor auf dem Marktplatze einquartiert hatten, einige Tage lang der die öffentliche Neugier am meisten erregende und für die häuslichen Unterhaltungen ergiebigste Gegenstand.

Eine nichtsnutzige Trägheit, deren Opfer ich war, hielt mich während der ganzen ersten Woche in meiner Wohnung zurück. Ich war noch sehr jung, und die Vernachlässigung, die ich bis dahin aus natürlicher Neigung der wichtigen Rücksicht auf Kleidung und Haltung hatte zu Teil werden lassen, begann sich jetzt meinem Geiste in der Gestalt von Gewissensbissen darzustellen.

Nach einem mehrjährigen Aufenthalte in den Kolonien zeigte meine Tracht die deutlichen Spuren der schmählichen Stagnation, bei welcher der Fortschritt des Jahrhunderts sie gelassen hatte. Mein Hut à la Bolivar, mein Backenbart à la Bergami und mein Mantel à la Ouiroga waren um mehrere Lustra hinter der Mode zurück, und der Rest meiner Kleidung hatte ein so exotisches Gepräge, dass ich darüber zu erröten anfing.

Ich hätte zwar in der Einsamkeit des Landlebens, im Inkognito einer großen Stadt oder im Wirbel des fahrenden Lebens noch lange existieren können, ohne das Unglück meiner Lage zu ahnen, allein ein einziger Spaziergang auf den Wällen der Stadt belehrte mich in dieser Hinsicht auf betrübende Weise. Ich tat keine zehn Schritte außerhalb meiner Wohnung, ohne heilsame Belehrungen über die Unschicklichkeit meines Kostüms zu erhalten. Zuerst warf mir eine niedliche Putzmacherin einen spöttischen Blick zu und sagte zu ihrer Gefährtin, während sie an mir vorübergingen: »Der Herr trägt eine sehr schlecht geknüpfte Krawatte.« Dann sagte ein Arbeiter, den ich in Folge dessen des Handels mit Filzhüten verdächtigte, während er die Arme auf die mit einem Lederschurz umkleideten Hüften stemmte, in possenhaftem Tone: »Wenn der Herr mir seinen Hut leihen wollte, würde ich mir nach dem Modell einen zweiten fabrizieren, um mich beim Karneval als Roastbeef zu verkleiden.« Dann wieder murmelte eine »elegante Dame«, während sie sich aus dem Fenster neigte: »Es ist schade, dass er eine so verblichene Weste und einen so schlecht geschnittenen Bart trägt.« Ein Schöngeist des Ortes endlich sagte, indem er die Lippen zusammenkniff: »Augenscheinlich ist der Vater dieses Herrn ein *großer* Mann – man sieht es an der Weite seines Rockes.« Kurz und gut, ich musste bald genug umkehren und war noch sehr beglückt, den Spöttereien eines Dutzends zerlumpter Straßenjungen zu entgehen, die aus voller Kehle hinter mir her schrien: »Nieder mit dem Engländer! Nieder mit dem Mylord! Nieder mit dem Fremden!«

Tief gedemütigt durch mein Missgeschick, beschloss ich, mich im Hause zu halten, bis der Schneider des Ortes mir einen vollständigen Anzug nach der neuesten Mode geliefert haben würde. Der brave Mann schonte sich nicht und stattete mich mit einem so winzigen, koketten Kostüm aus, dass ich vor Entsetzen umfallen zu müssen glaubte, als ich mich auf die Grundrisse meiner Gestalt reduziert sah und erkannte, dass ich in allen Punkten den Karikaturen Pariser Stutzer und Laffen glich, bei deren Anblick wir im vorigen Jahre auf der Insel Mauritius vor Lachen hatten bersten wollen. Ich konnte mich nicht überreden, dass ich in diesem Anzuge nicht noch hundert Mal lächerlicher sein sollte, als in der Tracht, die ich aufgab, und wusste wirklich nicht, was werden sollte, denn ich hatte meiner Wirtin (der Frau des dicksten Notars im ganzen Arrondissement) feierlich versprochen, sie zu Balle zu führen und den ersten und wahrscheinlich einzigen Contretanz mit ihr zu tanzen, auf den Anspruch zu erheben ihre Reize sie berechtigten. Unschlüssig, beschämt und zitternd entschloss ich mich endlich, hinab zu steigen und diese achtungswürdige Frau um ein strenges, aufrichtiges Urteil über meine Figur zu bitten. Ich nahm ein Licht und wagte mich bis an die Tür ihres Zimmers. Aber zitternd und verzweifelnd machte ich Halt, als ich aus diesem Heiligtum das Geräusch frischer, heller Stimmen und gelles, naives Lachen erschallen hörte und dadurch von der Anwesenheit von fünf oder sechs jungen Damen des Städtchens unterrichtet wurde. Beinahe wäre ich umgekehrt, denn mich dem Urteile eines so gefährlichen Areopags in einem in meinen Augen mehr als problematischen Schmuck auszusetzen, war ein Heroismus, dessen sich nur wenige junge Leute an meiner Stelle fähig gefühlt haben würden.

Endlich trug meine Willenskraft den Sieg davon. Ich fragte mich, ob ich denn Locke und Condillac umsonst gelesen hätte, und trat, indem ich mit fester Hand die Tür aufstieß, mit verzweifelter Entschlossenheit in das Zimmer. Ich habe fürchterliche Begebenheiten in der Nähe gesehen, kann ich sagen – ich habe Meere und Stürme kennen gelernt, ich bin im Königreich Java den Klauen eines Tigers und in der Bai von Tunis den Zähnen eines Krokodils entschlüpft, ich habe den gähnenden Feuerschlünden der Flibustier-Schaluppen ins Gesicht gesehen, ich habe Meerbiscuit d.h. Tintenfische gegessen, die mir das Zahnfleisch zerlöcherten, ich habe die Tochter des Königs von Timor geküsst – nun ich gebe Jedem die Versicherung, das war alles nichts im Vergleich mit meinem Eintritt in dies Zimmer, und nie und nimmer in meinem Leben habe ich einen gleich glorreichen Nutzen aus meiner philosophischen Bildung gezogen.

Die jungen Damen saßen abwartend, bis die Frau des Notars mit dem Einflechten eines Pä-

onienkranzes in ihre schwarzen Haare zu Ende
gekommen wäre, im Kreise herum und wech-
selten Scherzworte und naive Liedchen miteinander. Mein unerwarteter Eintritt lähmte den
Schwung der reizenden Heiterkeit dieser
schmucken Naturkinder. Die Göttin des
Schweigens breitete ihre Eulenschwingen über
die blonden Häupter, und alle Augen richteten
sich mit dem Ausdrucke des Zweifels, des Misstrauens und der Furcht auf mich.

Da entschlüpfte plötzlich ein Ruf der Überraschung den Lippen der jüngsten, und mein
Name flog von Mund zu Mund wie der Kano-
nendonner an Bord einer kampffertigen Fregat-
te. Das Blut erstarrte mir in den Adern, und
beinahe hätte ich die Flucht ergriffen wie eine
Brigg, die ein Fischerboot anzugreifen glaubte
und nun durch das Fernrohr einen schönen
Dreimaster erblickt, der nachlässig seine Stückpforten demaskiert, um ihr einen Willkomm zu
bereiten.

Zu meiner großen Verwunderung aber eilte die
Gattin meines Wirtes, während sie die eine
Hälfte ihrer frisch gekräuselten, verführeri-
schen Locken herabwallen ließ, indes die ande-
re Hälfte noch unter dem grauen Papier der
Haarwickel versteckt lag, auf mich zu und rief:

»Es ist unser junger Mann! es ist unser armer
Georges! Ah, mein Gott! welche Metamorpho-
se! wie trefflich ist er gekleidet! welch reizender
Anzug! welch eleganter, moderner Schnitt! – O,
sehen Sie doch, meine Damen, sehen Sie doch,
wie Herr Georges sich verändert, was für ein

distinguiertes Aussehen er hat! Sie werden mit den Damen tanzen, Herr Georges, doch erst, wenn Sie mit mir getanzt haben! Sie zwangen mich, Ihnen den ersten Tanz zuzusagen – erinnern Sie sich dessen?«

Die jungen Damen beobachteten Stillschweigen, und ich zweifelte noch immer an meinem Triumphe. Daher raffte ich all meinen Muth zusammen und fragte sie schüchtern um ihr Urteil über meinen Anzug, und sogleich erhob sich um mich ein Chor von Lobsprüchen, die meinem Ohre so rein und melodisch klangen wie Engelsstimmen. Niemals hatte man etwas Geschmackvolleres und Besseres gesehen – nicht eine Falte fand man zu tadeln. Der steife, weite Rockkragen war von ausgezeichnetem Geschmack, die kurzen, geschweiften Rockschöße besaßen die größte Anmut, die mit gigantischen Rosetten besäte Weste war von einem Glanze ohne Gleichen, die steife, mit systematischer Genauigkeit ins Kreuz geknüpfte Krawatte ein Meisterstück der Erfindung, und die Manschetten und das schreckliche Jabot endlich die Krone des Werks. Seit junge Mädchen sich erinnerten, war kein Beamter der Postverwaltung mit solchem Glanze in die Welt eingetreten.

Ich muss bekennen, dass mein triumphierender Einzug in den Ballsaal keine der wenigst glänzendsten Erinnerungen aus meiner Jugendzeit bildet. Zwar war ich in dem neuen Rocke unbehaglich beengt, zwar drückte mich das Fischbeingestell meiner Weste und peinigte mich der Rigorismus meiner Ärmellöcher, zwar hatte ich auf der Rechten die Frau des Notars, auf der Linken ihre Nichte, Fräulein Feodora, die älteste und hässlichste Jungfer des Departements – was tut's, ich war stolz, ich war glücklich, ich war gut gekleidet!

Der Saal war ein wenig kalt, ein wenig dunkel, ein wenig unsauber, die Polsterbänke hier und da reichlich mit Ölflecken versehen, und die Lampen spielten über den blumenbedeckten, federgeschmückten Köpfen der Ballgäste die uralte Rolle des Schwerts des Damokles. Das Parkett war nicht allzu glatt und glänzend, die Roben der Damen nicht allzu frisch, die Frische gewisser Gesichter nicht allzu natürlich. Man entdeckte ein wenig große Füße in den etwas plumpen Atlasschuhen, etwas rote Arme unter den Spitzenärmeln, ein wenig sonnenverbrannte Nacken unter den Perlenhalsbändern, etwas robuste Taillen unter den Moiré-Gürteln. Man spürte einen leichten Knastergeruch in den Röcken der Männer, einen etwas zudringlichen Glühweinduft im Büffetzimmer, eine etwas ländliche Staubwolke in der Luft – und dennoch, bei meiner Ehre! war es ein reizendes Fest, eine liebenswürdige Gesellschaft! Die Musik war nicht viel schlechter als in Port-Louis oder Saint-Paul,[11] die Moden sicherlich nicht so hinter der Zeit zurück, noch so übertrieben närrisch als in Kalkutta, und die Frauen

---

[11] Port-Louis, jetzt Port-Nord-Ouest oder Port-Napoleon, Hauptstadt der Insel Mauritius (östl. von Madagaskar); Saint-Paul, jetzt Alexandria, Hauptort auf der Insel Kodiak an der russischen Nordwest-Küste Nord-Amerikas. *Der Übers.*

im Allgemeinen weißer, die Männer weniger grob und weniger lärmend als dort.

Im Ganzen genommen konnte mir, der ich die äußersten Wunder der Zivilisation noch nicht gesehen hatte, der ich die Oper nur in Amerika und Tanzvergnügungen nur in Asien kennen gelernt hatte, dieser nahezu öffentliche und allgemeine Ball in der Provinzialstadt prächtig und entzückend schön erscheinen, wenn man überdies in Betracht zieht, welche große Sensation ich mit meinem Anzuge erregte, und welchen unstreitigen Erfolg ich gleich beim ersten Anlauf zu Ende des ersten Contretanzes davontrug.

Aber die naive Freude befriedigter Eitelkeit machte bald einem Gefühle Platz, das mehr meiner leicht erregbaren, phantastischen Natur entsprach. Es trat ein Mädchen in den Saal, und ich vergaß alle andern, ich vergaß sogar meinen Triumph und meinen neuen Anzug. Ich hatte nur noch Augen und Gedanken für sie.

O, sie war wirklich wunderbar schön, und man brauchte nicht fünfundzwanzig Jahre alt zu sein und aus Indien zu kommen, um von ihrer Schönheit ergriffen zu werden. Ein berühmter Maler, der im folgenden Jahre durch das Städtchen kam, ließ den Postwagen halten, als er sie am Fenster erblickte, ließ die Pferde abspannen und blieb acht Tage lang im Gasthof zum silbernen Löwen, während er unausgesetzt alles Mögliche versuchte, um bis zu ihr zu dringen und sie zu malen. Er war jedoch nicht im Stande, ihren Eltern begreiflich zu machen, dass man aus Liebe zur Kunst das Bildnis einer Frau malen könne, ohne dabei Absichten auf ihre Tugend zu haben. Man wies ihn also höflich ab, und so ist denn von der Schönheit Koras keine andere Spur als vielleicht im Hirn jenes großen Künstlers und im Herzen eines armen, ehemaligen Postbeamten zurückgeblieben.

Sie war von mittlerer, wunderbar ebenmäßiger Gestalt, leichtfüßig und behänd wie ein Vogel, dabei aber auch gravitätisch und stolz wie eine Römerin. In Rücksicht auf das gemäßigte Klima, in welchem sie geboren worden, war ihre Gesichtsfarbe außerordentlich gebräunt, die Haut aber war fein und glatt wie das beste Wachs. Der hervorstechendste Charakterzug ihres schön gezeichneten Kopfes war etwas Unbestimmbares, etwas Überirdisches, das man gesehen haben muss, um es zu begreifen. Die Linien ihres Gesichts waren von wunderbarer Reinheit, die großen Augen von so mattgrüner, durchsichtiger Farbe, dass sie mehr für die Geheimnisse der Geisterwelt, als für die Dinge des wirklichen Lebens geschaffen schienen. Den Mund mit den feinen, schmalen Lippen, denen nur selten ein Wort entfiel, umspielte ein unmerkliches Lächeln, das Profil war streng und melancholisch, der Blick kalt, schwermütig, nachdenklich, der Ausdruck ihres Gesichts schwankte zwischen Trübsinn, Langeweile und Geringschätzung. Dazu kamen noch weiche, sittsame Bewegungen, eine feine, schmale, weiße Hand, wie sie bei den Frauen aus dem Mittelstande selten ist, eine einfache, angemessene Toilette, welche einen bei einer Kleinstädterin befremdenden Geschmack verriet, und vor Allem eine Miene voll ruhiger, unerschütterlicher Hoheit und Würde, die unter dem Diamantendiadem einer spanischen Königin erhaben gewesen wäre, bei diesem armen Mädchen, aber der Stempel des Unglücks, das Anzeichen einer außergewöhnlichen Natur und Organisation zu sein schien.

Denn sie war – soll ich es aussprechen? Ich muss: Kora war die Tochter eines Dütchenkrämers!

Heilige Dame Poesie, verzeihe mir, dass ich das Wort ausgesprochen habe! Doch was tut's? – Kora würde das Schild einer Schenke geheiligt, wie ein Engel Rembrandts über einer flamändischen Gruppe würde sie sich über das gemeine Leben erhoben haben. Wie eine schöne Blume hätte sie auch in schlammigen Untiefen geglänzt. Im Kramladen ihres Vaters würde sie den Blick des großen Scott auf sich gezogen haben, dem zweifelsohne eine unbeachtete Schönheit wie sie, die reizende Idee zu dem »schönen Mädchen von Perth« eingab.

Und sie hieß Kora, sie hatte eine sanfte Stimme, einen sittigen Gang, eine träumerische Haltung. Ihr braunes Haar war das schönste, das ich in meinem Leben gesehen habe, und sie allein unter allen ihren Gefährtinnen trug es einfach in Locken gekräuselt, ohne jeden Schmuck. Aber in der Fülle dieser dichten Locken lag mehr Erhabenheit und Stolz als im Glanze eines Diadems. Auch trug sie weder ein Collier, noch Blumen am Busen. In stolzer Schönheit hob sich der braune, sammetweiche Nacken vom Spitzenbesatze des Mieders ab, und das blaue Kleid ließ ihren Teint noch gebräunter, ihr Gesicht noch düsterer erscheinen. Sie selbst schien auf den eigentümlichen Charakter ihrer Schönheit stolz zu sein.

Sie schien erraten zu haben, dass sie in anderer Weise schön war als die übrigen Damen: denn ich brauche kaum zu sagen, dass Kora mit den seltsamen Gesichtszügen und dem orientalischen Kolorit, Kora, die der Jüdin Rebekka oder Shakespeares Julia ähnelte, die majestätische, leidende, etwas wild-scheue Kora, Kora, die weder rosenfarben, noch vollwangig, noch herausfordernd, noch lieblich war, unter der Menge weder bemerkt noch gesucht wurde. Wie eine in der Einöde erblühte Rose, eine im Sand verlorene Perle, stand sie unter den andern Damen, und der erste Beste, dem gegenüber ihr eurer Bewunderung für Kora Ausdruck gegeben hättet, würde euch erwidert haben: »Gewiss, sie wäre so übel nicht, wenn sie nur weißer und weniger mager wäre.«

Ich fühlte mich in ihrer Nähe so verwirrt, so jählings liebebethört, dass ich ganz die Zuversicht verlor, die mein neuer Rock und die rosettenbesäte Weste mir hätten einflößen müssen. Sie schenkte diesen Gegenständen allerdings sehr wenig Beachtung, mit zerstreuter Miene hörte sie auf die faden Schmeicheleien, die ich im Schweiße meines Angesichts zu Tage förderte, ließ bei jeder Aufforderung zum Tanze nur ein leises Wort über ihre Lippen gleiten und legte in meine bebende Hand ihre schlanken

Finger, deren Kälte ich trotz des Handschuhs spürte. O, wie unnahbar und stolz sie war, die Tochter des Dütchenkrämers! Wie eigentümlich und geheimnisvoll war sie, die braune Kora! Während der ganzen Nacht konnte ich ihrem Munde nicht mehr als ein halbes Dutzend einsilbiger Wörter entlocken.

Zu meinem Unglück las ich am nächsten Tage zufällig die »Wundergeschichten«,[12] und – abermals zu meinem Unglück – schien kein Wesen unter der Sonne ein vollkommnerer Typus phantastischer Schönheit und deutscher Poesie zu sein, als Kora mit den grünen Augen und der schlanken Taille.

Die bewunderungswürdigen Dichtungen Hoffmanns begannen in der Stadt in Umlauf zu kommen und bekannt zu werden. Die Matronen und die Familienväter fanden das Genre abscheulich und den Stil geschmacklos, und die Notare und die Frauen der Advokaten bekämpften vor allem die Unwahrscheinlichkeit der Charaktere und das Romanhafte der Begebenheiten bis aufs Blut. Der Friedensrichter des Kantons pflegte im Lesekabinett um die Tische zu gehen und den jungen Leuten, denen diese seltsame, alles Hergebrachte umstürzende Poesie den Kopf verdrehte, Phrasen vorzutragen, wie: »Nur das Wahre ist schön« u.s.w. Ich erin-

---

[12] Contes fantastiques, Gesamttitel der von Xaver Marmier und Loeve-Beimars i. J. 1828 übersetzten dämonisch-phantastischen Erzählungen E. T. A. Hoffmanns, die vom französischen Publikum mit ungeheurem Beifall aufgenommen wurden. Der *Übers*.

nere mich, dass bei einer solchen Gelegenheit ein Schlingel von einem Gymnasiasten – es war während der Ferien – ihm kurzweg erwiderte, indem er ihn scharf ansah:

»Mein Herr, die große Warze, die Sie auf der Nase haben, ist demnach ohne Zweifel unecht?«

Trotz aller väterlichen Ermahnungen und trotz des Anathems der Prinzipale und der Professoren der Sexta griff das Übel in größter Schnelle um sich, und ein großer Teil der Jugend wurde von dem tödlichen Gifte angesteckt. Man sah junge Tabaksverkäufer sich nach dem Typus Kressler modeln und Supernumerare während des Protokollierens beim fernen Klange eines Dudelsacks oder eines Volksliedes in Ohnmacht fallen.

Ich meinerseits bekenne und erkläre an dieser Stelle, dass ich ganz und gar den Kopf verlor. Kora verwirklichte alle die wonnigen Träume, die der Dichter mir eingab, und ich vergnügte mich damit, ihr eine geistige, feenhafte Beschaffenheit anzudichten, die eigens für sie erfunden zu sein schien. Ich fühlte mich auf diese Weise glücklich. Allerdings sprach ich nicht mit ihr, denn ich hatte keinen Vorwand und kein Recht, auf Grund deren ich mich ihr hätte nähern können. Meine Liebe fand keine Ermutigung, ich suchte eine solche nicht einmal. Ich verließ nur das Haus des Notars und mietete eine elende Kammer, die dem Hause des Krämers gerade gegenüber lag. Das Fenster meines Zimmers verhüllte ich mit einem dichten Vorhang, in welchem ich geschickt versteckte Öffnungen anbrachte, und dort verbrachte ich wonnetrunken all die Stunden, die ich meiner Arbeit abstehlen konnte.

Die Straße war öde und still. Kora saß im Erdgeschoß am Fenster. Sie las. Was sie las? Gewiss ist, dass sie vom Morgen bis zum Abend las. Und dann legte sie das Buch auf eine Vase blühenden Goldlacks, der das Fenster schmückte, und das Haupt auf die Hand stützend, die Locken des schönen Haares ungekünstelt und nachlässig mit den gold- und purpurglänzenden Blüten vermengend, schien sie mit starrem, glänzendem Auge das Pflaster zu durchdringen und durch die dicke Kruste der Erde die Geheimnisse des Todes und des Entstehens der Lebensquellen zu beobachten, die Geburt der Rosenfee zu belauschen und dem Lebenskeime einer schönen Elfe mit goldenen Schwingen im Kelche einer Tulpe Muth einzusprechen.

Und ich – ich betrachtete sie und war glücklich. Ich hütete mich , mich zu zeigen, denn bei der geringsten Bewegung des Vorhangs, beim leisesten Klirren meines Fensters verschwand sie wie ein Traum. Wie ein silberner Nebel verflüchtigte sie sich im Halbdunkel der Hinterstube. Ich blieb daher unbeweglich, mit angehaltenem Atem, den Schlägen meines Herzens Schweigen gebietend und zuweilen im Stillen meine Fee aus den Knien anbetend hinter dem Vorhänge versteckt und widmete ihr die glühende Inbrunst eines Herzens, das ihre zauberkundige Seele ergründen und verstehen sollte. Zuweilen bildete ich mir auch ein, unsere beiden Seelen eng vereint in einem jener goldig glänzenden Staub strahlen schweben zu sehen, die die Mittagssonne in die enge, winklige Straße sandte. Ich glaubte in ihrem Auge, das so kristallklar schien wie die Quelle, die über Moos und Gräser rinnt, das Aufflammen eines tiefern Gefühls zu entdecken, das mich mit ganzer Seele zu ihr hinzog.

So stand ich dort den ganzen Tag, sinnbetört und albern und belachenswert, aber begeistert und verliebt und jung, aber umbraust von den Wogen der Poesie! Ich weihte Niemand in meine geheimen Gedanken ein und fühlte meine Begeisterung nie durch die Furcht behindert, ich könne ins Abgeschmackte verfallen, da ich nur Gott zum Richter und zum Vertrauten meiner Wonnetrunkenheit und meiner Träume hatte.

Und wenn dann der Tag sich neigte, wenn die blasse Kora das Fenster schloss und den Vorhang zuzog, dann öffnete ich meine Lieblingsbücher und fand sie mit Manfred auf den Alpen, mit Nathanael beim Professor Spallanzani, mit Oberon im Reich der Lüfte wieder.

Doch leider war mein Glück von kurzer Dauer. Bis dahin hatte Niemand Koras Schönheit bemerkt, nur ich allein genoss dieselbe, nur ich hatte Verständnis und Bewunderung dafür. Doch als die Pest der Phantastik sich unter den jungen Leuten des Städtchens verbreitete, fiel ein Lichtblitz auf die romantische Spießbürgerin.

Eines Morgens geriet ein naseweiser, impertinenter Student, als er unter ihrem Fenster vorüberging, auf den Einfall, sie mit Anna von Gierstern, der Tochter des Nebels zu vergleichen. Das Wort machte Glück: man wiederholte es auf dem nächsten Balle. Die Schöngeister des Ortes bewunderten Koras leichten, ätherischen Tanz. Ein anderes Genie in der Gesellschaft verglich sie mit der Feenkönigin Mab. Nun wollte jeder seine Gelehrsamkeit glänzen lassen und schleppte ein Epitheton oder eine Metapher herbei, so dass das arme Mädchen wider ihr Wissen damit überschüttet wurde. Und als sie dann mein Idol genugsam mit ihren Bildern und Vergleichen in den Staub gezogen hatten, umringten sie es, überhäuften sie es mit Zuvorkommendheiten und galanten Schmeicheleien, tanzten sie mit ihm, bis die letzte Lampe erlosch, und gaben es mir endlich, ermüdet von ihrem Witze, von ihrem Geschwätz gelangweilt und von ihrer Bewunderung entweiht, am nächsten Tage zurück. Was mir aber vollends das Herz brach, war, dass ich das runde, joviale Gesicht eines Studenten der Pharmazie neben dem zarten, griechischen Profil meiner Sylphide am Fenster auftauchen sah.

Lange Zeit versuchte ich morgens und abends hinter meinem schützenden Vorhange den Zauber zu bekämpfen, mit dem mein schändlicher Nebenbuhler die Familie des Dütchenkrämers umsponnen hatte. Doch vergebens rief ich Amor, den Teufel und alle Heiligen an, ich konnte seinen bösen Einfluss nicht verdrängen. Unermüdlich kehrte er Tag für Tag zurück und setzte sich neben Kora in die Fensternische, um mit ihr zu reden. Worüber wagte er mit ihr zu reden, der Unglücksmensch! Koras undurchdringliches Gesicht verriet nichts davon. Sie schien seine Worte zu hören, ohne sie zu verstehen, und aus der unmerklichen Bewegung ihrer Lippen schloss ich zuweilen, dass sie ihm eine kurze, kalte Antwort gab, wie es ihre Gewohnheit war. Und dann schien die Unterhaltung zu stocken.

Das gelangweilte Pärchen beengte sich gegenseitig und unterdrückte ein leises Gähnen. Kora schaute traurig das zugeschlagene Buch auf dem Fensterbrette an und schien zu bedauern, dass die Anwesenheit ihres Verehrers sie am Weiterlesen hindere. Dann stützte sie den Ellbogen auf den Goldlacktopf und das Kinn auf die Hand und schien, indem sie den Pharmazeuten mit festem, eisigem Blick anstarrte, durch die Lupe des Meisters Floh die derben Fibern seines moralischen Wesens zu studieren.

Dessen ungeachtet aber ertrug sie seine Galanterien und beständigen Besuche wie ein notwendiges Übel, und nach sechs Wochen führte der Apothekergehilfe die schöne Kora zum Altar, wo sie den ehelichen Segen empfingen. Kora war wunderbar züchtig und ernst in ihrem Brautanzuge. Sie hatte eine ruhige, gleichgültige, gelangweilte Miene wie immer. Gemessenen Schritts wie gewöhnlich ging sie durch die schaulustige Menge und musterte die erstaunten Zuschauer mit trocknem, forschendem Auge. Als ihr Blick auf mein fahles, entstelltes Gesicht traf, machte er einen Moment lang Halt und schien zu sagen: Sieh da! ein Mensch, den Schnupfen oder Zahnweh plagt.

Ich meinerseits befand mich in solcher Verzweiflung, dass ich meine Versetzung nachsuchte. –

2. Kapitel

Doch mein Gesuch wurde nicht berücksichtigt, und ich blieb Zeuge von dem Glücke eines andern. Nun entschloss ich mich, krank zu werden, und das rettete mich, wie es in solchen Fällen immer geschieht, vor der Verzweiflung.

Man mag des Lebens noch so überdrüssig sein, wenn das Fatum uns wider unsere Absicht darin zurückhält, kann der Mensch in seiner Schwachheit doch nicht umhin, dem Schicksal im Geheimen Dank dafür zu wissen. Der Tod ist so hässlich, dass keiner von uns ihm ohne Entsetzen ins Antlitz schaut, und starkherzig sind unzweifelhaft alle diejenigen, die das Messer bis in die Pulsader stoßen oder das Gift bis auf den letzten Tropfen im Becher verschlucken. (Ich sage »Becher«, weil es nicht schicklich und beinahe unmöglich ist, aus einem Gefäße, das einen andern Namen führt, Gift zu trinken.)

Ja, das Sprichwort des Äsop ist die Weisheit der Nationen. Wir lieben das Leben wie eine Geliebte, an der wir immer noch aus Sinnlichkeit festhalten, selbst nachdem schon alle Achtung und Neigung zu ihr in uns erloschen ist. An jenem Abend, wo ich einen Arzt und einen Priester mit der ihrem Stande angemessenen Würde an meinem Bette stehen sah, besaß ich nicht die Kraft, mir selbst Rechenschaft darüber zu geben, ob ich Freude oder Schmerz empfände. Als ich aber eines Morgens schwach und entkräftet erwachte und die Wärterin auf dem Stuhle in tiefem Schlafe, die Sonne über die Dächer blitzen und die leeren Arzneiflaschen auf dem Nachttisch sah, als ich mich zu bewegen wagte und meinen Kopf frei, meine Glieder leicht, meinen kraftlosen Körper der eisernen Fesseln des Schmerzes ledig fühlte, da empfand ich ein unüberwindliches Gefühl des Wohlbehagens und der Dankbarkeit gegen Gott.

Dann aber erinnerte ich mich Koras und ihrer Vermählung und schämte mich der Freude, die ich soeben noch empfunden hatte. Denn nach all den inbrünstigen Bitten, die ich an Gott und den Arzt gerichtet hatte, um des Lebens ledig zu werden, war es doch eine Inkonsequenz sonder Gleichen, jetzt die Rückkehr ins Dasein ohne Zorn und Ärger hinzunehmen. Ich begann daher zu weinen. Die Jugend ist so reich an Gemütsbewegungen aller Art, dass sie trotz der Macht und Gewalt der Hoffnung, der Poesie und all der herrlichen Gaben, welche die Vorsehung ihr zugewiesen hat, es fertig bringt, sich selbst zu quälen und zu peinigen. Ich meinerseits machte es der Vorsehung zum Vorwurf, dass sie weiser gewesen sei als ich und nicht zugelassen habe, dass eine tolle, nahezu nur in meiner kranken Einbildungskraft existierenden Liebe mich ins Grab risse. Bald aber ergab ich mich in mein Schicksal und unterwarf mich dem Willen Gottes, der meinen Lebensfaden verlängerte und mich verurteilte, noch fernerhin den Anblick des Himmels, die Schönheit der Natur und die Zuneigung meiner Mitmenschen zu genießen.

Als ich kräftig genug war, um aufstehen zu können, näherte ich mich mit unbeschreiblicher

Herzensangst dem Fenster. Kora war da. Sie las. Sie war noch immer schön, noch immer bleich, noch immer allein. Unbeschreibliche Wonne durchrieselte mich. Meine Fee mit den grünen Augen, meine schöne, einsame Träumerin war mir also wiedergegeben! Ich durfte sie noch immer betrachten und im Geheimen die wonnige Leidenschaft nähren, die ich unter dem Blick eines Rivalen so lange hatte zurückdrängen müssen! Plötzlich erhob sie das braune Haupt und ihr Auge, das zufällig über die Mauer hinirrte, entdeckte mein blasses Gesicht, das sich zu ihr hinabneigte. Ich zitterte, ich glaubte, sie würde wie gewöhnlich entfliehen. Aber o Wonne! sie entfloh nicht. Im Gegenteil, sie sandte mir einen höflichen, sanften Gruß zu, lenkte ihre Aufmerksamkeit wieder auf das Buch und blieb unter meinen Augen sitzen. Zwar war sie gegen meine beharrlichen Blicke ganz und gar gleichgültig, aber sie blieb doch wenigstens.

Ein Mann von mehr Erfahrung, als ich sie besaß, hätte zweifelsohne die frühere Wildheit Koras der Gleichgültigkeit vorgezogen, mit der sie jetzt dem Blick des Gegenübers trotzte. Aber konnte ich dem Zauber widerstehen, mit dem ihr liebreicher, anmutiger Gruß mich umsponnen hatte? Alles, was der sittsame Gruß einer Frau nur an keuscher Teilnahme und verschleiertem Wohlwollen enthalten kann, glaubte ich darin zu entdecken. Es war ja das erste Zeichen der Bekanntschaft, das Kora mir gab. Und mit welch erfinderischem Zartsinn wusste sie den Augenblick zu wählen, um mir dies Zeichen zu geben! Wie viel hochherziges Mitleid lag in diesem schwachen Zeugnis scheuer, sinniger Teilnahme! Sie wagte nicht, mich zu fragen, ob ich mich besser befände. Überdies sah sie es, und ihr Gruß wog eine lange Flut von Beglückwünschungen auf.

Die ganze Nacht verbrachte ich damit, diesen reizenden Gruß zu deuten und zu erklären, und als Kora am nächsten Tage am Fenster erschien, erkühnte ich mich sogar, das erste Zeichen unseres keimenden Einverständnisses zu wagen. Ja, ich besaß die Verwegenheit, sie mit einer tiefen Verbeugung zu begrüßen, war aber zugleich so bestürzt über mein Wagnis, dass ich nicht den Muth hatte, meine Blicke auf sie zu heften. Furchtsam und respektvoll schlug ich die Augen nieder und konnte daher nicht beobachten, ob sie meinen Gruß erwidere, noch mit welcher Miene sie ihn erwidere.

Verwirrt und zitternd, zugleich voll Furcht und voll Hoffnung verbarg ich, da ich mein Gesicht nicht mehr zu zeigen wagte, den Kopf in den Händen, als plötzlich eine Stimme die Stille der Straße unterbrach und, zu mir heraufschallend, die sanften Worte sprach:

»Wie es scheint, mein Herr, hat Ihr Gesundheitszustand sich gebessert?«

Ich erbebte, zog die Hände vom Gesicht, schaute Kora an und wollte meinen Ohren nicht trauen, noch dazu, da die Stimme etwas rau und männlich klang und ich mir Koras Stimme stets sanfter und weicher als das Säuseln des Lenzwindes im sprossenden Laubwerk vorgestellt

hatte. Als ich sie aber mit verwirrter Miene anstarrte, wiederholte sie ihre Frage in Wendun-
gen, deren Milde mich den etwas bäurischen
Accent und den ein wenig kräftigen Klang ihrer
Stimme vergessen ließ.

»Ich sehe mit Vergnügen", sagte sie, »dass Herr
Georges sich besser befindet.«

Ich wollte etwas erwidern, um meiner begeis-
terten Dankbarkeit Ausdruck zu geben, aber es
war mir unmöglich. Ich errötete und erbleichte
abwechselnd, stammelte einige unverständliche
Worte und wäre beinahe in Ohnmacht gefallen.

In diesem Augenblick näherte der Dütchenkrämer, der Vater meiner Kora, sein hartknochiges
Gesicht dem Fenster und fragte sie mit rauer,
aber trotzdem liebreicher Stimme:

»Mit wem sprichst du denn, Herzchen?«

»Mit unserm Nachbar, Herrn Georges, der sich
endlich auf dem Wege der Besserung zu befinden scheint, und den ich drüben am Fenster
stehen sehe.«

»Ah, das freut mich", sagte der Krämer und lüf-
tete seine Pelzmütze. »Wie steht's mit der Gesundheit, lieber Nachbar?«

Dem Vater meiner Vielgeliebten dankte ich mit
mehr Sicherheit in Stimme und Haltung. Ich
war der glücklichste Mensch unter der Sonne.
Schenkte doch diese Familie, die noch unlängst
so scheu und misstrauisch gegen mich war, mir
endlich ein wenig Teilnahme und Beachtung.
Aber o Gott! dachte ich beinahe im selben Mo-

mente, was nützt es mir jetzt, dass ich bemitleidet und getröstet werde? Ist Kora nicht auf ewig mit einem andern verbunden?

Der Dütchenkrämer stützte die Ellbogen auf das Fensterbrett und verwickelte mich dann in ein zutrauliches, wohlwollendes Gespräch über das schöne Wetter, über das Vergnügen, bei solchem Sonnenschein wieder ins Leben zurückzukehren, über die Vorzüge der Flanelljacken für Genesende und über die wohltätigen Wirkungen, welche das Honigwasser und der Gummisirup auf kranke Lungen und schwache Magen ausüben.

Ich war natürlich bestrebt, das köstliche Gespräch in Fluss zu erhalten und zu verlängern, und antwortete ihm mit schmeichelhaften Komplimenten über die Schönheit des Goldlacks, der am Fenster blühte, über die reizendkokette Anmut seiner Katze, die vor der Tür im Sonnenscheine schlief und über die gute Lage seines Ladens, der der vollen Wärme der Mittagssonne ausgesetzt war.

»Ja, ja", entgegnete der Krämer, »im Frühling sind die Sonnenstrahlen nicht zu verachten, später aber werden sie etwas allzu liebenswürdig« ...

Kora flocht von Zeit zu Zeit eine kurze, einfache, aber verständige und richtige Bemerkung in die vertrauliche, arglose Unterhaltung ein. Ich schloss daraus, dass sie ein richtiges Urteil und praktischen Verstand besäße.

Als ich nun nachdrücklich den Vorteil hervorhob, den die Lage der Fassade des Hauses nach Süden zu mit sich bringe, sagte Kora, vom Himmel und dem eigenen Herzen inspiriert, plötzlich zu ihrem Vater:

»In der Tat, da das Zimmer des Herrn Georges dem Nordwind ausgesetzt ist, muss es um diese Zeit noch ziemlich frisch sein. Wenn Sie ihm vorschlügen, ein oder zwei Stunden bei uns zuzubringen, würde ihm der Sonnenschein vielleicht sehr wohltuend und angenehm sein.«

Dann neigte sie sich zu seinem Ohre und flüsterte ihm ganz leise einige Worte zu, die den Krämer lebhaft zu berühren schienen.

»Ganz recht, mein Kind", rief er in jovialem Tone. »Beliebt es Ihnen, Herr Georges, einen Stuhl neben meiner Kora anzunehmen?«

»O Gott!« dachte ich, »wenn das ein Traum ist, so lass mich nicht erwachen.« –

Eine Minute später stand der großmütige Krämer in meinem Zimmer und bot mir seinen Arm, um mir beim Hinabsteigen auf der Treppe behilflich zu sein. Ich war bis zu Tränen gerührt und drückte ihm tief ergriffen die Hand. Das überraschte ihn, denn er hielt ja seine Handlungsweise für ganz natürlich.

An der Schwelle meines Hauses fand ich Kora, die herbeieilte, um ihrem Vater bei meinem Transport über die Straße zu unterstützen. Bis dahin fühlte ich mich kräftig genug, um zu ihr zu gehen, sobald sie aber meinen Arm berührte, sobald ihre lange, weiße Hand meinen Ellbogen streifte, wurde ich ohnmächtig und verlor das Bewusstsein meines Glücks, weil ich es allzu lebhaft empfunden hatte.

In einem großen, mit Leder überzogenen Lehnstuhl, der mit vergoldeten Nägeln verziert war und dem patriarchalischen Dütchenkrämer seit fünfzig Jahren als Thron diente, kam ich wieder zu mir. Die würdige Ehehälfte des Krämers rieb mir die Schläfe mit Wundwasser, und Kora, die schöne Kora, hielt mir ihr in Spiritus getauchtes Taschentuch unter die Nase. Beinahe wäre ich von neuem in Ohnmacht gefallen. Ich wollte meinen Dank aussprechen, fand aber keine Worte, um meine Erkenntlichkeit zu schildern. Als indessen der Krämer, da er sah, dass ich mich erholte, sich auf einen Augenblick zurückzog, und seine Frau in das Hintere Zimmer trat, um mir ein Glas Lakritzenwasser zu holen, sagte ich, indem ich schmachtend das Auge zu Kora aufschlug:

»Ach, Madame, warum haben Sie mich nicht sterben lassen? Ich war so glücklich in diesem Augenblick!«

Sie sah mich erstaunt an und entgegnete dann in liebevollem Tone:

»Erholen Sie sich, mein Herr. Ich sehe wohl, Sie haben das Fieber.«

Als ich mich vollständig von meiner Gemütsbewegung erholt hatte, kehrte die Krämerin in den Laden zurück, und ich blieb mit Kora allein.

Wie schlug mir da das Herz! Sie aber war ruhig, und ihre ungetrübte Heiterkeit flößte mir soviel Respekt ein, dass ich es über mich gewann, ebenfalls ruhig zu erscheinen.

Diese Tête-à-Tête ward indessen zu einer grausamen Marter für mich. Kora sprach nicht gern. Auf alle die Bemerkungen, die ich mit unglaublicher Mühe aus meinem Hirn zu Tage förderte, gab sie nur kurze Antworten, und was ich auch anstellte, nie waren diese Antworten derart, dass sich eine Unterhaltung damit weiter spinnen ließ. Was ich auch aufs Tapet brachte, sie war immer meiner Meinung. Allerdings war das kein Grund zur Beschwerde, denn ich sagte ihr nur vernünftige, sinnige Dinge, die man, falls man nicht toll war, unmöglich bestreiten konnte. Ich fragte sie zum Beispiel, ob sie die Lektüre liebe.

»Sehr", entgegnete sie mir.

»Die Lektüre ist in der Tat eine angenehme Beschäftigung", fuhr ich fort.

»In der Tat, eine sehr angenehme Beschäftigung", erwiderte sie.

»Vorausgesetzt, dass das Buch, welches man liest, gut und interessant ist", fügte ich hinzu.

»O, allerdings", gab sie zurück.

»Denn es gibt auch sehr abgeschmackte Bücher", fuhr ich fort.

»Dagegen aber auch sehr hübsche", erwiderte sie.

Hätte ich nur den Muth besessen, sie über die Art ihrer Lektüre zu befragen, so hätte dies Gespräch uns weit führen können. Ich fürchtete aber, indiskret zu erscheinen, und beschränkte mich darauf, einen verstohlenen Blick auf das offene Buch zu werfen, das unter der Goldlackstaude lag. Es war ein Roman von August Lafontaine.[13] Ich war so albern und töricht, mich anfangs darüber zu kränken. Als ich aber eingehender darüber nachdachte, fand ich in der Wahl dieser Lektüre einen Grund, ihr unverdorbenes, reiches Gemüt zu bewundern, das sogar aus solchen Romanen fesselnde Anregungen schöpfen konnte. Ich überschaute flüchtig eine Reihe abgegriffener Bände, die auf einem Bücherbrett in meiner Nähe standen, werde aber die Lieblingsautoren meiner Kora nicht nennen: blasierte Leser würden darüber lachen, und ich möchte dadurch in meinem Dichterstolze verletzt werden. – Indem ich aber die Kraft eines so ungeschulten Geistes und einer so jungfräulichen Seele mit der vorzeitigen Altersschwäche unserer erschöpften Einbildungskraft verglich, kam ich bald auf den wahren Grund dieser Erscheinung. Das geistige Leben enthielt noch Schätze, die Kora nicht kannte, und der Mann, dem es glückte, ihr dieselben zu enthüllen, musste unter seinem Hauche das schönste Werk der Schöpfung, ein unschuldiges

---

[13] August Heinrich Julius Lafontaine (1759–1831) huldigte in seinen Romanen dem Geschmack an flach-spießbürgerlich-moralischer Empfindelei, der auf dem Gebiete des Dramas durch seine bekannteren Zeitgenossen Iffland und Kotzebue vertreten wurde. *Der Übers.*

Frauengemüt, sich entfalten und erblühen sehen.

Für Kora begeistert, deren Unwissenheit so rein und schön war, kehrte ich in mein Zimmer zurück. Voll Ungeduld erwartete ich am nächsten Tage die Stunde, wo ich abermals zu ihr kommen durfte, wagte aber kaum auf dieses neue Glück zu hoffen. Sie erschien mit ihrer Mutter, die mich einlud, zu ihnen herunterzukommen. Als ich wieder in den großen Lehnstuhl einquartiert war, bemerkte ich eine gewisse Unruhe in der Familie. Der Krämer setzte sich mit erheuchelter Ungezwungenheit mir gegenüber. Ich selbst war tief bewegt; ich fürchtete und wünschte eine Erklärung dieses Benehmens.

»Da Sie sich hier wohl befinden, Herr Georges«, sagte der Krämer endlich, indem er die Hände auf seine feisten Knie legte, »so hoffe ich, dass Sie ohne Umstände uns hier besuchen werden, um sich zu erholen, so lange Ihre Kräfte Ihnen nicht gestatten, anderswo Zerstreuung zu suchen.«

»Großmütiger Mann!« rief ich aus.

»O, das ist nicht des Dankes wert«, entgegnete er lächelnd. »Nachbarn sind sich Hilfe schuldig, und Gott sei Dank! wir haben ehrenwerten Leuten die unsere nie versagt. Ich setze nämlich voraus, dass Sie ein braver junger Mann sind, Herr Georges. Sie haben ganz das Aussehen danach, und ich fühle Vertrauen zu Ihnen.«

»Viel Ehre für mich«, antwortete ich verlegen.

»Deshalb also", fuhr der würdige Mann heiter fort, indem er aufstand, »bleiben Sie hier bei unserer Kora, so lange es Ihnen beliebt. Sie ist ein Mädchen von Geist, sehen Sie! eine Person, die die Literatur kennt, und deren Mutter sich nie gegen den Geschmack versündigt hat. Jetzt versteht sie auch mehr davon als wir, und Sie werden sich in ihrer Gesellschaft angenehm unterhalten, dafür sage ich gut.«

»Schon seit Langem würde ich mich bei dieser Gunst glücklich geschätzt haben« ... erwiderte ich errötend, indem ich Kora einen scheuen Blick zuwarf. »Im Verhältnis zu meiner Ungeduld ist sie mir leider sehr spät zu Teil geworden« ...

»Ei nun, sehen Sie", sagte der Krämer scherzend, »vor zwei Monaten war die Sache nicht möglich. Kora war nicht vermählt, und kein Bursche hätte von ihrer Mutter die Erlaubnis zum Betreten dieses Zimmers erhalten, wofern er nicht in der Absicht, Kora zu ehelichen, mit guten, offenen Heiratsanträgen gekommen wäre. Sie wissen, mein Herr, wie man ein junges Mädchen bewachen muss, damit ihr die Lästerzungen keinen Abbruch tun. Jetzt, wo das Kind verheiratet ist, wo wir ihrer Sittsamkeit sicher sind, jetzt lassen wir ihr volle Freiheit; und dann« – hier sprach der Krämer leiser – »wird auch Niemand auf den Gedanken geraten, dass Sie, blass und schwach, wie Sie sind, einen jungen, kräftigen Gatten zu ersetzen gedächten« ...

Er schloss den Satz mit einem plumpen Geläch-
ter. Ich wurde totenblass und wagte nicht, die
Augen zu Kora aufzuschlagen.

»Nun, nun, seien Sie wegen des Scherzes nicht
böse, lieber Herr Nachbar", fuhr er fort. »Sie
werden nicht immer Rekonvaleszent sein, und
bald werden die Väter und Gatten Sie vielleicht
besser überwachen ... Bis dahin bleiben Sie hier.
Kora wird Ihnen Gesellschaft leisten. Ich glaube
zudem, Sie hat Ihnen etwas zu sagen.«

»Mir?« rief ich und schaute Kora an.

»Ja, ja", entgegnete der Vater. »Es ist eine delikate Angelegenheit – sehen Sie, auf die eine
junge Frau sich besser versteht als ein alter
Mann. Genug, auf Wiederseh'n, Herr Georges.«

Er ging hinaus. Abermals blieb ich mit Kora allein, und diesmal hatte sie eine *delikate Angelegenheit* mit mir zu verhandeln. Vielleicht wollte
sie mir ein Geheimnis, einen Herzenskummer,
ein Missgeschick anvertrauen! Ja, es lag ohne
Zweifel ein großes, tiefes Geheimnis im Leben
dieses melancholischen, schönen Mädchens! ihr
Dasein konnte nicht dem gewöhnlicher Menschen gleichen! Der Himmel hatte ihr nicht eine
so wunderbare Schönheit zu Teil werden lassen, ohne sie zugleich mit einer Fülle von
Schmerzen zu beladen. – Jetzt endlich, sagte ich
zu mir selbst, wird sie ihr Herz ausschütten,
und vielleicht kann ich ihre Schmerzen teilen,
um sie zu erleichtern. –

Sie blieb ein wenig verwirrt vor mir stehen.
Dann griff sie in die Tasche ihrer schwarzen

Taffetschürze und zog ein zusammengefaltetes Papier hervor.

»Wahrhaftig, mein Herr", sagte sie, »es handelt sich um eine Kleinigkeit. Ich weiß nicht, warum mein Vater mich beauftragt, es Ihnen mitzuteilen ... Man weiß doch, dass ein Mann von Geist, wie Sie, an einer ganz natürlichen Bitte keinen Anstoß nimmt ... Ich würde auch ohne das Gesagte nicht verlegen sein, aber« –

»Im Namen des Himmels, vollenden Sie!« rief ich feurig. »O Kora, wenn Sie mein Herz kennten, würden Sie keinen Augenblick zögern, mir das Ihre zu erschließen!«

»Nun denn, mein Herr", sagte Kora bewegt, »sehen Sie hier, um was es sich handelt.«

Sie entfaltete das Papier und reichte es mir hin. Ich heftete die Augen darauf, aber mein Blick war umflort, meine Hand zitterte, und ich musste erst einen Augenblick Atem schöpfen, ehe ich lesen konnte. Endlich las ich:

Rechnung

für Herrn Georges von M***, Materialwarenhändler, über während der Krankheit gelieferte Waren.

12 Pfd. Farinzucker zu Getränken und
Suppen macht
Seife für die Krankenwärterin macht ..
Talglichte .
Fieberblumentee: etc. etc. Summa:

30 Fr. 50 Cent.

Betrag erhalten

Kora***

235

Ich schaute sie verwirrt an.

»Mein Herr«, sagte sie, »vielleicht finden Sie diese Forderung rücksichtslos; vielleicht sind Sie auch noch nicht kräftig und gesund genug, als dass es Ihnen angenehm wäre, mit Geschäftssachen behelligt zu werden. Wir befinden uns jedoch in großer Verlegenheit. Das Geschäft geht schlecht, die Ladenmiete ist teuer« –

Kora sprach noch lange fort, ohne dass ich sie verstand. Ich stammelte einige abgebrochene Worte und lief, so schnell meine Kräfte es gestatteten, nach Hause, um die Summe zu holen, die ich dem Krämer schuldete. Dann kehrte ich vernichtet und niedergeschmettert in mein Zimmer zurück und legte mich fiebernd ins Bett.

Am andern Tage jedoch kamen mir vernünftigere Gedanken. Ich fragte mich: wozu diese unsinnige, hochmütige Geringschätzung des bürgerlichen Lebens? wozu diese abgeschmackte Empfindlichkeit poetischer Seelen, die sich durch die Berührung mit der prosaischen Wirklichkeit zu beschmutzen glauben? wozu endlich dieser ungereimte Hass gegen die Erfordernisse des Lebens?

Undankbarer! dachte ich, du bist empört, weil Kora dir eine Rechnung über Seife und Talglichter geschrieben und überreicht hat, während du dankbar die schöne Hand küssen solltest, die dir ohne dein Wissen während der Krankheit Hilfe spendete. Was wäre aus dir geworden, jämmerlicher Narr, wenn nicht ein vertrauensvoller, redlicher Mann dir alle Wohltaten seines Geschäftszweiges hätte zu Teil werden lassen, ohne ein anderes Pfand für die Erstattung seiner Auslagen zu haben, als deine dürftige Garderobe und dein elendes Bett? Und wenn du gestorben wärest, ohne seine Rechnung lesen und bezahlen zu können – würde einer deiner Erben 30 Francs und 50 Centimes in deinem Nachlasse vorgefunden haben, um sie ihm zuzustellen? –

Und dann bedachte ich, dass jene Arzneitränke, die mich vom Tode retteten, von Kora zubereitet worden waren. Wer weiß, dachte ich, ob sie nicht einen Zauber hineingelegt oder ein Gebet darüber gesprochen hat, das ihnen die Kraft gab, mich zu heilen? ob nicht eine mitleidige Träne aus ihren Augen in den Trank gerollt ist an jenem Tage, wo ich am Rande des Grabes stand? Göttliche Träne! himmlischer Trank!

Ich war gerade mit diesen Gedanken beschäftigt, als der Krämer an meine Tür klopfte.

»Sehen Sie, Herr Georges", sagte er, »meine Frau und ich fürchten, Sie beleidigt zu haben. Kora sagte uns, Sie wären erstaunt und überrascht gewesen und hätten die Rechnung bezahlt, ohne ein Wort zu sagen. Ich mag aber nicht, dass Sie uns des Misstrauens gegen Sie für fähig halten. Zwar sind wir in einiger Verlegenheit, das Geschäft geht nicht recht flott, wenn Sie aber Geld brauchen, werden wir schon Mittel finden, Ihnen den Betrag zurückzugeben und sogar noch ein wenig zu leihen.«

Ich warf mich tief ergriffen in seine Arme und
rief:

»Würdiger Greis! Alles was ich besitze, gehört
Ihnen! ... Rechnen Sie auf mich im Leben und
im Tode!«

Ich redete noch lange mit fieberhafter Über-
schwänglichkeit auf ihn ein. Er beobachtete
mich mit seinen großen, grauen Augen, die
rund waren wie die einer Katze, und als ich ge-
endet hatte, sagte er im Tone eines Menschen,
der auf die Lösung eines Rätsels verzichtet:

»Schon gut! schon gut! Ich bitte Sie nur, uns
von Zeit zu Zeit zu besuchen und uns Ihre
Kundschaft nicht zu entziehen.«

3. Kapitel

Ich wunderte mich, den Gatten Koras weder im Laden noch bei seiner Frau anzutreffen und wagte mich schüchtern nach dem Grunde zu erkundigen. Kora entgegnete mir, Gibonnean vollende sein Pflichtjahr als Apotheker unter der Leitung des ersten Pharmazeuten der Stadt. Er kam nur abends nach Hause und ging frühmorgens wieder fort. Dieser Klotz war also im Stande, fern von dem schönsten Wesen unter der Sonne seine Tage zuzubringen! Er besaß die köstlichste Perle auf der Welt und ließ sie eine ganze Hälfte seines Lebens allein, um Salben zu mischen und Pillen zu drehen!

Wie dankte ich aber auch dem Himmel, der ihn zu solchem niedern Dasein verdammt hatte und ihm die Gunst, seine süße Lebensgefährtin beim Lichte des Tages zu schauen, zu versagen schien, weil er ihrer nicht würdig war. Erst zur Stunde, wo die Fledermäuse und Eulen ihren düstern Flug beginnen und auf leichten, weichen Flügeln durch den wallenden, weißen Abendnebel huschen, durfte er zu ihr zurückkehren. Er kam im Dunkel wie ein nächtlicher Dieb, wie ein boshafter Kobold, der auf dem Nachtwind und dem Irrwisch durch die Sümpfe reitet. Er kam, ein düsteres, unheimliches Gespenst, noch mit dem weißen Schurz wie mit einem Leichentuch bekleidet, und hauchte jenen Weihrauchduft aus, der die Katafalke zu umwogen pflegt. Zuweilen sah ich ihn durch den Nebel schwanken und wie ein Gespenst an den grauen Mauern hingleiten. Mehrere Male begegnete ich ihm auf der Schwelle und war versucht, ihn wie einen Wurm in den Rinnstein zu schleudern; ich schonte ihn aber, denn offen gestanden, er war ungeschlacht wie ein Büffel und ich in Folge des Fiebers ganz dünnleibig und durchsichtig.

Kora, täglich vom Hahnenschrei bis zur Abenddämmerung verwitwet, blieb arglos und vertrauensvoll bei mir. Fast alle meine Tage brachte ich in dem alten Familienlehnstuhl zu, oder setzte ich mich, wenn die Aprilsonne wirklich warm herab schien, auf die steinerne Bank am Hause, die sich unter Koras Fenster hinzog. Dort, nur durch die Zweige des Goldlacks von ihr getrennt, sog ich mit dem Blumendufte ihren Atem ein und bewunderte den Ausdruck ihres Auges, das klar und ruhig war, wie die wellenlose Flut, die an den Küsten Gräcia's schlummert. Wir schwiegen, aber mein Herz flog zu ihr und suchte das ihre mit einer Anziehungskraft, gegen die sie unmöglich unempfindlich bleiben konnte. Ich wiegte mich in süße Träume. Warum sollte Kora mich nicht lieben? Vielleicht musste es heißen: wie hätte Kora mich nicht lieben müssen? Ich meinerseits liebte sie wahnsinnig, all meine geistigen Kräfte verbanden sich zu einem einzigen gewaltigen Verlangen, das sich unabweislich auf Kora richtete. Konnte ihre, aus dem herrlichsten Ausfluss der Gottheit gebildete Seele unter dem magnetischen Hauche dieses feurigen Wunsches kalt und leblos bleiben? Ich wollte es nicht glauben und fühlte mein Herz so rein, mein Sehnen so keusch und züchtig, dass ich bald Kora nicht mehr zu beleidigen fürchtete, wenn ich ihr mein Inneres enthüllte. Ich redete nun mit ihr jene Sprache des Himmels, für die nur poetische Seelen ein Verständnis besitzen. Ich schilderte ihr die unerschöpflichen Qualen, die göttliche Pein meiner Liebe. Ich erzählte ihr meine Träume, enthüllte ihr meine Illusionen, rezitierte ihr die Tausende von Gedichten und Alexandrinern, die ich für sie geschaffen hatte. Und ich hatte das Glück, sie, fortgerissen und überwältigt, das Buch bei Seite legen und sich mit ergriffener Miene zu mir neigen zu sehen, um mich ganz zu verstehen, denn meine Worte hatten einen ihr ganz unbekannten Sinn und schütteten in ihre Seele eine Reihe erhabener Gedanken, die sie noch nie ins Auge zu fassen gewagt hatte.

»O Kora, meine Kora", rief ich, »was könntest du von einer so reinen Liebe zu befürchten haben? Der Blitz, der sich in den Lüften entzündet, ist nicht reinerer Natur als das Feuer, von dem ich mich mit Entzücken durchlodert fühle! Warum sollte dein scheues Schamgefühl, dein hoher Frauenstolz sich über eine Liebe beunruhigen, die so übersinnlich ist als die unsrige? Mag ein Gatte, ein Herr den Schatz der körperlichen Schönheit besitzen, den die himmlischen Mächte dir zu Teil werden ließen! ich werde nie versuchen, ihm das zu rauben, was Gott, die Menschen und dein Wort ihm als sein Eigentum zugesichert haben! Mein Anteil wird weniger greifbar, weniger berauschend, aber glorreicher und edler sein, wenn du mich erhörst. Den ätherischen Teil deines Gemüts begehre ich, dein glühendes Streben nach der Gottheit will ich umschlingen und mir zu eigen machen, damit ich dein Himmel und deine Seele sei, wie du mein Gott und mein Leben bist!«

Diese Dinge schienen Kora unverständlich – ihr Gemüt war so rein, so kindlich unschuldig! Sie sah mich mit verblüffter Miene an, und um ihr die göttlichen Mysterien der platonischen Liebe begreiflicher zu machen, ergriff ich meinen Kreidestift und schrieb an ihrem Fenster Verse auf die Wand. Dann erzählte ich ihr von den poetischen Wundern der Geisterwelt, von der Liebe der Engel und der Feen, von den Leiden und Tränen der in den Blumenkelchen eingekerkerten Elfen, von der glühenden Liebe der Rosen zum Frühlingswinde, von der Musik der Sphären, die man Abends in den Lüften hört, vom sympathischen Tanz der Sterne, vom Teufelsspuk des Hexensabbats, von den Tücken der Kobolde und den unbegreiflichen Entdeckungen der Alchemie.

Unser Glück schien durch keinen Vorfall in der Außenwelt gestört werden zu können. Indem ich mich auf das Engste an die Poesie anschloss, hatte ich mich in meiner geistigen Welt so gut gegen allen Schwierigkeiten und Hindernissen des wirklichen Lebens abzusondern gewusst, dass ich von der Dazwischenkunft jener plumpen, verständnislosen Ansichten, die in unserer Umgebung üppig wucherten, nichts zu fürchten zu haben schien. Meine Gefühle waren so reiner, erhabener Natur, dass ich dem Alltagsmenschen, der sich Koras Herr und Gemahl nannte, in keiner Weise Eifersucht einflößen konnte.

Lange Zeit schien er in der Tat ein Verständnis
dafür zu haben, welche Achtung er einem vom
Himmel beschützten Liebesbunde schuldig sei.
Nach Verlauf von sechs Wochen aber bemerkte
ich eine seltsame Veränderung im Benehmen
der Familie gegen mich. Der Vater sah mich mit
spöttisch-misstrauischer Miene an, so oft er das
Zimmer betrat, in welchem wir uns aufhielten.
Die Mutter zeigte eine besondere Neigung, all
die Zeit, die sie den Ladengeschäften abmüßi-
gen konnte, bei uns zuzubringen. Gibonneau
schleuderte mir, wenn ich ihm zufällig begegnete, düstere und drohende Blicke zu. Sogar
Kora wurde zurückhaltender: sie stieg später in
das Erdgeschoß herunter, kehrte frühzeitiger
auf ihr Zimmer zurück und erschien sogar an
manchen Tagen gar nicht. Das erschreckte
mich, und ich wagte mich darüber zu beklagen.
Mit der Beredsamkeit, welche die Leidenschaft
uns verleiht, versuchte ich, ihr das Ungerechte
und Grausame ihres Benehmens begreiflich zu
machen. Sie hörte mich mit erkünstelt ruhiger,
beinahe furchtsamer Miene an, und ich bemerkte, dass sie unruhig nach der Tür schaute.

»Kora", rief ich voll glühender Begeisterung,
»sollte dir irgendeine Gefahr drohen? Sprich,
rede, wo sind deine Feinde? Nenne mir die
Schändlichen, die dich schwache, himmlische
Kreatur mit den ehernen Ketten eines verab-
scheuten Joches belasten! Sag mir, wer ist der
Dämon, der den freien Aufschwung deiner
Seele hindert und die naiven Ergüsse deines
Herzens in dein Inneres zurückzwängt, als wä-
ren es bittere Selbstanklagen! Ha, ich verstehe

es, sie zu bannen, ich kenne mehr als eine Zauberformel, um die Dämonen des Hasses und der Rachsucht in Ketten zu schmieden, ich weiß mehr als ein magisches Wort, um die Engel herbeizurufen, die Schutzengel, die deine Brüder und doch weniger unschuldig, weniger schön sind als du!« ...

Ich erhob während des Sprechens die Stimme und näherte mich Kora, um ihre Hand zu ergreifen, die sie mir immer wieder entzog. Die Stirn in Begeisterungsschweiß gebadet, mit wirrem Haar und blitzendem Auge, reckte ich mich nun in die Höhe –

Kora stieß einen lauten Schrei aus, und ihr Vater stürzte mit einer Eile ins Zimmer, als ob ihm das Haus über dem Kopfe brenne. Als er sich mir mit drohender Miene näherte, ergriff Kora ihn beim Arme und sagte sanft:

»Lassen Sie ihn, Vater. Er hat einen seiner Anfälle. Regen Sie ihn nicht auf, das geht vorüber.«

Vergebens suchte ich den Sinn dieser Worte zu enträtseln. Sie ging hinaus, und ihr Vater wandte sich zu mir mit den Worten:

»He, Herr Georges, kommen Sie zu sich! Hier denkt Niemand daran, Sie zu kränken. Sie sind wahrhaftig nicht recht bei Troste ... Vorwärts, vorwärts, gehen Sie nach Hause und beruhigen Sie sich.«

Ganz verblüfft über diese wohlwollende Rede gab ich mit der Willenlosigkeit eines Kindes nach und ließ mich von dem Materialwarenhändler nach Hause führen. Eine Stunde später sah ich den Staatsanwalt und den Stadtarzt in mein Zimmer treten. Da ich beide ziemlich genau kannte, befremdete mich ihr Besuch nicht, ich begann mich aber über die auffallende Art und Weise zu ärgern, mit welcher der Arzt meinen Puls fühlte, während er den Ausdruck meines Blickes und die Ausdehnung meiner Pupille sorgfältig beobachtete. Er begann darauf die Schläge meiner Arterien am Halse und an den Schläfen zu zählen und den äußeren Wärmegrad meines Gehirns mit der hohlen Hand zu untersuchen.

»Was bedeutet das alles, mein Herr?« fragte ich. »Ich habe sie zu keiner Konsultation her beschieden. Ich fühle mich wohl genug, um ohne ärztlichen Beistand fertig werden zu können, und bin nicht geneigt, mir denselben aufdrängen zu lassen.«

Doch statt aller Antwort trat er zu dem Beamten, und beide zogen sich in die Fensternische zurück, um leise mit einander zu reden. Sie schienen sich über mich zu beraten, denn alle Augenblicke drehten sie sich um, um mich aufmerksam und misstrauisch zu beobachten. Endlich näherten sie sich mir, und der Staatsanwalt richtete mehrere seltsame Fragen an mich, zuerst, welche Farbe seine Weste zu haben scheine, dann, ob ich seinen Namen wüsste, endlich, ob ich mein Alter, meine Heimat und meinen Erwerbszweig angeben könnte.

Ich beantwortete diese sonderbaren Fragen in größter Verblüfftheit, bis der Arzt mich seinerseits inquirierte, ob ich außer dem Staatsanwalt, ihm und nur keine andere Person im Zimmer sähe, ob es Tag oder Nacht wäre, und endlich, ob ich versichern könnte, dass ich fünf Finger an jeder Hand hätte. Über diese unverschämten Fragen empört, beantwortete ich die letzte mit einer tüchtigen Ohrfeige. Ich tat daran ohne Zweifel unrecht, namentlich in Gegenwart eines Beamten, der sofort bereit war, den Prozess wegen des Verbrechens einzuleiten. Aber das Blut stieg mir in den Kopf, und es war mir unmöglich, mich ohne Grund noch länger wie einen Schwachsinnigen oder Verrückten behandeln zu lassen.

Der Lärm wurde groß. Der Beamte wollte für seinen Gevatter Partei ergreifen; ich packte ihn bei der Gurgel und hätte ihn erdrosselt, wenn ihm der Krämer, dessen Schwiegersohn und ein halbes Dutzend Nachbarn nicht zu Hilfe gekommen wären. Nun bemächtigte man sich meiner, band mir wie einem Rasenden Hände und Füße, stopfte mir eine Serviette in den Mund und transportierte mich in das städtische Krankenhaus, wo ich in das für Wahnsinnige bestimmte Zimmer eingesperrt wurde.

Ich muss gestehen, das Zimmer war bequem eingerichtet, und man behandelte mich mit vieler Milde, umso mehr, da ich kein Zeichen von Tollheit blicken ließ. Der Irrtum des Arztes und des Beamten wurde bald festgestellt. Es wurde mir aber schwer, meine Freiheit wiederzuerlangen, denn da der letztere voraussah, dass er genötigt sein würde, der Injurie wegen, die ich ihm zugefügt hatte, Rechenschaft von mir zu fordern, so ließ er mich hartnäckig für verrückt gelten, um sich betreffs meiner den Anschein der Großmut und der Kaltblütigkeit geben zu können.

Endlich wurde ich entlassen. Aber der Staatsanwalt ließ mich sogleich auf sein Zimmer rufen und hielt mir folgende Standrede:

»Junger Mann", sagte er in jenem dünkelhaften, väterlich ermahnenden Tone, den anzunehmen jeder gelbschnäblige Beamte das Recht zu haben glaubt, sobald er den Amtsrock auf dem Leibe hat, »junger Mann, Sie haben, wenn nicht schwere Fehler, so doch große Unüberlegtheiten wieder gut zu machen. Sie waren fremd und sind hier in der Stadt mit allen Zeichen des Wohlwollens und all der geselligen Zuvorkommendheit, welche die Bewohner auszeichnet, aufgenommen worden. Sie waren krank und sind von Ihren Nachbarn mit Eifer und Hingebung gepflegt worden. Alle diese Beweise des Vertrauens und der Teilnahme hätten das Gefühl des Anstands und der Dankbarkeit in Ihrem Herzen erwecken müssen« –

»Tausend Stückpforten, Herr!« schrie ich in meinem Matrosenjargon, der wider meinen Willen die Oberhand gewann, sobald ich zornig war, »worauf wollen Sie hinaus, und womit habe ich die Einsperrung und Ihre Gardinenpredigt verdient?« ...

»Mein Herr", entgegnete er stirnrunzelnd, »hören Sie, was Sie getan haben: Sie haben die Gastfreundschaft angenommen, die ein redlicher Bürger, ein achtungswerter Materialwarenhändler Ihnen täglich im Schoße seiner Familie darbot, und zwar aus Gründen angenommen, die näher zu bezeichnen mir nicht zusteht, und über die nur Ihr Gewissen Richter sein kann. Ich meinesteils glaube, dass es Ihre Absicht war, entweder die Tochter des Materialwarenhändlers zu verführen und durch unzusammen hängende Reden, die ganz den Charakter der Überspanntheit an sich trugen, zu betören oder sich über ihre Einfalt lustig zu machen, indem Sie sie mit rätselhaften Spöttereien mystifizierten.«

»Gerechter Gott! wer hat das gesagt?« rief ich bekümmert.

»Frau Kora Gibonneau selbst. Anfangs hat sie Ihre seltsamen Redensarten für Merkmale natürlicher Originalität angesehen, nach und nach aber hat sie sich davor wie vor Kennzeichen des Wahnsinns entsetzt. Lange zögerte sie, ihren Eltern Mitteilung davon zu machen, denn in den Herzen dieser ehrenwerten Bürger sind Gutmütigkeit und Mitleid erbliche Tugenden. Seit Kurzem aber mit einem würdigen Manne vermählt, den sie anbetet und zu dem sie, wie Sie lange wissen werden, schon vor der Heirat im Geheimen eine Neigung hegte, die ihre Gesundheit tief erschüttert hatte und sie dem Grabe zugeführt haben würde, wenn die Eltern sich ihr noch lange widersetzt hätten – endlich also, sage ich, mit dem höchst achtungswürdigen Apotheker Gibonneau verheiratet, durch die Anfänge einer ziemlich beschwerlichen Schwangerschaft entkräftet und mit Recht unter den Umständen, in denen sie sich befindet, die

Folgen des Schrecks fürchtend, hat Frau Kora sich entschlossen, ihre Eltern über Ihre Verstandsverwirrung und die täglichen Proben, die Sie ihr seit einiger Zeit davon gaben, zu unterrichten. Die braven Leute zögerten, ihr Glauben zu schenken, und überwachten Sie mit äußerster Rücksicht und größtem Zartsinn. Als dieselbe Sie aber eines Tages in einem Zustande von Exaltation und Überspanntheit sahen, der ihre Tochter ernstlich erschreckte, fassten sie den Entschluss, den Schutz der Gesetze und der Regierung anzurufen ... Und der Schutz der Gesetze hat ihnen nicht gefehlt. Die Regierung hat sich erhoben, um sie sicher zu stellen, denn die Regierung weiß, dass es ihr schönstes Vorrecht ist« –

»Um Gottes willen, genug, genug! mein Herr", rief ich. »Ich könnte Ihnen den Rest Ihrer Rede aus dem Kopfe hersagen, so oft habe ich dergleichen bei jeder Gelegenheit her deklamieren hören« ...

»Nein, mein Herr", schrie seinerseits der Beamte mit lauterer Stimme, »Sie werden nicht der Fürsorge einer Regierung entgehen, die der Jugend Rath und Aufsicht schuldig ist, einer Regierung, die das Glück und die Ruhe der Bürger will. Beachten Sie die Vorwürfe, die Sie sich zugezogen haben. Sehen Sie Ihr Vergehen ein, es ist schwer! Sie haben Unruhe und Bestürzung in der Familie des Materialwarenhändlers erregt, Sie haben die geheiligte Gastfreundschaft, die Ihnen geboten wurde, schmählich verkannt, indem Sie die untadelhafte Gattin eines geprüften Apothekers zu verführen oder zu verhöhnen suchten ... Ja, mein Herr, eins von beiden haben Sie gewiss beabsichtigt, ich weiß nur noch nicht, welchen Sinn das Gesetz den sonderbaren Versfragmenten beilegen kann, mit denen Sie die Mauern des gastfreien Hauses entweiht und beschädigt haben, und die mir von der Tochter des Materialwarenhändlers als unverwerflicher Beweis für Ihre Tollheit gezeigt wurden. – Endlich, mein Herr, haben Sie, nicht zufrieden, brave Leute in Angst zu versetzen und die Nachbarschaft zu beunruhigen, sich der durch mich repräsentierten Obrigkeit widersetzt, Sie haben den vortrefflichen Arzt, der Sie pflegte, beim Kragen genommen und geprügelt, und eine heftige Szene verursacht, welche die Ruhe einer friedliebenden Bewohnerschaft störte und durch den Schreck, den sie Frau Gibonneau verursachte, derselben augenscheinlich verderblich werden sollte.«

»Kora ist krank?!« rief ich. »Großer Gott!« ... Und ich wollte davonlaufen, der feurigen Beredsamkeit meines Henkers entwischen. Aber er hielt mich zurück.

»Sie werden mich nicht verlassen, junger Mann", sagte er, »ohne der Stimme der Vernunft Gehör geschenkt und mir Ihr Ehrenwort gegeben zu haben, dass Sie Ihre Besuche bei Frau Gibonneau einstellen und sogar das Logis verlassen werden, das Sie dem Hause der Krämerstochter gegenüber inne haben.«

»O, mein Herr", rief ich, »ich schwöre Ihnen zu, dass ich diesen braven Leuten Adieu sagen, sie bezüglich der mir über Frau Kora soeben mitgeteilten Nachrichten um Verzeihung bitten und eine Stunde später diese vermaledeite Stadt verlassen haben werde.«

Ich waffnete mich mit Muth und Kaltblütigkeit, um den Krämer zu besuchen. Da ich in der ganzen Stadt für verrückt gegolten hatte, erregte meine Freilassung große Sensation. Der Krämer schien unruhig und besorgt, seine Frau verkroch sich beinahe hinter ihm, Kora wurde vor Schreck blass, und Herr Gibonneau schnitt mir, ohne ein Wort zu sagen, ein böses Gesicht. Ich sprach gelassen mit ihnen, bat sie, das Ärgernis zu entschuldigen, das ich ihnen bereitet hatte, und an meine ewige Dankbarkeit für die Pflege und Zuneigung zu glauben, die ich bei ihnen gefunden hatte.

»Vor allem Sie, Madame", sagte ich mit bewegter Stimme zu Kora, »verzeihen Sie mir die Torheiten, deren Zeuge ich Sie werden ließ. Wenn ich annähme, Sie hätten nur einen einzigen Moment den Argwohn gehegt, es mangle mir die schuldige Achtung gegen Sie, so würde ich vor Kummer sterben. Ich hoffe, dass Sie die Albernheit meines Benehmens vergessen und sich nur der demütigen Entschuldigungen und der herzlichen Dankworte erinnern werden, die ich an Sie richte, indem ich für immer von Ihnen scheide.«

Bei dieser Mitteilung hellten sich alle Gesichter auf. Nur auf Koras Antlitz, muss ich gestehen, zeigte sich der Ausdruck sanften Mitleids. Ich wollte mich nach ihrer Gesundheit erkundigen, die meine Tollheiten ernstlich gefährdet hatten, aber als ich an die erste Ursache ihres kränklichen Zustandes, an die Liebe, die sie bereits so lange zu ihrem Gatten gehegt hatte und an das Pfand dieser glücklichen Neigung dachte, das sie unter dem Herzen trug, erstarb mir das Wort im Munde, und ohne mein Wissen rollten nur Tränen über die Backen. Nun drängte sich die ganze Familie um mich, weinte mit mir um die Wette und überhäufte mich mit Zeichen des Bedauerns und der Anhänglichkeit. Kora reichte mir sogar ihre schöne Hand, die zu berühren das Glück mir noch nie vergönnt hatte, und die ich nicht einmal an die Lippen zu führen wagte. Endlich entfernte ich mich unter Danksagungen für meinen Aufenthalt bei ihnen und ganz besonders für meine Abreise. Denn unter all den freundschaftlichen Dingen, die mir gesagt wurden, fand sich keine Stimme, kein Wort, das mich zum Bleiben aufgefordert hätte.

Schmerzbeladen und im Innern gebrochen, fühlte ich die Knie unter mir wanken, als ich dies Haus verließ, in welchem ich so süße Träume geträumt und so glänzende Illusionen genährt hatte. Ich lehnte mich an die weinumrankte Tür und warf einen letzten zärtlichen Abschiedsblick auf den schönen Goldlack im Fenster.

Dabei hörte ich im Innern eine Stimme, die meinen Namen nannte. Es war Koras Stimme. Ich lauschte.

»Der arme junge Mann!« sagte sie in bewegtem Tone. »Er ist also endlich fort.«

»Ich bin nicht gerade betrübt darüber", entgegnete der Dütchenkrämer, »obgleich er bei alledem ein braver Kerl ist und seine Rechnungen pünktlich bezahlt.« –

Im vergangenen Jahre kam ich wieder durch jene Stadt, um mich nach dem Limousin zu begeben. Ich erblickte Kora an ihrem Fenster. Zu ihren Füßen spielten drei schöne Kinder, neben ihr stand eine Vase mit herrlich blühenden roten Levkojen. Kora hatte eine spitze Nase, dünne Lippen, etwas rotgeränderte Augen, hohle Wangen und einige Zähne weniger im Mund

www.ingramcontent.com/pod-product-compliance
Lightning Source LLC
Chambersburg PA
CBHW021958050726
47498CB00006BA/1787